田中禾论

■

杨文臣 著

WUHAN UNIVERSITY PRESS
武汉大学出版社

图书在版编目(CIP)数据

田中禾论 / 杨文臣著 . -- 武汉 : 武汉大学出版社, 2025. 1.
ISBN 978-7-307-24598-3

Ⅰ. I206.7
中国国家版本馆 CIP 数据核字第 2024481GA6 号

责任编辑:朱凌云   责任校对:鄢春梅   装帧设计:韩闻锦

出版发行: **武汉大学出版社** (430072 武昌 珞珈山)
        (电子邮箱: cbs22@ whu.edu.cn 网址: www.wdp.com.cn)
印刷:武汉邮科印务有限公司
开本:720×1000   1/16   印张:17   字数:233 千字   插页:1
版次:2025 年 1 月第 1 版   2025 年 1 月第 1 次印刷
ISBN 978-7-307-24598-3   定价:89.00 元

序

2020 年春天，文臣博士开始《田中禾论》的构思与写作。到了 2022 年的 7 月间，经历了两年半的时间后，我看到了这部完整的论稿。在窗外的鸟鸣与风声里，我用了三天的时间，拜读完文臣博士的新作，深感欣慰。

《田中禾论》以时间为经，以作品分纬，分四章对田中禾先生的人生与作品进行了独到的结构与论述。

在第一章《作家的"诞生"：1941—1980》里，文臣博士以清晰的年轮为我们描绘出了田中禾人生的前四十年。就是在我现在居住的鸡公山北岗 18 栋的门廊下，记不清田先生有多少次给我讲述过他的母亲。十几年前，在我的记忆里就已经存放了老太太充满智慧的面容，这和文臣博士笔下描述的情景十分接近。在那些日子里，有时她老人家也会来到我的梦境，对我发出无声的微笑。2006 年，我随田先生一起到鸡公山避暑写作，也有幸结识了年长田先生 9 岁的大哥，有幸在《印象》与后来的《模糊》里结识了他的二哥。那几年，田先生的大哥也在山上避暑，由于田夫人韩瑾荣大姐的原因，我也随着田先生喊大哥。大哥稳健而慈祥，从他的身上，我清晰地感受到这个家族对田先生的影响与熏陶。田先生的天赋与浪漫，在这个家族得到了爱护：是母亲给他以宽阔，是大哥点燃了他的文学之梦，是二哥引导他走向陌生的远方。

所以，在源自关汉卿、王实甫、汤显祖、孔尚任的中国戏剧和源自普希金和莱蒙托夫的俄罗斯文学的背景下，才有 17 岁的田中禾在高中时期写出童话长诗《仙丹花》；才有他在大学三年级时决定退学并把户口迁到郑州郊区农村去体验生活的惊人之举；才有他随后流落到信阳郊区六里棚村和回到祖辈居住的侉子营的现实；才有他被关押审查然后流浪到湖北画毛主席像、写语录牌，到工厂推煤、烧锅炉，跟着剧团下乡演戏等这些经历。这长达二十年的流浪生涯，这所有迎面而来、无法躲避的苦难经历，从文学创作的角度来讲，与当下的深入生活显然不是一种概念，这样的沧桑与伤痛才真正符合文学的规律。

在接下来的《收获的"五月"：1980—1994》《融会众法　蔚成气象：1995—2009》与《思逸神超　乐以忘忧：2010 年以后》三章里，文臣博士通过《五月》《明天的太阳》《杀人体验》《诺迈德的小说》《姐姐的村庄》等一批关注现实生活的中短篇小说，通过笔记体小说《落叶溪》、随笔集《同石斋札记》与长篇历史小说《匪首》，通过《十七岁》《父亲与她们》与《模糊》三部后来完成的长篇小说，来逐步论述田先生作品的思想性与艺术性，论述田先生小说的社会学意义与叙事学意义，这种论述并不是孤立的。

文臣博士对田中禾文学创作的价值与意义的论证，是放在中国新时期文学的进程中同新写实小说、新历史小说与新笔记小说等流派相比较来进行的；是以象征主义、存在主义、荒诞派、意识流、魔幻现实主义等为参照，在同鲁尔福、马尔克斯、加谬、纳博科夫、帕慕克等作家的文本比较中展开的；同时，又是依托尼采、荣格、弗洛伊德、柏格森、海德格尔等西方哲学家的学说进行分析阐绎的。

整部《田中禾论》的论述十分流畅，观点独到，不仅深刻而全面地阐发、评述了田中禾的文学创作，而且成功地为我们呈现了一个不受体制和习俗约束、具有魏晋风骨且真实可信的田中禾。

在创作与研究的过程中，文臣博士时常拿田先生的人生经历，来对自我的精神世界进行观照，这是《田中禾论》另外的一个文本价值。书稿是在新冠肆虐的时期构思、开篇的，之后文臣又举家迁到了江南的嘉兴，其间颇多周折，我也略有所知。在困闷抑郁的日子里，文臣博士说，他想写一本书，把自己变成田中禾，一个作为思想家与美学家的田中禾。当我读完这部书稿时，我认为文臣博士已经接近了他的初衷。我想，这种感受与体验，对于我们每一个阅读者来说，都会构成一种诱惑。

2014 年 9 月中旬，我在杭州中国作家创作之家休假，在灵隐寺东边的茶园里，我和文臣博士有一次很长的通话，那个时候他还在信阳师范学院文学院任教。一晃，八年过去了，算上这部《田中禾论》，文臣博士在这八年中完成、出版了八本著作，让人感叹和敬佩。从中，我们可以深探到文臣博士为人为事的性情，他持续地对中国当代文学进程的关注与研究，尤其在当下的文学环境里，显得极其珍贵。

墨　白

鸡公山武警疗养院北岗 18 栋

2022 年 7 月 31 日

前　　言

　　21世纪的第一个十年，文艺学界曾掀起一场关于"日常生活审美化"的论争，众多学界大咖领衔，文艺界学人几乎全员参与。笔者进入山东大学文艺学专业攻读博士的时候，论争已经退潮，但谭好哲先生还是兴致勃勃地组织了我们几个选修了他课程的学生进行课堂讨论，这样的课堂讨论他肯定组织了不止一次，足见这个话题多么有吸引力。和其他大多数的论争一样，这场论争也是在双方口干舌燥之后不了了之的，彼此都没能说服对方。我们重提这场论争，无意于做出裁断——即便到了今天，其中的是非曲直仍不是几句话能说清的。但有一点是千真万确的，"日常生活审美化"正势不可挡地席卷我们的生活世界，无论支持还是反对，都不会有任何改变。笔者决定写作这本书，恰恰就与"日常生活审美化"的影响有直接关系。

　　精神分析大师雅克·拉康指出，我们是在他人的目光中进行自我认同的。所以，只要不是自弃于社会之外，我们总会尽可能地向他人展示自己的优秀，总会通过衣着、谈吐、仪态等种种细节来让自己显得有气质、有品位。"日常生活审美化"大潮涌动，多少也与我们的这种追求有关。商业资本精心打造的形形色色的所谓"个性、品位、档次、风范"，总是能让我们丧失抵抗力，让我们为之痴迷、为之焦虑。笔者底层出身，人生前半程又不顺利，磕磕绊绊进入城市后，非常敏感于外界的眼光，担心别人觉得自己土气，刚刚拿到工资便购置了一件价格不菲的风衣。每至社会场合，总是百般思量、斟词酌句，但越是这样，越是辞不达意、频生尴尬，与自我期许的妙语连珠、挥洒自如背道而驰……当意识到沉默可能是最适合自己的姿态后，我选择了安静地坐在角落里欣赏别人的表演，不揣恶意但也相当苛刻地在心里进行分析和评判，并每每为看穿了别人的表演而自我陶醉。

2019 年 11 月 23 日至 24 日，我应邀参加在郑州弘润华夏文学艺术中心举办的"田中禾文学创作 60 年暨《同石斋札记》新书研讨会"。见到田中禾后，发现自己失语了，我没有办法给他贴上一个标签，没法把他归入之前见过的任何一种审美类型。

美国文化批评家保罗·福塞尔的名作《格调——社会等级与生活品味》一度是我对他人进行审美评判的参照，也是我自己穿衣戴帽的指南。在这本书中，福塞尔大致根据金钱的占有数量和来源把美国社会分为三个阶级九个阶层，然后从衣着、住房、消费、休闲、谈吐等日常生活的各个维度，晓谕我们如何根据一个人的表现判断他属于哪个阶层。大致来说，在三个阶级中，底层阶级是最没品味的，因为他们的全部精力都花在维持生存上，无暇他顾。上层阶级是最有品味的，他们倾向于表现得素朴、随意、低调，除了躲避大众的仇富情结，一个重要的原因是他们用这种风格来表达自己的优越感——高高在上的他们根本不需要从别人艳羡的目光中获取信心。不过，他们并不是真的素朴，那只是一种精心打造的、他人无法模仿的风格，每件看似平淡无奇的物品，其报价都会让人瞠目结舌！中层阶级的各个阶层是福塞尔吐槽的主要对象，他们总是企图把自己打扮成高于自己实际等级的样子，而正是这种企图暴露了自己层次的低下，比如，在名片上印上一大串体面的头衔，恰恰表明了自己的不入流；显摆自己和某些名流关系亲密，无异于宣告自己既无名气又无格调。2020 年热播的电视剧《我是余欢水》用最戏剧化的方式诠释了福塞尔的逻辑，余欢水所有的撒谎和伪装，都在宣布自己人生的失败。我的那件风衣，想必也只会暴露我的虚荣和寒酸。

尽管对上层阶级的趣味表达了一点好感，从审美上把他们称为"一个不错的阶级"，但福塞尔绝不把他们视为审美理想，"美国的上层与所有贵族共享一种一望可知的特性：他们对形形色色的思想无动于衷，毫无兴趣"①。福塞尔赞赏的是"冲破常规的另类"，这些人多是自由工作者，经济独立，思想独立，不受体制和习俗的约束，举止和行为都自由自在。他们和上层人物一样拥有大部分自由和一部分权力，只是没有那么多钱，算是"没钱的贵族"。他们大量阅读，把读书看作人生体验的一部分，完全按照自己的喜好选择图书。他们鄙视那些旨在炫耀自身地位的大众做法，往往反其道而行之，我行我素且自得其乐。他们的衣着也追求与众不同，穿西装时他们会故意不打领带，穿休闲装时则会选择打满补丁的牛仔裤或洗得褪了色的灯芯绒裤。"另类完全按照自己喜爱的方式穿着打扮，他们从不刻意修饰以取悦于人，因为他们觉得没人值得他们下这样的工夫。因此，他们穿得很舒适随意，而且通常都有些'不羁'。其实只要永远按照比别人的要求差一级的原则来穿着，就能达到这一效果。"② 福塞尔认为，超然于阶层区分造成的压抑和焦虑的"另类"是美国的未来，他在书中的最后一部分写道："如果说想象力贫乏、理解力有限的人竭力想钻进中上层社会，那么，那些有着天赋过人的心智和洞察力的精英们则正在奋力摆脱束缚，准备走进另类的行列。"③

　　田中禾的格调显然不属于以上三个阶级中的任何一个。他像福塞尔笔下的贵族阶层一样衣着素朴、举止优雅，但没有后者的做作、冷漠和傲慢，他极具亲和力，让人如沐春风。他和中层阶级中的知识阶层一样博学多识，但没有他们身上的学究气、酸腐气，不像他们那样把焦虑写在僵硬的肢体和紧绷的脸上，他身姿舒展矫健，神情安然自若。他和

---

① ［美］保罗·福塞尔：《格调——社会等级与生活品味》，梁丽真、乐涛、石涛译，北京联合出版公司 2017 年版，第 30 页。

② ［美］保罗·福塞尔：《格调——社会等级与生活品味》，梁丽真、乐涛、石涛译，北京联合出版公司 2017 年版，第 250 页。

③ ［美］保罗·福塞尔：《格调——社会等级与生活品味》，梁丽真、乐涛、石涛译，北京联合出版公司 2017 年版，第 260 页。

"冲破常规的另类"一样追求思想独立，以读书为乐，不受体制和世俗的约束，但不像他们那样愤世嫉俗，不像他们那样追求与众不同。他坦言自己喜欢唱流行歌曲，并愿意花费时间记词记谱；他不喜欢但也不排斥宴饮聚会，极具活跃气氛之天分且乐意为之，绝不悖逆人情冷人兴致。

作家乔叶在研讨会上用"清新"和"骄傲"来描述田中禾，算是相当有见地的了，但还应该加上补充说明，清新但不单薄，骄傲但不傲慢。我们还可以循例再找出一些字眼，比如从容、优雅、高贵、温和、细腻……当然，也要分别加上补充说明才准确。如此，我们自然会想到"中庸"，但它不是用来描绘感性的词汇，而且，即便用来形容田中禾的思想，也并不准确。在会议室里坐了两天，注视着田中禾的一举一动，我搜肠刮肚地寻找可以准确描绘他的气质的字眼，没有找到。或许，找不到就对了！作为一个作家，他一直在追求自我超越，不愿重复别人也不愿重复自己。不断地自我超越成就了他的丰富，这种丰富体现在文字中，也外显在气质上，没有哪个字眼能够对其进行恰如其分的言说。

用魏晋时期人物品评的一些句子来形容田中禾，倒是非常生动贴切："濯濯如春月柳""轩轩如朝霞举""岩岩若孤松之独立"，或是"萧萧肃肃，爽朗清举""肃肃如松下风，高而徐引"……不过，把田中禾的气质风神纳入"魏晋风流"中，也不合适，他没有王右军身上那种世袭的贵族气，也不像阮籍等人那样放诞猖狂。较之田中禾，福塞尔口中的"冲破常规的另类"与"魏晋风流"更为契合。往更加自然、通达的方向寻视，则是禅宗的美学人格，"一切声色事物，过而不留，通而不滞，随缘自在，到处理成"。田中禾的处世态度确有禅宗的豁达、超脱，"油罐打了不回头"①，不过，禅宗追求"无我""无念"，

————————————

① 田中禾：《梦中的橄榄树·油罐和羊》，见《同石斋札记·花儿与少年》，大象出版社 2019 年版，第 47 页。

而田中禾对"自我""思想"极端珍视。

关于田中禾的最传神的文字，来自与他亦师亦友、诗人气质浓郁的作家陈峻峰：

> 他的学者素养、诗人气质、经典标尺和高贵品质，成为风范，一种光，鸡公山日出，初曙，在巅峰和绝顶，俯瞰的角度，灿烂晨曦如红色潮向我推进，漫过山水，奔涌而来；白日一照，浮云自开，一棵树、新竹、草、最深处的叶子、野山菌、雏鸟、青虫、结网的蜘蛛，及至背阴的岩石和蛇，都感受到了。而抓不住，无以描画和指认，空无一物，似有所感，不能触摸；在先生的形象里，文字里，言谈举止里，及至在先生走路、吃饭、衣着、发型、呼吸、语感、情绪、手势、坐姿里。那就是高贵。高贵是植被。自然的植被。你或者会见到几棵高大的树木，一片小小的林子，一些草坪，或繁花，但那可能并非植被。植被是千百万年区域、纬度、土壤、光照、气温、雨水，以及动植物类别的综合。受制于环境，也影响着环境，形成生态。植被是大自然的贵族，万年而成，因此不是你栽几棵树，撒一些种子就是了，那仅仅是期望，一种浅显的努力。先生的高贵，是故乡、家族、日光、泥土、诗意、知识、教育、传承、天赋、基因、信仰、自觉之综合……①

这种高贵，让人羡慕，乃至嫉妒。陈峻峰说得不错，这种高贵是学不来的，"不是你栽几棵树，撒一些种子就是了"，但我还是有些不甘心。田中禾是一个作家，自称写作只是为了满足自己的述说欲，"仅仅是个人的述说，个人的家事"②，那么，他的文字应该记载了他的成长，应该能够告诉我们他的高贵气质是如何养成的。写一本书，把自己变成田

---

① 陈峻峰：《无穷的胜景》，《延河》2020年第10期。
② 田中禾：《个人——文学的至高无上的主人公》，《作品》2007年第4期。

中禾，是我写作本书的初衷。当然，谁也不能真的变成别人。但我相信，一直都相信，读过的书、写过的文字，会沉淀为自己气质的一部分，尤其是你敞开心灵去阅读、去写作的时候。我也相信，这样的写作，触动自己心灵、提升自身格调的写作，对于读者多多少少也会有所裨益。

目　　录

第一章 作家的"诞生"：1941—1980

　　我一直觉得自己是个幸运的人。上帝把我造就在一个历史悠久的小县城，生在一个不富贵也不贫穷的小商人家庭，让我有一个智慧而坚强的母亲，两位具有文学天赋和浪漫性情的哥哥。在我成长的过程中，总能得到长者、仁者的支持、关爱和帮助。我在娇纵中前行时，上天及时降磨难于我，赐给我丰富的人生，把二十年底层生活变成我写作的宝贵财富。多少次，当我在困厄中看到一条可行的路时，上天总会无情地把它堵上，它对我说，你只能走这条路——为写作而活着，因文学而幸福。

——田中禾：《因文学而幸福》

　　这段话高度概括了田中禾是如何走上文学之路的。不仅如此，田中禾何以是田中禾——他的气质，他的感知和思维方式，他面对人生和世界的姿态，以及他的文学观和文学风格的形成，都可以从这段话中找到答案。

　　精神分析客体关系学派强调母婴关系在个体精神成长中的重要作用。唐纳德·温尼科特认为，人生初期阶段受到足够好的抱持，对于个体日后的精神健康至关重要。所谓"抱持"，取满怀爱意地将婴儿环抱于臂弯中这一形象，意指妈妈无微不至地照料与呵护孩子。好的抱持有助于"真我"的形成，而所谓"真我"，就是我们常说的"自我""内在的我""灵魂深处的我"。按照温尼科特的说法，它源于个体婴幼儿时期的"主观全能感"，那时孩子感觉自己无所不能，以为世界是自己的主观意愿创造出来的，饿了就有奶喝，冷了就有衣服上身，他不知道这一切是妈妈悉心照料的结果。在温尼科特看来，这种貌似荒诞的"主观全能感"是日后个体的自信心、想象力和创造力的根苗。如果这一根苗在孩子懂事以后，能够继续得到培育，他的"真我"就会得到充分发展。简言之，被爱的孩子对自己更有信心，更有安全感，因而也更敢于开展创造性的活动。反之，没人爱的孩子就没有自信，也没有安全感，他很早就要独自面对冷漠残酷的外部世界，从而导致"真我"缺失，而"假我"茂盛。所谓"假我"，是完全应现实需要和他人期望而动的自我，是我们切齿痛恨又难以摆脱的"人格面具"。"假我"过于强大的人，没有主见，人云亦云，循规蹈矩，而且，往往格外看重名利——他要借此抵御不安全感的侵袭。

田中禾敢于为了追求文学梦而擅作主张从名牌大学退学，敢于对博尔赫斯和卡尔维诺评头论足①，敢于与季羡林先生"商榷"②，他的"真我"特别强大。并非巧合的是，他恰恰就有一位伟大的母亲。田中禾本名张其华，他跟随母亲的田姓并使用田中禾这个名字，就是为了表达对母亲的感激。所以，认识田中禾，我们先从他的母亲以及母亲给予

① "我从不认为博尔赫斯有那么重要，尽管他被尊为拉美文学爆炸的先驱，我觉得我还是更喜欢加西亚·马尔克斯和巴尔加斯·略萨。我承认他的智慧游戏能启迪人的心智，开发人的精神，但兜不出花园里那条交叉的小径，文学很难有大气象。正如我很赞赏卡尔维诺的智慧和创意，但我觉得也许他是缺乏构思的魄力和耐力，不得不干脆以破碎代替完整。"——田中禾：《从〈沙恭达罗〉到〈第二十二条军规〉》，见《同石斋札记·自然的诗性》，大象出版社2019年版，第151页。

② 针对季羡林先生的论断"西方文明已经繁荣昌盛了几百年了……代之而起的必然只能是东方文化或文明"，田中禾认为，季羡林先生的论断多少将人类文明发展的复杂流动简单化了，"研究西方文化，不可以西方文化优越为前提，反之，研究东方文化，亦需首先破除东方文化的优越感"。应该说，田中禾持论公允，论证精辟。——田中禾：《说东道西——与季羡林先生商榷》，见《同石斋札记·自然的诗性》，大象出版社2019年版，第203页。

他的完美抱持开始。

第一节　母亲的馈赠

田中禾的母亲，是一个伟大的女性，一个完美的女性，唐河县牌坊街的传奇人物。

1944 年，田中禾四岁，父亲张福祥病逝，留给妻子四个孩子和一个近乎空壳的杂货店，连丧事用的孝布都没钱去扯。这个新寡的年轻女人没有像亲戚和街坊们预想的那样改嫁，而是以非凡的勇气和智慧撑起了摇摇欲坠的家，像男人那样做起了生意。只用了不到一年时间，杂货店就有了起色。年关到来的时候，店里货品琳琅满目，年货备得很丰富，祭灶仪式也格外隆重。

　　荆条缚成长笤的神后大黑碗，汝州青瓷，显眼地码垛在店门口。马山铁锅、木瓢，南方来的花椒、胡椒、调料、海菜，社旗刀剪，李氏锄头、镰刀，香表、蜡烛，过年用品。货柜上除了日常杂货，还出现了油纸裹着的沉重的铁器，那是城里少有的冷门货，汉口来的轧花辊、刺条、钢套。年关是灯笼、笊篱热销的季节，母亲白天在货摊上忙碌，夜里和全喜表兄一起带着新雇的伙计，连明彻夜赶编铁活。

　　这是我们失去父亲后的第一个新年，一进腊月，母亲就忙着张罗年货。堂屋廊檐下挂起腌制过的牛肉，鲜红的肉块散发出花椒和食盐的气味，使人馋涎欲滴。掏出灶底柴灰，铺在厢房地上，把新鲜的豆腐切成大块，埋进柴灰，起干水分，腌成五香豆腐干。厨房门外垛起干柴，堂屋当门架起酒船。经过煮熟、发酵的糯米装进细长的榨酒袋，放在酒船上，压上大石，屋里日日夜夜响起淅淅沥沥的声音，酸甜的酒香弥满小院。

今年我家更换了新户主，母亲对祭灶的仪式更加重视。……

——《十七岁·第 5 章》

这段过年、祭灶的描写，让我深受触动，唤起了我的荧屏记忆。那是一部制作精湛的电视剧，讲述的也是商界女性传奇的故事，2017年播出时好评如潮，之后获奖无数，它就是《那年花开月正圆》。在第 55 集里，吴家大院举行隆重的年会盛典，此时，周莹——与田母一样也是遗孀——已将败落的吴家经营成富甲天下的商业帝国，华灯璀璨，笑语喧哗，堆金积玉，普天同庆，她端酒站上桌子祭拜天地……坐在电视前的我一度热泪盈眶。田中禾的母亲，堪称现实版的周莹。

当然，一个杂货店无法和一个商业帝国相比，但田母在她的小舞台上展现出来的运筹帷幄的能力，并不啻于荧屏人物周莹。她不仅把"福盛长"杂货店经营成了当地有名的商号，赢得了牌坊街男女老少的尊敬，而且在风云变幻的岁月中，始终准确地判断时局的走向，让自己和家人躲开了历史车轮的碾压，把几个孩子培养成才。比如，1947年春天，田母让成婚不到一个月的女婿带女儿出门闯天下：

……

曹相公露出了胆怯，不知该怎样回答母亲的话，他想说回去跟我妈商量商量，又怕我母亲笑他没有男子气概。

看他半天答不上话，母亲笑了一下说，回去跟你爹、你妈商量商量。书雯你们俩也好好商量商量。人，总得把眼光放远一点，不要只看鼻子底下那一点。八路军正在南阳、开封招人，要是你们愿意，我拿路费。

母亲的话使曹相公更感意外，八路军在咱这儿还没站稳，您放心吗？

母亲从鼻子里笑了一声，等人家八路军坐稳了天下你们再去参加，不是耽搁了好时候？

——《十七岁·第 6 章》

这等见识和气魄，须眉之中又有几人能及！感慨之余，我说与妻子听，不期让她黯然神伤。当年岳父岳母根本不想供她读书，一度撕毁她的课本，她是顽强地冲破了父母的阻力才延续学业上了大学。那可是近半个世纪后的事了，我岳父还是有着复员军人资历的村支书！

你可以抗议说，《十七岁》是一部小说，田中禾的记忆也不一定可信。或许吧，但对我们来说，重要的恰恰就是田中禾记忆中的母亲是什么样子的，牌坊街人眼中的张二嫂和田中禾笔下的母亲是否有出入，并不重要。在奥地利精神分析学家梅兰妮·克莱因看来，相对于现实中的母亲，"内化的母亲"——即孩子认同并铭刻在记忆的母亲——对于孩子的精神成长更为重要。我们终将要与现实中的母亲分离，但"内化的母亲"会永远伴随着我们，让我们感受到温暖、安全和爱。"这种内化的母亲将会证实是终其一生最有帮助的影响，虽然这种影响会自然地随着心智的发展而在特质上有所改变，它相当于真实母亲对于幼儿生存所拥有的绝对重要地位。我并非意指'内化的'好父母会在意识层面如此被感觉到，甚或是存在的，而是存在于人格中某个带有仁慈与智慧的部分，这带来了信心与对自己的信任，有助于对抗与克服内在拥有坏人物及被无法控制的恨意宰制的恐惧感，此外，这些也带来了对家庭外的外在世界之他人的信任。"[1] 田中禾讲述的母亲，正是他的"内化的母亲"。我们要探究母亲对他的影响，要了解其人格的生成，他本人的讲述远比实证主义推崇的所谓客观资料更值得我们倚重。

田中禾为我们呈现了一个完美的"内在的母亲"的样本，如果克莱因有机会读到这些文字，一定会为自己的学说感到自豪：

---

[1]　[英]梅兰妮·克莱因：《爱、罪疚与修复》，吕煦宗等译，九州出版社2017 年版，第 311 页。

　　那些日子，我们觉得自己一点也没长大，对生活中的任何坎坷曲折都不在意。母亲坐在这儿，我们就仍然有宠爱和娇纵可以仗恃。听大哥说，二哥刚回到郑州见到妈妈，像一个在外边受了欺侮的孩子，喊一声："妈——"就哇哇大哭起来。……珍没有看到这些。她没有看到二哥肩背落满尘土的破提包、旧麻袋，穿着打补丁的棉袄，老态龙钟走下站台的模样。她看到的是经过母亲抚慰，重又变为被溺爱的二模糊的二哥，换上干净衣服，恢复了爱整洁的癖好，脸上浮着谦和调皮的微笑唱京戏："……新四军——久在沙家啊浜——"他拍着脚掌，微微摇头，像从前一样一字一板煞有介事。

——《印象》

　　母亲的身影用骄矜、自若笼罩着我，我仿佛听见人们发出的羡叹：瞧这女人！瞧这孩子！在这样的感觉中长大，我无法想象人的一生除了骄矜、自若，还会有别的什么心态？直到母亲的晚年，和年近八十的母亲一起上街，我仍能感到自尊心的满足，如孩提时一样沉浸在骄矜、自若的喜悦里，一点也没觉得自己是个落泊回乡、寓身市井、身份灰色的无业游民……

——《十七岁·第1章》

　　我从来没有意识到母亲已八十二岁高龄，自己也已四十多岁，总以为还是八岁孩子依恋着夜夜搂我入眠的妈妈。现在便觉是一个顿然失去母爱，不得不在冷酷的人世开始孤独旅行的大孩子，常在深夜里蓦然惊醒，凄惶地沉入回忆。我知道，太多的母爱塑造了我，使我永远娇漫、任性、不知世事，不愿意长大。我不知道，如果失去孩子般的顽皮与直率该怎么过活。

——《梦中的妈妈》

事实上，这时的母亲已经不能再为"我们"遮风挡雨了，但"我们"仍然能从母亲那里获得足够的安全感，"仍然有宠爱和娇纵可以仗恃"。

面对这些文字，我们能够深切地理解，何以精神分析看重家庭关系和童年期经验，何以温尼科特强调"抱持"在个体精神成长中的意义。自信、强大、率真，真不是你想拥有就能拥有的，也不是喝一些心灵鸡汤就能长出来的！田中禾娓娓讲述个人的家事，使之成为灵魂的一面镜子，这种做法本身也是需要自信的，因为当我们谈论文学是"灵魂的镜子"或"精神的切片"时，往往倾向于认为那些深晦的、锋利的文字才是好的文学，而田中禾对此不以为意。

仅仅无微不至的呵护，仅仅宠爱和娇纵，并不就是完美的抱持，不仅不足以保证孩子精神的健康，相反，还有可能导致神经症，温尼科特称之为"自恋性人格障碍"，也就是我们口中的"巨婴""妈宝男"，自闭自恋，自以为是，若世事不随己意，便狂怒不已。所以，温尼科特告诫我们，抱持是有一定时限的，过了这个时限就应该放手，让孩子走出怀抱，去接受现实空间的洗礼。这对母亲来说并不容易，所以通常是由父亲把孩子从母亲的怀抱里扯出来——这样一个阶段在弗洛伊德那里叫做"俄狄浦斯时期"；之后，再把他从巢穴中驱赶出去。田中禾的母亲非常理性地"扮演"了父亲的角色，送——有时是"赶"——孩子们一个个出门远行，先是女儿和女婿，然后是三个儿子。这样的母亲，温尼科特称为"六十分妈妈"，相比始终像照顾婴儿一样把孩子攥在手心里的"一百分妈妈"，这样的妈妈对孩子的成长才是最好的。

其实，田母始终都在"扮演"双重角色，而且非常完美。精神分析大师卡尔·荣格对于两性人格有着非常独到、精辟的见解，他认为我们所谓的男性特质或女性特质，只是文化塑造出来的，其实并不存在。我们把坚强、果敢、理性、善于自我控制作为男性特质予以颂扬，把软弱、犹豫、感性、情绪化视为女性特征进行贬损，但尴尬的是，某些"硬汉"往往最容易受到女性化情感的支配，表现为蛮横武断、反复无常，而纤薄单弱的女人在磨难面前却往往能表现出令人瞠目的力量和果敢。荣格并不主张取消两性划分，他认同两性应该表现出不同的性情，甚至赞同在职业选择上的性别区分，但是，他反对"特质"的概念，反对把性别"纯化"。男人的一半是女人，女人的一半是男人，区别只在各自的优势方不同。形象点说，男性并不就是"刚"，女性并不就是"柔"，完美的男性是"刚中带柔"，完美的女性则是"柔中带刚"。一旦"纯化"，人格就不完整了，失去了作为补充的另一面，"刚"和"柔"都会向着丑陋蜕变。比如，"纯爷们"就不是个好标签，散发着粗野的气息，而粗野并不等于勇敢或刚毅，以"纯爷们"自我标榜的人往往会干出不爷们的事情，既不会成为好丈夫也不会成为好父亲。田母就曾教导田中禾："能大能小是条龙，只大不小是根虫。"① 能大能小，就要有柔，刚柔相济。同样，"小女子"可以是自谦之词，但不应成为女性的自我定位，柔到无骨就是弱，弱就经不起风吹雨打，既不能作为好母亲给孩子遮风挡雨，也不能作为"木棉"与"橡树"并肩而立②。不幸的是，文化恰恰是在推进性别的"纯化"，使得男人和女人都变得不怎么完整。

田中禾的母亲却是一个完美的女性。在娘家的时候，由于父亲不可理喻的顽固和暴躁，她已经是母亲理家的好帮手了，亲事也是自己做主定下的。之后丈夫去世，她的才华有了施展的空间，不卑不亢，进退有度，缘情循理，左右逢源，很快在牌坊街树起了好口碑。

> 亲朋故旧无论婚丧嫁娶或是弟兄分家、邻里纠葛，都会套上一辆车，请母亲到场，由她指点、调解、评判，什么时候都能处理得圆满周到。
>
> ……
>
> 那时我的表兄在县政府干事，他挎着匣枪、穿着皮鞋到我家

---

① 田中禾：《寸草六题·手帕兜着的一碗饭》，见《同石斋札记·花儿与少年》，大象出版社 2019 年版，第 47 页。

② "木棉""橡树"的意象来自舒婷的诗歌《致橡树》，这首诗堪称女性主义者的爱情宣言。

来，母亲用锐利的目光上下打量他，然后严厉地说："到我这儿来，把你的枪摘了，皮鞋脱掉！"母亲去世后，表兄说："我这一辈子谁也不怕，就怕我姑。"但表兄也最敬爱她。

……

母亲说："别看你瞎大娘是个讨饭的，人穷死，不怂死，是个好样的。"瞎大娘在我童年的心目中留下亲切美好的印象。我明白了穷并不丢人，怂，才丢人。人在无论怎样的境遇里也不能颓废消沉失去尊严。

……

在"文化大革命"中，二哥是"右派"，姐姐、大哥是"走资派"，我被当作"反革命"投入监狱。在一个收工后的黄昏，母亲突然出现在看守所门口。她衣着整洁，仪表端庄，毫无愧色地对看守说："我来看我的娃儿。"母亲那不失尊严的风范照耀着我，我灰暗的心田立时一片明朗。

——《寸草六题·春天的思念》

在母亲的晚年，每逢我和她一起走过大牌坊旧址，她都会扭头看着路边说，这儿从前是惠家布店，你爹死的时候，我没钱扯孝布，惠掌柜一大早送来了两匹白布。他是个好人。

——《十七岁·第4章》

他们逼我，妈。他们非要我承认和谢敏之……关系不正常。

一个女孩家，不能往人家头上扣粪罐子。白纸黑字可不能乱写。千年古字会说话呀，娃。

——《十七岁·第14章》

（一个远房表哥偷卖了田家的字画）后来我问母亲，母亲说："这事兴许是有的。那时也听说。都是亲戚，不过是一幅字，犯不着细追。"

——《落叶溪·牌坊街三绝》

"那时他在台上，如今在难中，不能让牌坊街的人笑话咱们势利。"母亲这样说。

——《落叶溪·二度梅》

如此摘抄罗列，不免有偷懒取巧之嫌，但思量再三，还是这样做了。与这些文字相比，任何分析都显得苍白。

我们肯定会认可源通货栈的账房李先生对母亲的评价——"张二嫂这个人做事比男子汉还硬气。"（《十七岁·第5章》）不过，必须特别指出的是，母亲赢得牌坊街男女老少的尊敬和爱戴，并不是因为她像男子汉，而是因为她有男子汉的理性、胆识和气概，同时又不失女人的温婉、细腻和体贴。由于种种复杂的社会文化原因，当下"男人化的女人"（"女强人""男人婆"）和"女人化的男人"（"娘炮""娘娘腔"）越来越多。在荣格看来，这是一种比性别的"纯化"更畸形的现象。打个比方，理想的两性关系就像一幅色调和谐的画卷，性别的"纯化"只是通过强化色调对比破坏了画面的和谐，虽然刺眼但尚且能看；性别的"对调"则是把颜色搞乱从而彻底毁掉了画卷。所以，即便是当下，"女强人"也不受人欢迎——人们尊敬她们但敬而远之，无论男人还是女人，都不愿与她们亲近，如果不是别有用心的话。田母并不是这种人（《那年花开月正圆》中的周莹也不是），人们都愿意亲近她，甚至忘记了避嫌，忘记了她的寡妇身份。《十七岁》中，商界大神李先生、知名媒红王月老、革命新贵胡政委……这些有头面的人物都喜欢到杂货店喝茶说话；而《落叶溪》中，城里乡下的那些姑婶大娘们，也大多和母亲形同闺蜜，没人把她看成森然不可亲近的二掌柜婆。这就是人格的魅力！在田中禾的记忆里，母亲总是忙忙碌碌，但没有磨掉她似水的柔情：

妈妈的手在我身上轻轻地打着节拍，微微颤动着腿。哦，妈妈，她唱起歌是那样婉转、动情，整个身心都沉浸在甜美的愉快里。在那一刻，我觉得母亲分外温柔，美丽，绝不只是柜台上一个精明矜持的女掌柜，我觉得妈妈是这般亲切可爱。

小白菜啦——

黄又黄啦

三生四岁

离了娘啊……

妈妈唱起一支凄婉的歌，我被深深的同情心打动，凝神倾听，关注着歌里那位可怜的小丫头。我觉得，妈妈是在用她的心歌唱。

——《寸草六题·母亲的歌》

在精神分析看来，夫妻性格互补且相处融洽，对孩子的成长是最理想的。如果夫妻之间冲突不断或一方过于强势，孩子就难以形成健全的人格，他一般会选择认同其中一方（性格、价值观、行为方式等）而排斥另一方。单亲家庭对孩子的成长自然也是不利的，缺失一方的影响是家庭外的同性别成员难以填补的。田中禾很幸运，他有一个伟大的母亲，完美地融合了女性和男性的优秀品质。在母亲的养育和熏陶下，他的人格发展比大多数父母健全的个体都要完整。①

从文化的角度审视前面列举出的母亲的那些事例，我们会发现，母亲遵循的基本是儒家的道德法则和行为方式：顺情应理，有礼有节，不畏权势，不轻贫贱，不失尊严，不忘恩情，不为自保背良知，得饶人处且饶人，别人风光之时不攀附但落难之时施援手……

田中禾的气质中，就有儒家的君子风范，我爱人见到我和他在研讨会上的合影后，脱口说出了"君子如玉"的评价。陈峻峰描述他——"典型中国知识分子形象，思想者，民国风，一股清流。"② 民国多学贯中西的思想和文学大师，田中禾的话语也很洋气，西方思想大师和文学大师在他笔下出现的频率远高于本土先贤。如果细细品味的话，田中

---

① 田中禾的两个哥哥，以及他的家庭构成——除了亲人，还有奶妈和伙计们——对于他的精神成长的意义也不能忽略，我们将在下一节予以探讨。

② 陈峻峰：《无穷的胜景》，《延河》2020年第10期。

禾的气质和他们——如胡适、徐志摩和戴望舒——相比，更为温润冲和，那种舶来的洋气要淡一些。这种精神气质，想必与母亲的影响有关系。母亲的一言一行，那种胸有丘壑、从容不迫的大气，那种积极进取、能进能退的姿态，以及与人为善、成己达人的处世之道，都刻进了他的记忆，也注入了他的精神气质。

田中禾和他的母亲，让我想到另一位作家和她的母亲。2009 年，赫塔·米勒获得诺贝尔文学奖，她作了题为《"你带手绢了吗?"》的获奖演说。在白色恐怖的岁月里，米勒每天早晨走到街上之前，母亲都会问她——"你带手绢了吗?"在她讲述的几个和手绢有关的故事里，手绢象征着整洁、文明和尊严。米勒对自己也对我们问道："'你带手绢了吗'这个问题是否到处都有效? 它是否在冰冻与解冻之间的雪花闪耀中也能向整个世界展开? 它是否也能跨越千山万水跨越每一条边界?"① 现在我们可以回答：是的，这个问题到处都有效，无论在赫塔·米勒的故乡罗马尼亚，在奥斯卡·帕斯提奥被流放过的俄罗斯②，还是在田中禾生于斯长于斯的古老中国。

> ……此后十年的底层生活，无论处境多么艰难，出门时母亲总用审视的眼光仔细打量我的衣服鞋帽。如果发现妻子为我打的补丁针脚不够细密，她要亲手拆掉，重新缝补。在物质穷窘的日子，过年可以少吃肉，不可以不扫房子，她给我们留下的形象永远是精神振奋、充满朝气的样子。③

---

① 〔德〕赫塔·米勒：《镜中恶魔》，丁娜等译，江苏人民出版社 2010 年版，第 7 页。

② 赫拉·米勒在她的演讲中，谈到了她的同胞、诗人奥斯卡·帕斯提奥告诉她的一个刻骨铭心的往事：在被遣送到俄罗斯劳动营的那段时期，有一个年长的俄罗斯妈妈曾经送过他一块绢布的手绢，一块带有精细刺绣的字母和花朵的、从来没有用过的手绢。

③ 田中禾：《寸草六题·春天的思念》，见《同石斋札记·花儿与少年》，大象出版社 2019 年版，第 82 页。

让我们向这些伟大的母亲致敬！

第二节　兄长的引领

我们每个人都要从母亲温暖的怀抱中走出来，进入森严冷漠的外部世界。用温尼科特的话说，是从"抱持空间"进入"现实空间"。由于两种空间之间存在着巨大的落差——从与母亲的共生融合到走向独立，从无拘无束、任性恣情到遵规守纪、屈己待人——这种切换并不容易，处理不好会留下创伤，使个体遭受焦虑症、被迫害妄想症等精神疾患的困扰。因而，居于二者之间的"过渡空间"对个体心灵的成长就尤为重要。比如，学校就是典型的过渡空间，在这里老师还会像妈妈一样给予你一定的抱持，但你也要遵守纪律，学习与人相处。从幼儿园到大学，学校给予你的抱持逐渐减弱，直到你做好充分准备接受现实空间的洗礼。当然，如果你一生都流连在过渡空间中，一生都有人呵护，比如在家族企业中任职，那你无疑是幸运的。现实空间是我们大多数人不得不进入的生存空间，但并不是一个理想的空间。抱持空间也不是，待在母亲怀里我们永远长不大。过渡空间才是。儒家"家天下"的社会理想就是把天下变成家的延伸，变成一个温暖的过渡空间——"人不独亲其亲，不独子其子。使老有所终，壮有所用，幼有所长，矜寡孤独废疾者皆有所养。"（《礼记·礼运篇》）。从古到今，我们都盼望配得上"父母官"称号的官员主政，作为百姓的"父母"，他们能给自己的属民以抱持，把自己的辖地变成过渡空间。

应该说，田中禾很幸运，不仅接受了母亲完美的抱持，向现实空间的过渡也很完美。他的家，福盛长杂货店，是第一层次的过渡空间。一方面，家里的伙计和佣人们，也都宠他爱他，使他得到了比小户人家孩子更多的呵护。但另一方面，这些人毕竟和亲人有所不同，同住一个屋檐下，关系其实很微妙：不能太不见外，任性撒娇；也不能太疏远，伤人自尊；要提防他们的捉弄，中招了也不能生真气。田中禾的人缘很好，总能游刃有余地处理人际关系，与他小时候的生活环境可能有一定关系。

牌坊街，父母两边的老亲少戚，以及与张家关系亲密的生意伙伴，构成了第二层次的过渡空间。在《十七岁》和《落叶溪》等讲述个体记忆的文字中，田中禾多次提到他在县城里的串游，以及他和哥哥们因逃避战乱而寄居乡下的生活。因为母亲的威望，也因为他们懂事、有教养，几乎所有的街坊邻居、亲朋故交都像对待自己的孩子一样，拿出最好的饭菜招待他们。无论到了哪里，他们都如同尊贵的王子。田中禾就读的小学和中学，我们也视为第二层次的过渡空间，这里有杨玉森那样赞赏他、鼓励他、爱护他的老师，而且，离母亲很近。

走出第二层次的过渡空间，就要进入现实空间了。田中禾去郑州读高中，然后进入兰州大学，之后退学，先后在郑州、信阳、南阳漂泊了二十余年，历经坎坷。但是，至少和二哥相比，他身处的现实空间不那么残酷，因为不远处有他的母亲，还有他的大哥张其俊。

家里的五个孩子中，田中禾最小，大哥排行第三，前面有两个姐姐。大姐在父亲去世之前就因病去世了，二姐和大哥年龄差距很小。父亲离世后，大哥作为长子，心里陡然多了一份沉甸甸的责任感：

> 隔了一天，母亲到同康点心店买了两包什锦糕点，装进精美的木匣，红绒线系了，提在手上，带我大哥去拜见商会会长段中洲。走进客厅，母亲把大哥推到会长面前说，这是我家老大——书勋，往后请你段三伯多多照应。段三伯笑着说，好啊，我看这孩子有出息。

从此以后，我家店铺的字号由"永聚祥"改为"福盛长"，业主由张福祥改为张书勋。到了过年，给各商号递送贺年帖子，落款也改为"福盛长　张书勋鞠躬"。

——《十七岁·第 5 章》

大哥当然只是一个形式上的户主，但不能小觑这个形式对一个十三岁孩子的心灵产生的冲击。其时，大哥已经进入惠民中学读初中，在那个时代已经算是个知识分子了，他应该很清楚自己在这个家庭中将要扮演的角色。田中禾兄弟三人中，大哥的人生之路走得最为稳健，想必与他的家庭责任感有一定的关系。

天赋这个东西确实存在，现代基因学的发展已经证实了这一点。但我不喜欢这个概念，因为天赋不能也不需要分析，而不作分析的话，我的文字就失去了存在的合法性。所以，我们承认田中禾的说法，他们三兄弟都是有文学天赋的，但还是要不厌其烦地啰嗦几句：其实，如沃尔夫冈·伊瑟尔所说，热爱文学是人的一种天性。从进入文明时代以来，无论是个体还是群体，都在致力于跨越边界，走向新的生存可能性，用田中禾小说中的桥段来说，"山那边"总是让人无比向往。我们从丛林走向平原和大海、从封闭走向开放、从地球走向太空、从现实走向虚拟，都是"越界"的实践。"越界"是一种先验的、人类学意义上的心理趋向，而文学则是典型的"越界"行为，帮助我们超越现实和时空的限制，在想象中体验不一样的生活。没有一个孩子不喜欢童话，不缠着妈妈讲故事。如果不是后天的种种因素对性灵的淤塞，文学情怀应该是一种普遍的情怀。

尽管理论上每个人都有成为文学家的可能，但从人生起点出发以后，由于种种原因，绝大多数人偏离或放弃了通向文学家终点站的路线。有的一开始就走向了相反的方向，有的则走到半途才偏离了路线，后一种情况，我们会称为有天赋——只是未能兑现。而能够走到终点站成为文学家的,需要天时地利人和,需要种种机缘和自己不懈的努力。田中禾三兄弟都是有天赋的。在慈爱的双亲尤其是母亲的抱持下,他们的"真我"都得到了充分发展,按照温尼科特的观点,这就具备了进行文学艺术创作的一个必要条件。① 而且,他们受到故乡丰富的历史文化的熏陶,接受了很好的教育,都有舞文弄墨的喜好,都有投身文学活动的想法和尝试。如果有理想的外部环境,他们都成为作家也未可知,此之谓"天赋"!

但大哥的文学天赋没有兑现,不过,却有意无意地促成了三弟文学梦的实现。1948年,由于暂时没有找到出路,蛰居在家的十七岁的大哥拿起了笔。

> 我大哥在他光线幽暗的新房里写小说。如果不是刘家祺来了,也许我大哥这篇小说不但能写完,还能拿到哪家报刊去发表,也许他会成为一个比我更成功的作家。大哥不知道,就是他这两行小说打动了我,唤起我对乡村生活的想象和怀念,我才产生了写小说的冲动。在他的旧书箱里发现它的时候,我已经是城关第一小学的学生。"老堆二伯"标题下的这两行字一下子便吸引了我,刺激着我浓厚的好奇心,使我一直期望着后边的两页白纸会出现更多的文字,有朝一日我会读到老堆二伯那天晚上抽着烟袋走进村子之后发生的故事。
>
> ——《十七岁·第8章》

刘家祺邀请张其俊一起去郑州读书,如果他不是大哥,而是三弟,他可能会坚持把这篇小说写完,从而开启文学之路。但作为大哥,他不

---

① 温尼科特指出,艺术是成年人安放"真我"的一种方式,不仅允许而且鼓励个体发挥其天马行空般的想象力,表达主观的冲动、幻想和情感。没有"真我",艺术创作是无法想象的。

能任性，他要像母亲一样为家人撑起一片天空。他这样做了，也做到了。

如果不是大哥留在省城机关工作，田中禾后来不会去省城读高中。在唐河或许他也能写出《仙丹花》，但未必能够遇到河南文联的丁琳老师，未必能进入河南人民出版社的视野，从而点燃了永不熄灭的文学梦想。进而言之，如果没有这个在省城工作的大哥，田中禾后来是否有勇气从兰州大学退学，也很难说。当年他为退学及其后的人生做谋划时，可能并未把大哥作为一个因素考虑在内，他太乐观了、太自信了。但我相信，大哥的存在潜在地促成了他的冒险选择。有人"罩着"，你才敢"任性妄为"。

> ……我不但退了学，而且还将户口自作主张地迁到农村。哥哥一个劲地喷喷叹气，一个劲地说："你呀，你呀！"叹完，再去到处奔跑，为我安排。但我从来没有一次安分守己地按照他的意愿和设想去生活，那些年，我把他折腾得心力交瘁。……
>
> ——《寸草六题·梦中的妈妈》

当然，在那样一个年代，刚刚在省城落下脚的大哥能够给予田中禾的实际帮助可能并不大，而且后来他也被打成了"走资派"，但那不重要，重要的是心理上的安全感。美国著名精神分析学家卡伦·荷妮指出，因不安全感而引发的焦虑，是我们所具有的最折磨人的情感，也是神经症的最重要成因，"与正常人相反，神经症患者遭受着比一般人多得多的痛苦，他始终得为他的防御付出额外的代价，因此在生机和扩展性上受到阻碍，或者更为具体地讲，在建功立业、享受生活方面受到阻碍……事实上，神经症患者始终在遭受着痛苦"①。受焦虑困扰的人，

---

① ［美］卡伦·荷妮：《我们时代的病态人格》，陈收译，国际文化出版公司2001年版，第11页。

既不能专注于事业，也不能享受生活。田中禾过着颠沛流离的生活，却还能怡然自得，且从未忘记自己的文学梦想，固然是因为内心的强大，大哥带给他的安全感也是一个原因。

可能是因为九岁的年龄差距，也可能是因为大哥的性格在父亲去世后变得沉稳内敛，少年田中禾和二哥张其瑞的关系更为亲密，在个性气质上，二人也更为接近。二哥以优异的成绩考入西安的一所高校读书，受浪漫性情和爱国热情的驱使，毕业后自愿到边疆工作，被分配到新疆维吾尔自治区交通厅，从此与亲人天各一方，如同断了线的风筝，任凭疾风骤雨的扑打。1984年年初，在经受了二十多年的冤害、流放、背叛、劳改等非人的摧残后，心神萎靡、形销骨立的二哥带一个四川女人回家探亲，晚上安排住宿时：

> 我犹犹豫豫望着二哥说："你们还没登记……"
>
> 他挥一下手说："狗屁！"
>
> 妻子笑嘻嘻地说："那我去收拾西屋。"
>
> ——《印象》

已是遍体鳞伤，已到风烛残年，二哥的一举一动中仍不脱简傲绝俗之气韵。田中禾温文尔雅的外表中，也散发着这种气韵，你一眼就能看出来。

二哥人生的转折，就是因为文学。参加工作不久，由于热爱文学，他组织了一个文学社，在"反胡风运动"时受到审查、批判，从省城调到乌苏新疆第三汽车运输公司。在那个时代，只要有一个"污点"，就摆脱不了一次次被批斗、被整治的命运。泯灭良知、诬陷告密或许能翻转命运，但二哥又不是那种人，他只能成为别人卖友求荣的垫脚石。

二哥离乡西行之后，曾给田中禾寄过文学书籍。因为这些书籍，田中禾爱上了普希金和莱蒙托夫，并在此后的岁月中一直钟爱俄罗斯文学和文化，酒宴上演唱俄罗斯民歌是他的保留节目——用俄罗斯语演唱。

> ……二哥的书成为那颗骄傲、孤独的心的最好的安慰。《普希金文集》、《普希金诗选》、一套淡绿封面的普希金叙事诗丛书，《波尔塔瓦》、《青铜骑士》、《茨冈》……在那样的年头，这些书实在太珍贵了。不惟市面上难以寻觅，书上还留着随处可见的红蓝铅笔圈点的笔迹，那是二哥留下的纪念，它使我清楚地想见他读这些书时的激动心情。
>
> ——《从〈沙恭达罗〉到〈第二十二条军规〉》

和书籍一样对田中禾有着重要意义的是二哥写在书上的题词——"赠给未来的文学家小弟书青"。唯有自己存有文学情怀和梦想，才会用这样的题词来激励弟弟，才会敏锐地发现弟弟身上的文学天赋。当时的二哥是全家人的骄傲，是田中禾的偶像，向外人炫耀二哥的照片是他最喜欢做的事情。偶像的力量是强大的，二哥的题词为他的人生竖立了一座灯塔：

> 二哥寄来这一捆书使我有了文学家的自我感觉，我觉得文学家对我只是早晚的事，谁想用这样的绰号称呼我就让他称呼去。
>
> ——《十七岁·第12章》

在人生的最后阶段，二哥患上了被迫害妄想症，整天怀疑单位上的人在千方百计地害他，大哥想方设法把他调回了河南，但他的病并没有因此减轻，与新单位领导、同事的关系也日益紧张。这让大哥和田中禾很困扰，没有多久，二哥便撒手人寰。田中禾在散文中多次谈到患上了精神分裂症的诺贝尔经济学奖得主约翰·纳什，想必就与二哥有关。被迫害妄想症也是精神分裂症的一种。

或许我比田中禾更理解他的二哥一些。进入 21 世纪的第一个年头，我从师范院校毕业，像二哥赴疆一样满怀热情地回到家乡小镇的中学教书，在《墨白小说关键词》一书中我曾这样谈论那段生活："闭塞、单调、微薄的收入、镇上那些小暴发户们鄙视的目光、基层官员土皇帝式的官僚做派，还有同僚们为了一点蝇头小利进行的无聊的争斗，都让我感到深深的孤独和绝望，浪费了四年光阴后，我通过考研逃离了那个让我的精神几近崩溃的地方。"① 在那本书中我没有坦白，"精神几近崩溃"并不是修饰语，而是我当时精神状况的真实写照。从考上研究生开始，我就不时地受到恐惧感的侵袭，担心原单位的同事和领导跑来害我。中学教师之间顶多是些鸡毛蒜皮的纠纷，尤其在那个清汤寡水、无利可争的乡镇中学里。我虽然不像别人那样善于逢迎，但从来不敢也没有冒犯过领导。为什么要害我？害我对他们有什么好处？我也像田中禾在小说中质问二哥那样质问自己，并写成纸条贴在墙上以驱赶这种萦绕不去的妄想和担忧，但似乎没有什么用。我不敢告诉爱人，也不敢告诉父母，直到现实的生活危机一次次出现，我要全力应对，它们才逐渐退出意识并最终消失。和二哥不同的是，我知道自己是在妄想，而他不知道。共同之处是，症状出现时，我们实际上都已走出了困境。他获得平反，结束了二十多年衣不蔽体、食不果腹的苦役生涯，回到原单位领工资。而我也结束了感觉如半生一般漫长实际上只有四年的中学教师生涯，回到大学校园攻读硕士。为什么会这样？我给不出解释。只能做如下猜测：身处困境时，不会有被迫害妄想，因为迫害实实在在地发生了，你只能调动自己全部心神去承受；恰恰是走出困境之后，因为担心失去现在的生活，会出现被迫害妄想——不安全感已经深入骨髓。

我在中学教书的日子，虽然买不起像样的衣服，但饱腹是没有问题的。与二哥和田中禾当年经历的苦难相比，实在不值一提。但回首往

① 杨文臣：《墨白小说关键词》，中国社会科学出版社 2016 年版，第 2 页。

事，我并不为自己感到羞愧。此一时彼一时。在电话和彩色电视已经普及的年代，在镇上的屠户、鱼贩们都戴上了金链子的时代，拿着大学文凭，守着低到超出你的想象的工资①，小心翼翼地保护着被戳得千疮百孔的自尊心，俯首帖耳地接受基层小官僚们的摆弄，这种精神上的伤害，不在其中是难以理解的。事实上，直到现在，我也没有彻底摆脱心灵深处的不自信、不安全感。我对田中禾产生了浓厚的兴趣，也与此相关：居然敢于从名校退学！在底层滚爬了二十多年，居然还能涅槃重生！而且，归来后居然还如此地云淡风轻，丝毫看不到岁月和苦难留下的痕迹！简直令人嫉妒！

发表于1992年的中篇《印象》和发表于2017年的长篇《模糊》，都是以二哥为主角的。在《模糊》中，田中禾弱化了《印象》中二哥罹患被迫害妄想症的情节，大概有出于不想让这一情节损害二哥形象的考虑。我相信，如果二哥毕业分配时回到河南工作，他也很有可能会成为一个作家——至少，不会患上被迫害妄想症。用温尼科特的术语说，他是从母亲营造的近乎完美的抱持空间，直接跳进了我们能够想到的最荒诞残酷的现实空间，能够坚持到回到故乡，他已经足够坚强！

虽然一个被母亲叫做"模糊"，一个被母亲叫做"骄傲"，二哥和田中禾其实很像。一样地骄傲，清高脱俗；一样地模糊，恃才任性。二哥曾是田中禾的偶像，是另一个自己。和母亲一样，二哥是田中禾永远的牵挂和思念。所以有了《印象》，还要再写《模糊》。在《模糊》的

---

① "2000年我从师范院校毕业，带着美好的回忆和满腔的热情，回到自己就读过的镇上中学任教，每月工资是一百二十元。我虽然是公办教师，但有长达两年时间拿的是临时代课教师——那时已没有民办教师了——的工资，原因是当时的教育经费由乡镇财政负担，而我们那个乡镇不愿给我们这些新入职的教师兑现公办教师待遇。……我想给同在一个学校教书的妻子（从异地追随我而来的大学同学）添置件衣服都要向面朝黄土背朝天的父母张口，那段日子真是我生命中的'灰色时光'。两年后，镇上终于给我们兑现了公办教师工资，也只有四百多元。温饱是可以解决了，但我心已死，以绝命一搏的气概考上了研究生，逃离了那个直到现在还常常出现在我梦中的地方。"——杨文臣：《孙方友小说艺术研究》，武汉大学出版社2017年版，第179页。

结尾，"我"决定让"尘归尘、土归土"：

> 我们每个人都不过是塔特达里亚的芦苇，不管我能不能找到张书铭，岁月都不会倒转，二哥的青春不会再回来。

"塔特达里亚"在维吾尔语里是"命运之河"。在前言中提到的那个研讨会上，我把这个结尾解读为一种阅尽世事后的澈悟和放手——"他（二哥）真诚地活过、爱过、被爱过，无愧天地，无愧自己，如此足矣！"发言得到了先生宽容的赞许。现在，阅读了更多的资料后，面对这段文字，我感受到的是他无以复加、欲说还休的遗憾。

大哥因为责任主动放弃了文学，二哥因为历史被迫远离了文学。好在，两位哥哥的引领，成就了三弟的文学梦。就像田中禾自己所说：

> 大哥其俊是我的文学启蒙者，他影响了我和二哥。……其瑞二哥，是我的文学殉道者。他为文学牺牲了自己，成全了我。我所做的，不过是继续两位哥哥过早断却的文学梦罢了。①

第三节　文化的熏陶

田中禾的生日是正月初十，在他的老家唐河，这一天是石神的生日，要给石磙、石碾、石碓臼等石制器物上香烧纸。"石"谐音"实"，"实落"，暗喻日子富足、踏实。田中禾则愿意理解为"结实"，强壮，耐摔打。

---

① 田中禾：《因文学而幸福（代序）》，见《明天的太阳》，河南人民出版社2013年版，序言第1页。

我出生在正月初十，很为与石头同一天生日自豪，从小自恃结实，不怕摔打；一路走来，顽劣成性；直到今天，还是不谙世事的样子。

——《同石斋札记·石缝里的野草（代后记）》

田中禾自称"同石生"，把书房称为"同石斋"，把《匪首》中杨蒹之和他的金兰兄弟结成的联盟命名为"石友金兰会馆"，联盟出资开设的大商号则叫做"石义德"……足见其"石神情结"有多么浓重。田中禾一路走来历经挫折，但挫而愈坚，不坠青云之志，不改青春意气，"同石生"带给他的心理暗示应该起到了一定的作用。古往今来，无数人吟诵着"天将降大任于斯人也，必先苦其心志……"的名句，把即将搁浅的人生之舟重新划向大海。天有没有降大任于他们并不确定，他们只是假设自己是天选之子，就有如此之能量，而田中禾确确实实是"同石而生"的。

这就是民间文化的力量！田中禾的少年时代，唐河的民间文化还很繁荣，光怪陆离的鬼神信仰，花样繁多的地方习俗，别具一格的生活方式……所有的民间文化形式都鼓胀着热烈醇厚的生命气息，散发着浓浓的人情味。比如过年时的祭神仪式，在我的记忆中，除了腊月二十三祭灶神，大年三十到正月十五之间祭祖先，就再没别的了，而田中禾的过年记忆是这样的：

……

三十晚上，整个家院笼罩在神圣、肃穆的气氛里。烛光闪动，辉耀着墙壁上的诸神和各色供品。我和哥哥去烧门香、门纸，在大门、二门、堂屋、厢房各门的门框两边插一炷香，在门墩上点燃黄裱纸，祭拜、慰劳门神，让他们守好门户。大门两厢放上红纸缠过的木炭，拦截妖魔鬼怪。

虽然过年的神很多，可他们初一到初六不来搅扰世人。初四是接神日,上一次香,点些纸钱就行,不需大肆铺张。初七是花神日,乡下叫花姑娘生日。这是女儿们的节日。女孩们在这一天结伴到县城的花仙阁去拜花神,向她许愿,保佑嫁个好人家,日子过得幸福,顺便逛逛庙会。这是女孩们一年中难得的自由、开放的时光。初八是疙瘩神生日,棉花节。乡下叔叔要到土地庙去上香,让他老人家保护,来年棉花疙瘩结得大,棉花大丰收。初九是老天爷玉皇大帝生日,县城的天爷庙起会,四乡的乡亲都来赶会,各乡的狮子、龙灯、高跷、旱船上了街。人们纷纷走出家门,年过得热闹起来。初十是石神的生日,要给石磙、石碾、石碓臼上香烧纸。我出生在正月初十,所以从小很自豪,觉得自己比别人结实。烙饼,成为我生日的象征。因为那一天家家户户都烙饼馍,卷菜。十烙,暗喻"实落",日子富足,踏实。正月十一是粮食生日,给粮囤上香,祈祷来年米粮满仓。

元宵这天,祭神达到了高潮。这是火神的生日。火神庙搭起祭坛,供奉猪头三牲。商铺门前挂起彩灯,街上搭起柏枝桥。各行各业都把自己供奉的神抬出来游街。我家是铁器杂货店,算金、银、铜、铁一业,供奉老君。木、泥、石、竹业供鲁班。他只有一只眼,长在额头上。这只眼描线比丁字尺、水平仪还准。纺织、布匹、理发业敬嫘祖。医药、大夫们敬药王。戏班、杂耍、妓院、江湖客敬庄王。脚夫、扁担帮敬关圣帝君。

……

——《过年八题·中国年和中国神》

除了祭神仪式,田中禾的记忆中还有很多带有狂欢气息的节庆活动,玩故事、搭柏枝桥、放灯、打梨花等;有表达人文关怀的习俗,比如给乞丐发放年馍、除夕夜招待盗贼、给送"石猴"的发放赏钱;还有各种各样有趣的规矩,比如过年不准吃泡馍,因为"过年把馍泡在汤里,出门爱落雨淋头"(《十七岁·第4章》)。所以,田中禾有底气说:

"中国的民俗文化比拉美更富魔幻色彩，古老神秘、无处不有地渗入民族心理深处的神话传说，简直就是中国民族文化的灵魂。"①

大多数的民间文化形式，如果放在科学、理性的聚光灯下，都是虚妄不实的——神并不是客观存在的，吃泡馍和被雨淋也没有必然关系。于是，科学、理性的"辟谣"，官方意识形态的规训，再加上功利主义和商业主义的推波助澜，现在民间文化几乎被我们全盘抛弃了。然而，被我们抛弃的这些所谓"迷信"，其意义和价值是难以估量的。精神分析大师卡尔·荣格认为，我们抛弃的其实是我们的灵魂。——与田中禾不谋而合。

荣格宣称，巫术、宗教、鬼神崇拜等在现代人眼中荒诞不经的东西，都具有存在的合法性，都是人类智慧的形式。荣格并不是要与现代科学唱对台戏，实际上，他承认不能用诸如图腾、巫术、神话、宗教之类的东西来解释世界，换句话说，他承认自然界中并不存在神灵和鬼魂。但他相信，这些具有象征意味的文化形式，确实是有效用的，能够表达"力比多"（即生命能量）并将"力比多"疏导到与初始状态不同的形式中。比如，太阳神是力比多的象征，人们对太阳神的崇拜表达的其实是对自身力比多的崇拜以及拥有充盈旺盛的力比多的渴望。他们祈祷太阳神赐予自己力量，并在祈祷仪式之后真的感到充满力量，这种力量当然不是来自太阳神，而是来自他们自身，来自太阳神象征的转化作用——把处于感觉阈限之外的自然状态的力比多转化成了可以利用的力比多。圣物崇拜也具有同样的意义，"充满神圣东西的仪式常常非常清楚地揭示出它们是能量的转化器。因此，原始人有节奏地摩擦护身符，并将神圣的东西的魔力吸收到自己体内，同时给它一次新的'充电'"②。石神崇拜之于田中禾，亦是如此，我们前文已有论述。以此

① 田中禾：《超级玛莉的历险——〈匪首〉创作札记》，《小说评论》1995年第1期。（着重号为笔者所加）
② ［瑞士］卡尔·古斯塔夫·荣格：《心理结构与心理动力学》，关群德译，国际文化出版公司2011年版，第34页。

推衍，所有的祭神仪式也具有同样功能，"魔力仪式的好处是，新的对象获得了与心理相应的做工势能"①。

和转化能量同样重要的是，这些象征仪式赋予了生命存在以意义和秩序。比如，至今依然流行于一些宗教、民俗中的生火仪式，就是一种救赎和拯救的象征性仪式，"这种仪式是一种颇有意义之举，因为它代表着一种规范清晰的对力比多进行渠化疏导的程式。事实上，它对我们具有范例性的使用价值，告诉我们在力比多受阻的情况下应当如何行事。我们所谓的'力比多受阻'，在原始人那里是他必须面对的铁样的事实：他的生命之流凝滞了，万物失去了光彩，动物、植物和人丁都不再兴旺……我们在复活节点燃新火，那也是为了纪念人类初次钻木取火行为的救赎和拯救意义"②。浅白一些说，生火仪式带给人们的是新生的祈盼、希望和信念。现在我们还常常能在一些庆典中见到取火仪式——比如举世瞩目的奥林匹克圣火采集，即便是坐在电视前观看，我们有时也会感受到一种神圣的净化：灵魂瞬间变得纯粹而舒展，无以名状的和悦与安宁充盈着身心。这就是一种新生的感觉，一种受阻的力比多得以渠化疏导的感觉。由于受到仪式被赋予的种种具体的、狭隘的意义的干扰，这种感觉往往非常微茫，一闪即逝，但我们反观自照，还是会发现它是存在的。田中禾多次提到的"扫房子"习俗，与生火仪式具有同样的象征意义：

> 年关到来的象征是扫房子。母亲对"二十四扫房子"的风俗一丝不苟。我披上被单，手持扎了笤帚的长竹竿，把桌椅盖好，认真仔细地扫落房顶和墙壁上的积尘，把屋里屋外彻底打扫一遍。扫房子成为孩子们心中一个庄严的仪式，人人都怀着虔敬的心情。这

---

① ［瑞士］卡尔·古斯塔夫·荣格：《心理结构与心理动力学》，关群德译，国际文化出版公司2011年版，第33页。

② ［瑞士］卡尔·古斯塔夫·荣格：《转化的象征——精神分裂症的前兆分析》，孙明丽、石小竹译，国际文化出版公司2011年版，第146页。

仪式一直保留到现在。

——《过年八题·母亲和年》

　　在物质穷窘的日子，过年可以少吃肉，不可以不扫房子，她给我们留下的形象永远是精神振奋、充满朝气的样子。

——《寸草六题·春天的思念》

燃放爆竹亦是如此。"爆竹声中一岁除"，噼噼啪啪的爆竹声把过去一年的烦恼、沮丧、不顺炸得粉碎，沁肺清脑的硝烟气息提振我们的心气，让我们以愉悦的心情去迎接新的一年。不幸的是，现在爆竹也不让燃放了，其他种种就更不必说了。

　　民间文化形式还可以消除人们之间的疏离和隔阂，是形成"命运共同体"和"情感共同体"的重要途径。祭神仪式和节庆狂欢把人们聚到一起，抹掉了各自的身份差异，无差别地表达对天地的敬畏，尽情释放生命的激情，众生平等，普天同庆。即便在开展祭灶神、扫房子这类以家庭为单位的仪式和习俗时，全体民众的命运也连在一起，因为我们知道我们都在做同样的事情，我们是拥有共同信仰和生活方式的族群，我们并不孤独。抛弃了这些文化形式，生命就失去了节奏和旋律，我们还活着，但活得疲惫麻木。每到过年，我还是会守岁到零点，但城市静悄悄的一如平常，让我感到悲凉和孤独。

　　田中禾拥有的那种精致的感性和丰富的想象力，除了天赋和自身的努力，也得益于丰富的民间文化的滋养。我们的视野的宽度和我们的心灵是一致的，内心愚顽不悟者，眼神必晦暗不明；反之亦然，感性超乎寻常者，心灵亦博大浩瀚。

　　柏格森举过一个很生动的例子，他说我们的生命是一个整体，"智能"（即理性、意识）就像投射在舞台上的光柱，只能帮助我们看到光柱照射到的地方，而隐没在黑暗中的其他地方，对于我们同样有意义。机械论和目的论都仅仅考虑在中央闪耀的明亮核心，它们忘记了，这个核心乃是由其余部分凝缩而成的；它们忘记了，必须使用整体，既要使用那些凝聚的东西，也要使用被凝聚的东西以外的那些东西，才能把握生命的内在运动。① 柏格森将"把握生命的内在运动"的希望和使命托付给了"直觉"，"生命的利益在哪里受到威胁，直觉之灯就会在哪里闪亮。直觉将它的光亮投射在我们的个性上，投射在我们的自由上，投射在我们的起源上，也许还投射在我们的命运上；它的光亮虽然微弱而闪烁不定，却依然能够穿透智力将我们留住的那个黑夜。……从某种意义上说，直觉就是生命"②。

拥有良好直觉的人，感知阈比一般人要宽，他能注意到别人视若无睹之物，能从别人习以为常之处发现美与意义。在这个意义上，柏格森的"直觉"就是我们所说的"感性"。既然是直觉，当然就不需要有意识地开展分析、推理和判断，它调动的是人的无意识的思维能力，或者说是一种自然的、本能的思维能力。女性的直觉比男性敏锐——我们称之为女性的"第六感"，就是因为女性的生命存在更接近自然，如马克斯·舍勒所说，"在历史变易性之界限内，女性类型的任何变化从来没有改变下述事实：女人是更契合大地、更为植物性的生物，一切体验都更为统一，比男人更受本能、感觉和爱情左右"③。与人类社会从母权社会到父权社会的演变历史一致，人类的心灵也经历了代表母性法则的无意识占优势到代表父性法则的意识（理性）一元独尊的演变。荣格指出，在远古时代人类的这种无意识思维曾经很发达，人类的心灵因而也无比丰富，人与自然之间有一种"神秘参与"的关系，充斥他们心灵中的种种光怪陆离、神秘晦涩且相互之间不乏冲突的原始意象，是他们生命之丰富性的体现，也是他们全面而神秘地参与到自然之中的体现。

---

① ［法］亨利·柏格森：《创造进化论》，肖聿译，译林出版社 2011 年版，第 43~44 页。

② ［法］亨利·柏格森：《创造进化论》，肖聿译，译林出版社 2011 年版，第 248 页。

③ ［德］马克斯·舍勒：《资本主义的未来》，罗悌伦等译，生活·读书·新知三联书店 1997 年版，第 89 页。

但随着意识对无意识的压抑，随着理性和科学对自然的"祛魅"，我们的心灵也被"祛魅"，变得苍白狭隘。所以，荣格主张文化退行，复活宗教和神话，过一种"象征生活"，以拯救现代人的灵魂——抛弃了一切过去的他们已经变成了"没有根基的幽灵"。

田中禾作为一个作家，在这个问题上表现出了不啻于思想家的敏锐。他说："儒家被统治者尊戴，佛教被士大夫推崇，然而中国的神，却几乎都是道教创造出来的。"① "要概括传达中国文化，道教的影子无可逃避。"② 道教恰恰是一个非常母性化的宗教，堪称道教圣经的《道德经》开篇写道："道可道，非常道；名可名，非常名。无名，天地之始，有名，万物之母。故常无欲，以观其妙，常有欲，以观其徼。此两者，同出而异名，同谓之玄，玄之又玄，众妙之门。"（《道德经·一章》）英国学者克里斯托弗·博拉斯认为，这个"玄"，就是母亲；而"众妙之门"，就是我们的生命之门。③ 我国学者刘士林也持同样的观点，认为作为老子哲学最高范畴的"道"，是"近取诸身"的结果，来自对人类生殖活动的抽象思考。除了"万物之母"，老子在描述"道"时还多次使用"母"这个字眼，诸如"食母""得其母""守其母"等。道教的理想是"纵浪大化""与物冥然"，类似于荣格所说的人之于自然的"神秘参与"；而道教仪式以及来自道教的民间文化形式，则可以看作集体无意识的象征形式。荣格指出，你无需明了这些仪式的意义，只要投入进去，你的心灵就会被拓宽，你就能从狭隘、狂躁中摆脱出来，获得平静。而平静是良好的感性的前提，"静故了群动，空故纳万境"。

---

① 田中禾：《过年八题·中国年和中国神》，见《同石斋札记·花儿与少年》，大象出版社 2019 年版，第 120 页。

② 田中禾：《超级玛莉的历险——〈匪首〉创作札记》，《小说评论》1995年第 1 期。

③ ［英］克里斯托弗·博拉斯：《精神分析与中国人的心理世界》，李明译，中国轻工业出版社 2015 年版，第 64~65 页。

田中禾的如数家珍，表明他喜爱且投入地参与了所有的民间文化活动。按照荣格的逻辑，他必然受益匪浅。田中禾自己也说，"我们中国作家的想象力比西方作家强多了，我们有道教文化，无需实证主义去亲历考察。道教文化讲究意到心到，心到身到。有了道教的修炼，想干什么，想去哪儿，只是一转念工夫便一切搞定，美钞、人民币，飞机、游艇，什么都用不着。我们道教的修炼，以宇宙为炉、风云为气、生灵为炭，炼就一点赤丹灵犀，只用闭目屏息，即可心存万仞意吞八荒，想到哪儿就到哪儿。"① 虽然是调侃，却道出了真理。在西方浪漫主义者看来，想象力就是一种在自然中感受到神圣的、无限的宇宙精神的能力。以"自然诗人"著称的华兹华斯说："凡是在诗歌中有力打动我的都是具有想象力即与无限打交道的东西。"② 如此，没有哪种文化比追慕"挟飞仙以遨游，抱明月而长终"的道教文化更能激发人的想象力了。

谈到这里，不免感慨，尽管文化的字眼满天飞，但我们当下正经历着一场严重的"文化贫困"。形形色色的所谓"文化"，或者是消费主义的幌子和包装，或者是意识形态的空洞话语，全然不能为我们的生命存在提供秩序和意义。出于理性的、经济的考量，我们抛弃了耗时耗力又没效益的民间文化，于是，我们的生命就只剩下了效益，只剩下了算计。时间就是金钱，金钱能买到一切。每天我们合计着怎么挣钱，盘算着怎么花钱，被金钱和花样翻新的各种商品淤塞了心智，感性变得越来越粗糙，想象力趋于枯竭。就此而论，华兹华斯说："所有伟大的诗人都是笃信宗教的人。"③ 并非没有道理，没有宗教的滋养和提升，心灵搁浅在现实的荒漠中，很难有大的气象。当然，能够滋养心灵的，不只

---

① 田中禾：《我的业和余》，见《同石斋札记·花儿与少年》，大象出版社2019年版，第227页。

② 转引自［美］雷内·韦勒克：《批评的概念》，张金言译，中国美术学院出版社1999年版，第173页。

③ 转引自［美］雷内·韦勒克：《批评的概念》，张金言译，中国美术学院出版社1999年版，第173页。

是宗教，还有文化——能够配得上"文化"称号的文化。

滋养田中禾心灵的除了民间文化，还有戏曲。由于和戏曲界没有任何接触，笔者不好评价当下戏曲的发展状况，但戏曲和民间文化一样，正从绝大多数民众的生活中退场，却是不争的事实。虽然电视晚会上也有戏曲选段，流行文化中也有戏曲元素，但前者只是走马灯式的景观，后者是被商业文化挪用的文化符号，没有任何营养，过目即忘。

田中禾少年时代，地方戏曲还很繁荣，在唐河一地，就有汉剧、曲剧、越调、宛梆等剧种盛行，田中禾得以和戏曲结下了不解之缘。小的时候，他常和母亲一块看戏，培养出了对戏剧的兴趣。后来，豫剧沙河调的代表人物、大师级别的演员刘法印带剧团来唐河落脚，拜了田中禾的母亲做干娘，两家结下了深厚的友谊。以田中禾的聪慧，其戏曲造诣自然突飞猛进，他不仅懂戏，还会唱戏，且唱功可表——这一陈述也完全适用于他的二哥其瑞。考大学时，田中禾一度想过报考戏剧学院。"文革"时候刘法印曾千方百计介绍田中禾到剧团工作，田中禾为此系统地研究了豫剧的历史、流变、现状等，并写了一个九场豫剧剧本。"文革"结束后田中禾也为刘法印写过演出脚本和舞台分析，修改、审定收入《中国艺术家词典》的条目……如此种种，都有文字可查，我们不再一一赘述。在戏剧方面，无论从哪个角度去说，田中禾都绝对是个内行，他写的关于豫剧的文字，与专业研究者相比毫不逊色。

戏曲真正是我国的"国粹"——不应把这一荣誉独独给予京剧。戏曲源于民间，和民间狂欢文化有着深厚渊源。"狂欢文化"一词来自苏联文艺理论家 M. M. 巴赫金，他通过对中世纪欧洲狂欢节的研究，指出民间文化的精神内核是一种狂欢精神，即冲破一切限制和束缚、自由地宣泄生命的激情和欢乐。巴赫金的狂欢精神和尼采的酒神精神有相同的内涵，都表达了对强健的、充盈的、不可阻遏的生命力和生命意志的肯定。不同的是，酒神精神带有一股原始、野蛮的气息，晦暗可怖；而狂欢精神则洋溢着欢笑与喧闹，格调明朗。进而言之，酒神精神是无形式的，狂欢精神是有形式的。相比京剧、昆曲等剧种，豫剧中的狂欢精神更为充沛。田中禾就刘法印早年的表演回忆道：

> ……少年寇准奉调进京，一路走一路看汴京景色，到朝堂，看清官匾，诚惶诚恐。绕来绕去，很失望，"为啥不见我小寇准的名？"一转脸，"啊，找到了！找到了！（唱）虽然是字小啊写得怪清，上写着峡谷小县的小寇准，虽然是官小啊做得老清……"这一段给我的印象至今还很深。唱腔非常有特色，当时在唐河演，场场爆满，站票也挤满。可惜当时没有录制下来。《黄鹤楼》里，刘法印用"牙功"表现周瑜气极的情状，一般人在台上咬牙，下面听不到，刘法印不用麦克风，在野台子上咬牙，满场都听得见，"咯吱咯吱"咬牙，抖动花翎，浑身打战，满场鼓掌叫好。"倒蹿座椅"他是跟杂技演员学的，在舞台上放一把大圈椅，一跺脚，"嘭"地蹿到椅子上边，腿放在圈椅背上，头朝下，咬住翎子，用"倒蹿座椅"很好地表现了周瑜的激动、气愤，是表现人物性格的需要。"滚刀"在《杨香武盗九龙杯》用过，在几把刀中间蹿过，相当于杂技中的蹿刀、蹿火圈，那时的刀和现在不一样，建国后的刀是木的，那时候的刀是软铁，他能轻松顺利地滚打。……①

田中禾寥寥数语，《提寇》中少年寇准那摇头晃脑、滑稽幽默的笑谑形象便呈现在我们面前。巴赫金的狂欢诗学中，笑谑不同于讽刺，它既指向反面人物也指向正面人物：指向反面人物时，笑谑是强者的姿态，胜利者的姿态，是对外强中干的反动力量的战胜；指向正面人物时，是赞赏的、亲昵的打趣，打趣者和被打趣者的生命力都在打趣中获得提升——类似于自我打趣，经常拿自己开涮的人通常都是些内心强大的个体。风清气正的寇准以笑谑的形象出现，比以庄重严肃的形象出现，更

---

① 田中禾：《漫谈豫剧史的研究与写作——有关戏剧的访谈录》，见《同石斋札记·声色六章》，大象出版社 2019 年版，第 168~169 页。

能提升观众的生命感。艰难晦暗的现实、官民的隔膜与对峙，全都被消解了，笑声荡平了一切。笑寓含了一种居高临下的意味，发出笑声的观众是最终的胜利者。《黄鹤楼》中刘法印的"牙功""倒蹿座椅"和《杨香武盗九龙杯》中的"滚刀"，则直观地向观众呈现了人的生命有多么强悍，无所不能，无坚不摧，从而唤起我们一往无前的勇气与豪情。田中禾的长篇小说《模糊》中，以二哥为原型的章明在孤独、恐惧、疲惫的时候，都是用唱戏来克服。二哥如此，田中禾想必也是如此。1962年他从兰州大学退学后，混迹底层二十年，那段颠沛流离、前途杳渺的岁月里，想必有戏曲的陪伴、慰藉和激励。

　　就情节而言，中国戏曲也是非常富于狂欢气质的。巴赫金指出，"加冕"和"脱冕"是狂欢节最有代表性的仪式：人们给小丑戴上王冠，尊其为狂欢节国王，沿街游行，随后又脱掉王冠，对其进行辱骂殴打。加冕和脱冕仪式象征性地消解了等级制，表明神圣和普通、高贵和低贱可以相互转化，一切都是变动不居的，充满了无限可能。中国戏曲恰恰喜欢讲述大开大合、极限翻转的故事，落魄书生封侯拜相，功名利禄转眼成空。浸淫于戏曲，人会变得超脱。台上莫逞强，纵得到厚禄高官，得意无非俄顷事；眼下何足算，到头来抛盔卸甲，下场还是普通人。悟得了"人生如戏"，不必为一时一事的得失而愁眉深锁，就会对于一切境遇处之泰然，就会以平静乐观的心态去经历和享受人生。从小看戏的田中禾深谙"粉墨人生""人生如戏"的真味：

　　　　长大后，我才明白，这就是人生的缩影。人生就是一个舞台，我们在其中扮演一个角色，不管这个角色是帝王将相还是平民百姓，是包公还是王朝、马汉，是苏三还是解差公公，台上要好好演，投入地演，否则就辜负了这个舞台，辜负了人生为你提供的机会。但你必须明白，帘子背后还有一个真实的自己，这真实，是你和别的演员同样都是一个普通的血肉之躯。七情六欲，生老病死，吃喝拉撒，喜怒哀乐，大角色、小角色，一样地需要阳光、空气和水，一样地需要关爱、理解和尊重。演完了戏都是要卸装的，太平间里大家扯平。

我想我起码明白了两点：一是要善待自己，使自己有一个良好的人生状态。这状态大约就是不为角色所累，懂得戏迟早是会收场的，要有一个清醒的角色感。扮演哪个角色就演好它，演好它的同时别忘了这不过是一场戏。像时下很时髦的一句话，叫做过程是重要的，结果在有意无意之间。一个人的一生，最大的损失，大概就是在不知不觉间丧失掉纯朴与善良。二是所谓的超越自己。所谓的超越自己，其实就是超越角色。戏无论演到哪个分上，无非还是个演员。当戏里的人物还是现实中的人的时候，或宦海或商海，或翻云或覆雨，殚精竭虑，呕心沥血，待时过境迁，不过是后人茶余饭后的谈资，观众一笑的噱头。区别只在于我们鼻子上没涂白的、红的或黑的油彩罢了。①

这个道理他很早就明白了。打高中时出版长诗《仙丹花》起，田中禾就开始了过山车似的人生，从少年成名考入名校，到退学务农踌躇满志，再到时运不济落魄江湖，破瓦寒窑锒铛入狱，最后苦尽甘来一飞冲天，声望日隆身居高位，他既不曾怨天尤人自暴自弃，也没有沾沾自喜自命不凡，完美地诠释了他所说的"不被角色吞没"的活法。

戏曲是一门综合艺术，因具有显著的文学元素和文学性，通常也被视为一种文学形式。文学史从来都把戏曲史作为自身的一部分，关汉卿、汤显祖是戏曲家，也是大文豪。"文革"期间田中禾写作豫剧剧本，就是在进行文学创作。日后田中禾从事小说创作，也从丰富的戏曲经验中获益良多。

中国戏曲舞台上很多东西都是虚拟的，必须诉诸于观众的想象。比

---

① 田中禾：《关于自己（二题）·角色与我》，见《同石斋札记·花儿与少年》，大象出版社 2019 年版，第 36~37 页。

如，舞台上没有房子，也没有门窗，演员双手一摊，门窗便打开了；把马鞭举在头上，在舞台上疾走两圈，便跨越了千山万水；刮风下雨，登楼行舟，都主要靠演员的表情和动作来呈现。真正懂戏的人，不仅具有丰富的想象力，还具有精细入微的鉴赏力。而想象力和鉴赏力，对于文学创作也是至关重要的。

艺术都是相通的。中国戏曲和现代小说看似互不搭界，其实有很多契合之处。比如，戏曲的场与场、幕与幕之间具有很大的跳跃性，幕布落下时还是朝堂上的运筹帷幄、派兵遣将，再拉开时已经班师回朝、封侯拜相。现代小说也讲究跳跃性，不同的是，由于媒介和语境的不同，小说的跳跃性更强、更多样。比如，戏曲中象征手法的使用很普遍，脸谱是性情的象征，腔调是身份的象征，道具是场景的象征。象征也是现代小说中最常用的手法，在有些人眼中，象征手法使用与否甚至决定了小说品格的高下。再比如，戏曲表演中演员很注意和观众交流，他们上场亮相时往往会走到台前，向观众介绍角色的身份、地位、心情、意图等，然后再进入戏曲情境中；与其他角色交流的时候，会在某一时刻背对交流对象，面朝观众说出角色内心的潜台词，而近在咫尺的对方则装作根本听不见，——行话叫"打背供"。为打破现实主义叙事的真实性幻觉，现代小说会刻意打破叙事的连贯性，让叙述者开口说话，和读者交流，与戏曲中的"打背供"如出一辙。

田中禾是一个"具备文体意识的作家"①，在他的作品中我们几乎能够找到所有现代和后现代的小说技法，但他拒绝给自己的创作贴上"先锋小说"的标签，其中一个原因，或许就是先锋小说是西方现代主义和后现代主义文学催生出来的文学潮流，而田中禾进行形式实验的灵感另有其他源头，比如戏曲。对此，我们只能加以猜测，田中禾对借鉴来的东西进行重铸的能力很强，笔者对戏曲的了解又实在有限，"或

---

① 墨白:《田中禾先生的文学风雨路》,《中华读书报》2019 年 11 月 20 日 03 版。

许"是最安全的用语。

不过，我们可以断言，田中禾对戏曲的理解与他的文学追求是有内在联系的。比如，他多次谈到戏剧的语言要"雅俗共赏"，要处理好民间俚俗趣味与艺术典雅风范之间的关系。其实，"雅俗共赏"也是他自己的语言追求——用俚词俗语筑造典雅优美的意境。在后面的章节中，我们会结合具体作品进行分析论述，此处点到为止。

第四节　漫长的朝圣

读初中时，田中禾已经是班上的小作家，作文和周记常被老师拿到课堂上去读。上高中时，他喜爱诗歌并开始创作，还把诗作编成了四个集子，取名为《晨钟集》《晨钟续集》《晨钟三集》和《啼血集》。

1957 年，田中禾 17 岁，在大哥的张罗下，转学到了郑州，就读于河南省第一工农中学（今郑州市第七中学）。省城读书的条件和氛围自然非县城可比，酷爱读书的田中禾如鱼得水，大量阅读中外文学名著。而且，仿佛是为了迎接他的到来，省图书馆在学校旁边拔地而起，并很快对外开放，这让田中禾喜不自胜：

> 它那宽敞明亮的阅览室，种类齐全的报纸、杂志，舒适的座椅、书案，安静的环境，使我把所有的课余时光几乎全都给了它。高考临近，我和我的好友郝蜀山想报考上海戏剧学院，可我们俩对戏剧一窍不通，连一点基本知识也没有。省图书馆借阅厅里的图书编目卡给我帮了大忙。它既可按体裁、作者查找，又可按地域、时代查找。那些日子，我们俩每天埋头在省图书馆里，从希腊悲剧到关汉卿，从三一律到斯坦尼斯拉夫斯基体系，从莎士比亚到莫里哀、萧伯纳、易卜生……从王实甫、孔尚任、梅兰芳……到田汉、夏衍、曹禺、欧阳予倩、阳翰笙……至今，当我对三十年代的话剧

侃侃而谈的时候，省图书馆那些带插图的五四话剧运动史还会油然
浮现眼前，书页间散发出的纸页和油墨的气息仿佛仍在我周围缭
绕。就是在那儿，我发现了郭沫若《孔雀胆》的结局来自莎翁的
《哈姆雷特》，而在妇女解放运动中赫赫有名的娜拉却是易卜生
《玩偶世家》中的一个小人物。……①

脑袋里装满了这些东西，他与文学的缘分就已结下，此生再也不可能割
断了！

　　还有更大的惊喜。第二年暑假，田中禾回唐河老家，其间探望了一
位生病的堂伯母，后者给他看了花费不少周折采来的叫做肉蛾的"神
药"，装在一个瓦盆里，像泔水桶里结的泡垢。不久，伯母去世了，但
田中禾却受到触动，写出了一部童话长诗《仙丹花》。

　　这部童话诗的主题就是"寻找神药"。全诗一千二百行，讲述父母
死于蔓延的瘟疫后，少年英雄徐全寻找仙丹花为乡亲们治病的故事。他
靠着善良和勇敢，战胜重重磨难，终于得偿所愿。多年之后，田中禾回
忆说："再读十七岁时写下的这部长诗，感到很羞愧。它那样幼稚，那
样肤浅，即使沁透着那个时代的价值观，也仍然显得牵强可笑。这就是
我踏入文学殿堂的第一个足印。"②

　　田中禾显然过谦了，他的第一个足印可真是不浅，直接"踩"进
了"原型"的层面。"原型"是荣格提出的和"集体无意识"相关涉
的一个概念。在荣格看来，集体无意识是一种原始智慧，或者说是人
类的族群智慧，面对不同的生存情势，集体无意识会生成不同类型的
象征，以便相应地组织、利用力比多，给生命以意义和秩序。"生活
中有多少种典型情势，就会有多少种原型。"③ 需要进一步说明的是，

---

　　①　田中禾：《我的大学》，《河南图书馆学刊》2001 年第 1 期。
　　②　田中禾：《花儿与少年以及春天》，见《同石斋札记·花儿与少年》，大象
出版社 2019 年版，第 346 页。
　　③　［瑞士］卡尔·古斯塔夫·荣格：《原型与集体无意识》，徐德林译，国
际文化出版公司 2011 年版，第 41 页。

原型并不是某些确定、具体之物，同一个原型会在不同的时代披上不同的外衣，呈现为无限多的原型意象和故事。伟大的文学之所以具有超越时空的价值，就在于它用自己时代的材料创造出了原型意象，表达了根植于人类生命深层的、永恒普遍的东西。荣格这样描述原型文学的魅力："……神话情境重新出现的时候，总是带有一种独特的情感强度的特征；仿佛我们心中从未奏响过的心弦被拨动了，又好像有一个我们从未怀疑其存在的力量突然释放了出来。……在这样的时刻，我们再也不是个人，而是整个民族；全人类的声音在我们心中回响。"①

"寻找"就是一个原型，是世界童话的一个基本母题。几乎所有民族都有寻找母题的童话、神话或传说，而且都拥有类似的情节和结构：目标遥不可及，路远且阻，寻找者和敌对者力量对比悬殊，但他们总能凭借自己的执着、真诚、善良等品格，以及由此赢得的不期而遇的帮助，最终达到目标。比如古希腊神话中伊阿宋寻找金羊毛，俄罗斯童话《雁鹅》中姐姐寻找被掳走的弟弟，中国民间传说中二郎神寻找劈山斧解救母亲……由于原型处理的是人类生存的"典型情势"，因而这类叙事在不同的时代会以不同的面目出现，且魅力永不衰减。它们之间虽有雷同，但并非模仿，都是各自独立创造出来的。2017 年，在田中禾的《仙丹花》出版 60 年后，卡通沙龙动画工作室（Cartoon Saloon）制作的手绘动画长片《养家之人》在加拿大首映，之后好评如潮，揽得多项大奖。这部动画片讲述了在塔利班统治下的阿富汗，女孩帕尔瓦娜女扮男装出门工作以养活家人，并克服难以想象的困难将父亲从监狱中搭救出来的故事。有意思的是，影片嵌套了一个童话故事，被誉为这部电影带有梦幻色彩的点睛之笔，那是帕尔瓦娜为了安慰年幼的弟弟而编出来的一个勇敢的男孩对抗象王的故事。无论故事模式还是艺术感觉，那个童话都与《仙丹花》高度相似，但相信影片编剧没有模仿田中禾。

---

① ［瑞士］卡尔·古斯塔夫·荣格：《人、艺术与文学中的精神》，姜国权译，国际文化出版公司 2011 年版，第 102 页。

对抗象王的小男孩的故事与对抗塔利班的帕尔瓦娜本人的故事形成了同构关系,《仙丹花》与田中禾自己的奋斗也形成了同构关系。"仙丹花"是田中禾文学之梦的象征,在以后的日子里,他将会像那个勇敢的少年徐全,不畏艰辛一往无前。在危机四伏的征途中,徐全用乡亲们赠送的三支箭救下了野鸭、白兔和燕子,他没有让梦想蒙蔽心灵,没有放弃自己的善良,恰恰是这种看似不明智的做法成就了他的梦想。田中禾也是如此,在梦想一度如海市蜃楼般虚无缥缈的岁月里,他没有萎靡不振郁郁寡欢,而是安之若素地生活,一丝不苟地做那些与梦想无关的事情,而这一切最终都成了通向梦想的阶梯。

诗稿完成后,田中禾拜访河南省文联的《奔流》杂志社,遇到了值班的丁琳老师。由于诗作太长,《奔流》不能发表,丁琳老师推荐给河南人民出版社,很快就以单行本出版了,当年入选《河南建国十周年儿童文学选》,第二年由文化部选送参加"巴黎儿童读物博览会"。如此惊艳绝伦地亮相!河南省文联从此成了田中禾心中的"圣地"。

带着初试锋芒便大获成功的喜悦,田中禾考入了兰州大学中文系。很快,田中禾就失望了,感觉在大学里是浪费时间,与作家梦渐行渐远,加上被《仙丹花》走出国门的消息所鼓舞,他做出了一个让人瞠目结舌的决定:

> ……大学课程真没劲,那些教授讲师讲的课程我早已读过,既不新鲜,也没用。我写寓言诗、抒情诗,写评论,后来研究儿童文学,梦想编出中国第一部儿童文学史。可是,忽然我觉得自己要完蛋了。我坐在学校里,毕业后去当记者、编辑,教书,钻故纸堆,我的作家梦完了!我三岁丧父,是姐弟中的老小,娇生惯养长大,没有受过任何磨难,完全不懂人生是怎么回事,这样下去绝对做不了作家!到大学三年级时,我决定退学,为了使家庭不动摇我的决心,我把户口迁到农村。①

---

① 田中禾:《花儿与少年以及春天》,见《同石斋札记·花儿与少年》,大象出版社 2019 年版,第 346 页。

田中禾落户到了郑州市郊区葛砦大队唐庄村务农，跟一个叫满仓的老车把式赶车，并在当年与和他一样富于浪漫情怀的美丽女孩韩瑾荣结为夫妻。他计划先体验两年农村生活，等写出好的作品就进省文联当专业作家。目标明确，自然不容浪费时间，雄心勃勃的田中禾给自己设计了一套进修课表，白天生产队劳动，夜里坚持读书。两年时间里，他系统地读完了中外文学史，并按照年代、作家和专题阅读了大量文学作品。不仅如此，他还写出了《贾鲁河的春天》和《金琵琶的歌》两部长诗、三本短诗集以及长篇小说《奔流的贾鲁河》的前四章。然而，田中禾退学的时间是1962年3月，稍微了解一点历史的人都知道，那已经不是一个适合谈论梦想的时代。由于种种原因，田中禾的作品没有发表出来，生存也遇到了危机。

1963年年底，田中禾得知生产队长伙同支书在干一件非法勾当，他们挪用生产队分红的钱去套购酒精，然后勾兑了当白酒卖。血气方刚的田中禾通过大哥的途径将告发信送到了市委，队长和支书受到处分，他自然免不了被报复的下场，只能栖身于一个四处漏风、霉气扑鼻的车棚里，用电、烧煤都成了问题。这时妻子即将临产，面临如此境况，田中禾心中滋味可想而知。

唐庄村待不下去了，1964年8月，田中禾携妻儿去信阳投靠姐姐，落脚在信阳郊区的六里棚村，住在一间牛屋里。那是真正的牛屋，两头水牛与他们同居一室，一张箔篱（高粱秸秆织成的箔）划分开了各自的领地，空气和各种蚊虫都是共享的。在牛屋的两年间，田中禾夫妇积极参加生产劳动，还借用了一所小学的教室办农民夜校，后来又办了一所半耕半读的农业中学。除此之外，他还系统学习了豫剧知识，写了部九场豫剧《气壮山河》。——中篇小说《南风》的主人公石海想做没有做成的事，他的作者其实都做成了。后来，随着姐姐和姐夫都被打成"走资派"，一次又一次野蛮的迫害接踵而至。无奈，他们只得再次逃离，在母亲的劝说下回到了故乡。

"衣锦还乡"可能是戏曲中出现最多的桥段，古往今来，每个出门闯天下的人都渴望有那么一天。田中禾却是落魄而归，心中痛楚不言而喻，"我是怀着怎样痛苦的心情回到故土的啊，文学梦几乎烟消云散……"①三十多年后，这种痛楚借小说人物孙伟之口倾诉出来的时候，依然触人心弦：

> 我像在外面天空里迷路的小鸟，还是这片土地，还是这片林子，飞回来却找不到了昔日温暖的旧巢，找不到了从前的自己。那个腼腆懂事、受家人疼爱的小男孩，现在他在哪儿？那个曾经与我融为一体、充满欢愉的家园到哪儿去了？寂静的小院使时间变得空虚难耐，不牵挂工作的心情反而更糟。从小长大的家屋对我已很陌生，我不再属于它，它也不再拥有我。在这儿我是个多余人，甚至连话语也丧失了。
>
> ——《黄昏的霓虹灯》

这种痛楚还来不及细品，又马不停蹄地被赶出城市，把行李拉到了爷爷生活过的大张庄侉子营村，母亲提前几个月为他们修葺的老屋根本没能住上。这时刮起的"龙卷风"叫"市民下乡运动"，母亲也被一次次地动员迁户，但她都对付过去了，"有我这个户口本，将来你们还能回来，要是我也迁走，你们就没指望了"②。多么了不起的一位母亲啊！笔者作为一农村子弟，承受着城乡二元对立格局带来的精神创伤，直到现在还无法抹去，对于田母的深谋远虑，只能用五体投地来形容！

在祖辈居住的侉子营，田中禾也没能避开时代射来的明枪暗箭。老家倒是人情醇厚，敞开贫瘠的胸怀接纳他们一家，让田中禾夫妇当民办教师。但还不到一个月，两个公安机关"军管会"的人找上门

---

① 田中禾：《浪漫之旅》，见《在自己心中迷失》，河南大学出版社 2012 年版，第 318 页。
② 田中禾：《浪漫之旅》，见《在自己心中迷失》，河南大学出版社 2012 年版，第 319 页。

来，就几年前他和一位女同学的通信进行调查，怀疑其中一些诗歌片段影射攻击领袖……当晚田中禾就被投进了县城的监狱。关押审查二十多天后，他被"教育释放"。在平反之前的十多年里，政治污点将像一块始终悬在头顶上的巨大黑云，随时可能降下大雨将他浇个透心凉。

1972 年，因"落实市民下乡政策"，田中禾一家迁回县城和母亲一起生活，夫妇二人成为代课教师。后来，代课教师转正政策下达，田中禾却因政审不合格，不仅转正未果，代课教师的饭碗也失去了。

> 我们全家在一段时间内就靠妻子的三十一元工资为生。我失去职业，流浪到湖北画毛主席像，写语录牌，到工厂推煤、烧锅炉，跟剧团，办街道小工厂。披着洗不净的"灰色人物"外衣，打着"反革命"烙印，忍受愚蠢无知而又心底褊狭的街道干部的凌辱。母亲和妻子成为我精神上的支柱，靠着这两根支柱，我挺住了。不但没有崩溃，还能坚持读书，写东西，同妻子谈文学。
>
> ——《浪漫之旅》

这是最后的坚持，苦难的历程终于要结束了。1980 年，田中禾获得平反，黑云散去，次年进入唐河县文化馆工作。从 1962 年退学到 1981 年进入文化馆工作，整整二十年。在一次访谈中田中禾说，"没有这二十年的流浪生涯，我的作品绝不会有这样深痛的沧桑感。正如前面所说，其实我并不悲观，也从不绝望，我只是在阅历丰富之后能够正视人间的不平和苦难，有了更强烈的批判意识而已。"[1]

不悲观，不绝望，离不开妻子相濡以沫的陪伴。在温尼科特看来，不仅儿童需要抱持，成人也需要。爱情的必要条件不是什么相敬如宾，

---

[1] 苗梅玲、田中禾：《在文本现场自由行走——田中禾访谈录》，《东京文学》2012 年第 3 期。

也不是什么共同的理想和追求，而是无条件地接纳和宽容——他称之为
"客体利用"。"成人的爱也需要间断地相互客体利用，双方都能遵从自
己欲望的节奏和强度，而无需担忧对方能够承受。正是双方承受力的坚
固可靠使得另一方与自身激情建立充分而热情的联系成为可能。"① 也
就是说，真正的爱情是一种牢固的人际关系，双方都可以时常在对方面
前卸下"假我"，孩子般随心所欲、放浪形骸，而无需担忧对方能否承
受。的确如此，如果我们面对爱人时也要做理性的思量，斟词酌句，如
履薄冰，长此以往很难想象还会有生命的激情。但在那个父子反目、夫
妻成仇、大难临头各自飞的年代，这样的爱情太稀少了。二哥就遭遇了
二嫂的背叛，为日后的精神崩溃埋下了伏笔。相比之下，田中禾是幸运
的，遇到了一个能同甘共苦、忠贞不渝的妻子。《印象》中记录了1967
年家人的一次见面：

> 二哥与母亲一起走进这间小屋时，肩上搭着两个提包。他站
> 在那儿，没放行囊，抬头打量我们的家。看见金黄的稻草压在青
> 绿色的粗竹上。两根竹竿一颠一倒骑过屋顶就成为奇妙无比的房
> 架，母亲定是被这出乎意料的精巧简约震住了，半天才感叹地
> 说："没见过这样的房子。"那时珍抱着我们的儿子站在院里。稻
> 草依然飘散清新的芳香。我和妻子都十分自豪地站在房子深处，
> 站在我们长大成人后拥有的第一座房子里，喜气洋洋，迎接分别
> 了十五年的二哥。

此时的田中禾，境况其实比二哥也强不到哪里去。但失去了二嫂的
二哥已初露老颓之相，而田中禾的精神状态是"十分自豪"。有了爱
情，再艰难的生活都能过成诗，再黯淡的日子都能被笑容点亮。

---

① ［美］斯蒂芬·A. 米切尔、玛格丽特·J. 布莱克：《弗洛伊德及其后继
者——现代精神分析思想史》，陈祉妍、黄峥、沈东郁译，商务印书馆2007年版，
第153页。

　　进入文化馆工作后，田中禾重新拿起了笔，其实他的这支笔从未生疏。熬过了漫长的春荒，收获的"五月"就要来了。此时的他，如同走过了千山万水的朝圣者，很快就能看到并踏进梦想中的"圣地"了；又如同那个跨过了激流险滩、攀上了悬崖峭壁的少年英雄徐全，已经嗅到了风儿传送过来的"仙丹花"的芬芳……

第二章 收获的"五月"：1980—1994

　　作家墨白把田中禾的创作分为三个阶段：第一个阶段是 1980 年至 1994 年，这个时期的创作大多以熟悉的故乡生活为背景、讲述带有新鲜的泥土气息和浓郁的地域文化色彩的故事，代表作有《五月》和《匪首》；第二个阶段从 1995 年到 2009 年，这一时期发表了《杀人体验》《不明夜访者》《诺迈德的小说》等作品，除保留着第一阶段的艺术追求外，田中禾在小说的结构形式和叙事方法上自觉地进行了各种探索和实践，融入了强烈的现代意识；第三个阶段，是 2010 年以后直至当下。这个时期田中禾连续出版、发表了长篇小说《父亲和她们》《十七岁》《模糊》以及大量的散文与随笔作品，达到了 60 年来的最高水准。①

　　这个分法不是没有问题。比如，小说的结构形式和叙事方法上的探索，其实是贯穿田中禾创作生涯始终的，不独是第二阶段的追求，第一阶段的《轰炸》和《天界》的艺术形式就非常引人瞩目。再比如，第三阶段发表的长篇《十七岁》，其大部分内容创作于第二阶段并以中短篇的形式发表过，而《父亲与他们》也是历经了二十多年的构思、酝酿和尝试，只是在第三阶段才敲定了最终的叙事方式并落实在文本上。不过，任何分期都会存在类似的问题，用柏格森的术语，一个作家的创作历程是"绵延"着展开的，我们没有可能将其断开为各自完整的几

---

① 墨白：《田中禾先生的文学风雨路》，《中华读书报》2019 年 11 月 24 日。

个阶段。既然找不到理想的划分，既然任何划分都是为了方便言说的权宜之计，我们就遵从墨白的意见，分三个阶段来展开研究。

如墨白所说，在第一个阶段，由于拥有了二十年底层社会的生活积累与艺术准备，田中禾的创作形成了井喷的势头。细分的话，还可以再分为四个阶段：以《五月》为代表的讲述社会转型期农村和小镇生活的篇章为第一个阶段，在这些篇章中，田中禾秉承的是批判现实主义的文学精神，但融入了现代艺术表现手法；《明天的太阳》是第二个阶段，从题材和风格上，这部小说可以归入"新写实"的行列；《轰炸》和《天界》是第三个阶段，"新写实"初战告捷后，田中禾马上转向了"新历史"的写作，他不愿重复自己，两部新历史小说也有迥然不同的形式和主题；第四个阶段是《匪首》，这是一部伟大的作品，一部被严重低估了的作品，堪称中国版的《百年孤独》。除此之外，田中禾从1987年开启了《落叶溪》系列的笔记体小说创作，1997年出版了小说集，虽然绝大部分篇幅创作于第一个阶段，但考虑到划分标准的统一，以及本书结构的平衡，我们把《落叶溪》放在第二阶段。

第一节 《五月》组篇：大地上的诗意与苦难

一个作家开始写作的时候，往往从讲述自己最熟悉的生活入手，田中禾也是如此，混迹底层近二十年，他深入地了解和体验了底层民众的生存处境和喜怒哀乐。在初入（或者说复出）文坛的前几年里，他的创作以农村和小镇生活题材为主，底层民众的挣扎和绝望，基层权力的猖獗与无耻，社会转型带来的文化和道德失范，拜金主义对人性和世风的腐蚀，是创作的主要内容。

如果要贴上一个标签的话，"批判现实主义"可能是最恰当的。田中禾呈现的是正在演进着的社会现实，且表达了深沉的忧患意识和批判精神。不过，"批判现实主义"这个概念色调比较晦暗，除了沦落的人性、腐败的政治、扭曲的文化，它往往还让我们联想到森严冷漠、让人窒息的故事环境，——大概是因为狄更斯、巴尔扎克他们的文学已经把这个概念给浸透了。而田中禾的作品，色调却很明丽，不管人物经历了怎样的生生死死，怎样的堕落或绝望，大自然都永远是那么纯洁、鲜活、生机勃勃，草木照样葱茏，蜂蝶照样蹁跹，一点也不受人世悲欢的影响。这是事实，更是作者性情的体现。田中禾有一颗悲悯之心，给予笔下的人物以无限的同情，但又总能跳出人物的情感，用永恒的日月更迭、莺飞草长来慰藉读者的忧伤。这也不难理解，一个对自己的任何境遇都能处之泰然的作家，自然也不会沉陷在其塑造的人物的苦难中。在这片我们世世代代生长的土地上，苦难被无休无止地制造出来，但诗意也永远不会消失，这正是生命值得活下去的理由。①

　　《五月》是这一时期的代表作，是田中禾复出后在文坛上的正式亮相。小说发表后反响巨大，引起了文坛的关注。1987 年 7 月，在当时河南省文联主席南丁先生和老诗人苏金伞等人的努力下，田中禾调入了他心中的圣地——河南省文联，成为专业作家。第二年即 1988 年，这部作品又以全票的优异成绩荣获第八届全国优秀短篇小说奖，可谓一飞冲天。《五月》如此成功，但他并没有加以复制，而是不断尝试新的艺术手法，几乎每一篇在叙事上都有所不同。以主题分类的方式对系列作品进行综述的惯常做法，会抹煞它们各自的艺术特性，因而我们决定逐篇进行探讨。

---

　　① 在 2019 年写作的随笔《回答所罗门——我的哲学作业》中，田中禾指出，并没有一个神圣的"目的"在前面等着我们，未来是不可期的，"人的贪婪永无止境。人类生活的最终目标就是不断开发，不断掠夺，直到地球毁灭。然后，人会寻找新的星球，在那里重建家园，再造文明，再造武器，再开战争，再把家园毁弃"。但我们并不为此灰心丧气甚至弃绝生命，因为可享受的空间是存在的，诗意是存在的，"无论精彩、晦暗，不管壮丽、凄美，人，永远比牛比昆虫更懂得生活"。——田中禾：《同石斋札记·自然的诗性》，大象出版社 2019 年版，第 92～96 页。

《月亮走 我也走》

"月亮走，我也走，/我给月亮牵牲口。/星星哭，我不哭，/我给星星盖瓦屋……"这是田中禾非常喜欢的一首儿歌，后来又专门撰写了《母亲的歌谣父亲的山》一文，娓娓讲述融注在这首儿歌中的记忆和乡愁。① 在天空被尘霾占据、眼睛被电子屏锁定的今天，在皎皎月轮已不可见或被视而不见的今天，这首儿歌更像一曲挽歌，一曲唱给自己的挽歌。乡愁已与我们渐行渐远，这首儿歌也不再被孩子们唱起。

小说《月亮走 我也走》也是一曲挽歌。故事很简单：淳朴善良的农村女孩桂秋和到她的家乡勘探石油的钻井队员小方结婚了，小方和她一样的淳朴善良。两人生活很幸福。后来，小方在事故中丧生，桂秋只为小方要了一套涤纶制服，一双皮鞋，而从城里来的小方的哥哥嫂子则提出了抚恤金、赡养费、安排自己儿子接班、把女儿调到油田等各种要求。小说最后，桂秋不仅拒绝了勘探队让她去接班的建议，把抚恤金全部让给小方的哥哥嫂子，还要继续赡养小方瘫痪的奶奶，抚养她和小方的孩子。

哥哥嫂子步步进逼，桂秋不加抵抗，她不屑于抵挡。但人性的光辉抵不住现实的残酷，我们很为桂秋的未来担心。用不了多久，在人们的眼中，她的磊落之举就会变成意气用事。如同那首儿歌将不会再被唱起，她和父亲也将成为濒临灭绝的物种。当下有事故发生的时候，哥哥嫂子的做法已经成了惯例，"索赔"是媒体上出现频率较高的字眼之一。是的，我们理应捍卫我们的利益，每个个体的利益都得到尊重和保护的时候，这个社会才是合乎正义的。我们不能不言利，但这个围绕利益的分配调节组建起来的社会，这个人们把利益看得重于一切的社会，总让人觉得少了些什么……

---

① 田中禾：《乡愁四题·母亲的歌谣父亲的山》，见《同石斋札记·花儿与少年》，大象出版社 2019 年版，第 72~74 页。

毋庸讳言，发表于 1982 年的这部小说，在形式和技法上还比较粗糙，田中禾细腻的感性和优美的文笔还未展现出来，但其在意境营造方面的才华，以及对深层的社会文化问题的敏感，已经初露端倪。

《槐影》

《槐影》讲述的故事我们不陌生，主人公是陈世美的当代版本：李长志当兵后，为了提干，娶了城里姑娘，抛弃了当年不嫌他家境贫寒、毅然与他走到一起的未婚妻槐秀，后者在被抛弃之后仍然一如既往地替他照顾爹妈，并向他病重的父亲隐瞒了被抛弃的事实。弟弟黑蛋欲前往军队讨说法，也被槐秀拦下，无条件地成全了他。2003 年李佩甫出版的长篇小说《城的灯》，讲述的是同样的故事，李长志变成了冯家昌，槐秀变成了刘汉香。而在田中禾自己的作品中，李长志也多次出场，单单《父亲与她们》中就有好几次，马文昌、大老方、梁科长，都是他的化身，或者说是前身——他们的故事年代比李长志要早一些。

发表于 1983 年的这部小说，在艺术上较之《月亮走 我也走》有了巨大的提升。小说采用了由当下瞬间切入历史的叙事结构。当下讲述的是李长志带着礼物去看望槐秀一家，走在槐秀家所在的玉龙河畔，一草一物都勾起了他的回忆，当下与回忆交织展开，我们逐渐明白了他此行的目的，明白了他和槐秀一家的恩怨过往。这种叙事结构很受现代小说家们青睐，诺奖作家石黑一雄的几部长篇——《浮世画家》《长日将尽》和《莫失莫忘》——都使用了这种叙事结构。

尽管还不像《五月》那般纯熟、典型，但这部小说已经初步向我们展现了田氏语言风格：清新，细腻，典雅，舒缓，嵌入的俚语俗字总能恰到好处地写物传神，又不破坏那种带点书卷气又自然舒展的诗意感觉。这是一种很难达到的境界，方言的使用与诗意的营造向来是乡土小说创作中难以协调的矛盾：写乡土不能回避方言俗语，否则就没有乡土的气息；但使用方言俗语，又会破坏语言的整体感。毕竟，好的作家都是大量经典文学"喂"出来的，无论多么想打造浓郁的乡土气，小说的语言主体还只能是典雅的书面语，完全用方言写作是不可想象的，方言的粗俗和书面语的精致往往相互龃龉。大多数作家采取了叙述语言使用书面语、人物对话和心理描写掺入方言的做法，效果并不理想，叙述者的声音与人物的声音油水分离，不仅乡土的气息不怎么纯正，而且人物的格调也因叙述者声音的陪衬而逊色不少。田中禾完美地解决了这个问题，不仅让叙述者的声音贴近了土地，也化解了人物操持方言带给我们的粗俗感：

> 拐过河湾，是一片赭红色的冈坡。几只山雀喊喊喳喳从麦田里飞出来，一猛子窜进路边的灌木林里。麦苗不算好，却挺精神。得过一场春雨，尖尖的叶子向上伸着，阳光把它们照得油亮油亮。那一年，这儿是一片谷地。他曾望着那稀稀拉拉的谷苗说："这地土，能养活人?!"她撇了一下嘴："下边地土厚实，人心厚实不?"

"喊喊喳喳""一猛子""精神"，都是方言，摹形写神，非常妥帖，无可替代。进入城市的李长志是个土生土长的农村人，这种语言风格非常符合人物的身份和感觉。"得过一场春雨"，也是方言式的表达，非常精妙，我们把"得过"改成"下过"或"淋过"对比一下，就能感觉到气韵的不同。"下边地土厚实，人心厚实不?"短短一句话，槐秀的淳朴善良便跃然纸上，如果换成书面语，令人反感的说教意味就会扑面而来。

这部小说令人印象深刻的，还有讽刺手法的运用，堪称炉火纯青。当然，讽刺的对象是李长志。

> ……那申诉信是黑蛋写的。指导员后来对他说："小家伙，文才挺不赖，替他姐打抱不平，口气凶着呢！你呀，差点儿没挨处分。"那时候他心里说：瞧不出，一个毛蛋蛋娃儿，还挺刺刺。

"一个毛蛋蛋娃儿，还挺刺刺。"语气中充满了不屑，他不在乎黑蛋的愤怒，也不在乎这种愤怒的原因——槐秀的付出和委屈。

> 她给部队写过一封短信，说："我们俩虽是要好的同学，可并没有定婚，谈不上谁给谁退婚。我弟弟不了解情况，他的申诉可以不必考虑。"一场风波解决得那样顺利，他很感激她。感激她的诚实。

他只感激她的诚实，她的付出、她的宽容呢？做出令人不齿的背叛行为，他心安理得！

> 老头儿没有回应。一直走到他身边，伸手接过他的提包说："走吧！"
> 他惶惑地打量他。在黑线马虎帽下，那张脸触动他的回忆。原来是他——槐秀的爹。他本来就不曾着意看过他，又经过几年岁月的冲洗，印象确是淡薄了。

"他本来就不曾着意看过他"！他眼里从来只有自己！槐秀却一直在照顾他李长志的爹，直至老人去世，甚至怕老人伤心而隐瞒了他儿子的丑陋行径。

> 他脸红了。那提包里实在没有多少东西。在北京停了三小时，他压根儿没想起他们。给爹带的皮坎肩，——他不知道爹过世两年了。妈让捎给秀的爹。还有两盒糕点。现在他才悟到，那带着北京商标的糕点花花哨哨，很不实在，甚至有点炫耀。

读到这里，李长志的形象全部沦陷。原来，他来这里，不是念旧，不是道歉，也不是表达感谢……他是母亲撵过来的！如果读过《父亲和她们》，你一眼就能在李长志身上看到马文昌的影子，田中禾对马文昌也做了同样辛辣的讽刺。当一个形象反复出现，就超越个体的层面，成为一种文化人格，这种文化便是男性文化或者叫作父权制文化。田中禾的讽刺仅仅指向男性，偶尔指向的女性也是男性化了的女性，比如我们将要谈到的《南风》中的石英，没有任何女人气，长相和心肠都像男人一样干硬，自私，无情，精于算计，极具攻击性和侵略性。在这个意义上，田中禾是一个女性主义者，他对男性主导的文化深恶痛绝，所以才会对未来持悲观态度，认为人类的贪婪永无止境，最终将毁掉这个地球。① "大自然把美的造型与温柔之乡的精灵全都给了女人，用粗粝、野蛮、侵夺、勾斗的本性塑造男人，使这世界因男女的不公而倾斜，而充满罪恶。"② 在他看来，未来的出路在于文化的变革，在于组建一种富于女性特质的、由爱而非权力来主导的文化，女性才能引领我们走向未来，"爱和真诚就如普罗米修斯面前的清泉，尽管我们一次次低头时它一次次退去，我们还会永不休歇地引颈而向"③。——在田中禾的创作中，这是个一以贯之的主题。

没有正面出场的槐秀是另一个桂秋（《月亮走 我也走》），她在田中禾的小说还会经常出现。黑蛋则不然。这个有血性的后生心里积存着对李长志的仇恨，但在姐姐的熏陶下，他消除了仇恨的戾气，将其变成砂石构筑起尊严的城墙。他不想用可怜兮兮的诉苦来唤起对方的同情或羞耻心：

> 憨人憨福。我姐家，过得傻好。

① 田中禾：《回答所罗门——我的哲学作业》，见《同石斋札记·自然的诗性》，大象出版社 2019 年版，第 95 页。
② 田中禾：《关于女人（三题）》，见《同石斋札记·花儿与少年》，大象出版社 2019 年版，第 21 页。
③ 田中禾：《关于女人（三题）》，见《同石斋札记·花儿与少年》，大象出版社 2019 年版，第 24 页。

也不纵容对方的惺惺作态，不计较不追究但也不原谅，是的，无可原谅！

　　"这东西你全带回去！"黑蛋拍着提包，"金子银子不希罕。"

　　"黑蛋！"她妈喊着。

　　"你去，妈！我们说话……我们没想让你报答。说瞎话是小舅子！我们不恨你，俺姐说得好，犯不上！……"

　　……

　　"我今儿对你说，还是那句话。我们压根儿没冲着你……别看我照样敬奉你，我敬奉的是英雄，战场上立过功的英雄。李长志嘛，我们跟他没来往啦！"

划清界限，敬而远之，这是最好的姿态。仇恨、报复，只会导致自己的人格被对方同化。不过，畸形的文化如瘟疫一样蔓延，金钱的炙烤让人喘不过气来，想要坚壁清野、洁身自好，何其难也！形形色色的李长志将会像蚊虫一样盘旋在他的四周，黑蛋以后在田中禾的作品中不会出现了，他在生存压力下变成机心重重的聚海（《秋天》），变成在城里游荡挣命的马栓和来运（《来运儿，好运！》）……

《五月》

　　《五月》是一部"抵制"分析的小说，它太精致、太细腻了，概念和逻辑只会消减它的丰富性，任何分析都难免挂一漏万、顾此失彼。

　　关于这部小说的创作，田中禾谈道："联产承包的确给我国农村带来巨大变化，但农民的生存状况依然艰辛，农民的人格依然卑下，他们的社会负担依然沉重。用穷村变富、光棍娶妻来粉饰广大农村的社会不公、人权恶劣，以夸张的手法制造喜剧效果，违背了历史真实。《五月》以人性的视角，从丰收季节的苦恼和家庭矛盾切入，就是想给历史留下一个真实写照。为了真实，就选取最平常的农家、最平常的生活,不制造轰动情节,不进行形式方面的先锋探索,让整篇文字呈现出平和的面貌。"①

虽然前面已经有伤痕文学和反思文学开路,我们还是要为田中禾的勇气喝彩,毕竟,把批判的锋芒指向当下比指向历史风险更大,而且,他有过因文字而招祸的经历。不过,呈现历史真实、坚守批判精神只是成就经典的必要条件,《五月》成为经典主要还是因为其艺术性。粮食收购半市场化和免除农业税之后,小说反映的卖粮难、税收多等社会问题已经解决,但小说的价值并不因此缩水。评论家吕东亮、作家安庆和我私下聊天时都曾说起:现在重读《五月》,依然觉得很好看,经典就是经典!

虽然田中禾自言没有进行形式方面的探索,小说的形式其实也并不传统。传统叙事是封闭结构的,有头有尾,而《五月》不是,没有完整的故事,人物的命运向未来敞开。如有的评论家所说,它是一种"生活流",从绵延着的生活中截取一段予以自然呈现。这种开放型叙事不仅给予读者更大的解读和想象的空间,而且,隐含了作者的一种低姿态,一种对发布思想和道德训谕的规避。20世纪以来,现实主义在西方理论界受到诟病,一个重要的理由就是作家总是在通过安排人物的命运来评判他们的选择,从而偷偷地向读者灌输意识形态。田中禾认为人心和宇宙都是"猜不透的谜语""不可知的混沌",② 不愿以真理发布者的姿态指手画脚,由他来进行开放型叙事的实验倒是很符合西方理论家们的逻辑。

和《槐影》相比,《五月》的语言更加简洁,但味道却更为浓酽。《槐影》的语言尚有一丝丝抒情散文常有的那种绵连和刻意,而《五月》中每个语词都是携带能量的,没有任何可砍掉的炫示性字眼。句

---

① 田中禾:《寸草六题·永远的告慰》,见《同石斋札记·花儿与少年》,大象出版社2019年版,第102页。

② 田中禾:《回答所罗门——我的哲学作业》,见《同石斋札记·自然的诗性》,大象出版社2019年版,第110页。

子长短错落，意尽即止，不作渲染，不追求齐整，不为琅琅上口而把句子打散或拉长，但整体读起来，却有一种大珠小珠落玉盘般的谐和，一种俯拾即是、自然天成的完美。比如小说开头这部分：

> 走进村，正是半后晌。
>
> 乍看，村路那样窄，坑坑洼洼，全不像原来的样子。小时候她们在月亮地里玩，觉得这路是很宽的，很平坦。
>
> 树把路遮严了，树荫很浓。路面上，雨水冲出浅浅的沟壕，长满狗尾草。车辙里散落着闪闪发亮的麦秸，谁家已经开镰割麦了。这是一天最安静的时候，没有人声、犬吠，老母鸡叫蛋也像离得很远，隐隐约约。
>
> 她走近自己的家。板打院墙经几番风雨，颓墮成一溜黄土堆。
>
> ……

就使用的语词和口吻而言，这段描写是非常口语化的，"半后晌""乍""谁家""开镰""叫蛋""一溜"，都是书面语中不会出现的字眼。但口语是随便的、拖沓的、直白的，而这段描写却是精致的、干净的，韵味十足，一幅初夏时节的农村风情画跃然纸上，那种闲寂、萧索让人沉醉。阅读《五月》，你不只是用眼睛看，还投入了整个身心去感受，每一缕气息、每一束光线、每一种情愫、每一段时光的流逝……如此，当你沉浸并享受小说的每一个细节和场景时，故事是否完整就不那么重要了，就像欣赏一段非常优美的小提琴曲，知不道曲子的名称、有没有完整地听完并不重要。

文学与生活的关系极为微妙。《五月》尊重历史事实是毫无疑问的，选取的也是最平常的农家生活，每个场景和细节都让人感觉是原汁原味的。但实际上，一切又都经过了作者趣味和文字的过滤，绝非生活的复制。就人物而言，小说中的每个角色都让我们感觉亲近。比如，那个痞里痞气的大狗。爹对他恨之入骨，若是在现实中面对这样一个名声败坏却无往不利的混混，我们大概和爹的立场是一样的。但作为读者，我们却有点喜欢这个家伙，他和别人一样的勤劳能干，只是不像大伙那样规矩，那样对权力毕恭毕敬。他就像个驯兽师，深谙潘大头这些禽兽们的本性，游刃有余地与他们周旋，时而巴结逢迎、施以小利，时而虚张声势、连蒙带骗，牢牢地把缰绳攥在手中，让他们为己所用。笔者甚至都有点崇拜他，我们都在权力的威压下噤若寒蝉，只有他能让我们透口气。至于他谄媚和揩油改娃的行径，固然非正人君子所为，但考虑到他的处境，也颇让人心酸和怜悯。

比如，那个迂腐、固执又笨拙的爹爹。他那一套处世哲学已经落伍了，循规蹈矩、忍气吞声换来的只是被损害、被羞辱，他已经无力为孩子们安排人生、谋划前程了，但还是自以为是地横加干涉，粗暴又执拗。我们会和改娃一样，觉得他可气又可恨。但我们也会和香雨一样，同情他、心疼他。他不像孩子们那样只需为自己考虑，他要用已经羸弱不堪的身心操持一家人的生计，确实太难了。而且，他也是要尊严的，在外面处处碰壁又不敢发作，除了把憋屈撒到家里还能怎样？最重要的，错的不是他，老实人不应该吃亏，不应该受欺负！还有金成，这个穿港衫、留长发、到处逛荡的青年是有点不务正业，可考不上大学的他又有什么正业可干呢？难道像父亲一样吃苦耐劳、处处受欺吗？金成终归是个善良、温和的孩子，不务正业只是因为迷惘，因为找不到出路——当时的社会没有给他提供出路。

除了潘大头、验质员等基层权力的化身，《五月》的每个人物都是丰满的、自足的，不是某种性格或概念的图解。他们有自己的生存语境，有自己的人生轨道，我们没有资格对他们指手画脚，在他们面前我们也不应有什么优越感。只有以平等的姿态看待他人，我们才能摆脱狭隘和自负，才能在对他人的同情和尊重中点亮自己的人性之光，照亮未来的道路。田中禾的这一立场，也通过视角人物香雨表达了出来。

香雨是这片土地上飞出的金凤凰，是全村人的骄傲，她考上了大学，在大学里也出类拔萃。然而，才华和努力在这个社会上并不能为你赢得一切，没有关系只能步步受制。先是毕业分配遭受不公，被分到了一个偏远的县城中学；然后是考上研究生，却被单位扣住不让去读……身心俱疲的她回乡探亲，发现自己与亲人们的生活已经格格不入了。回家第一天，就感受到了与改娃的隔阂：

> 她每天都在想着她的论文，从来没有想过家。直到这次回乡，她才给妹妹买了一套复习资料，一路上想了许多教训话，定要说服她，再复习一年，下些苦功……可是现在，她觉得这些话都可以免了。

改娃和金成本来是一对冤家，可这次回来却发现他们之间有着她无法理解的默契和亲昵。香雨的经验和见识无法指导弟弟妹妹的人生，也无法给家人提供任何帮助。在粮站卖粮的时候，骄纵蛮横的验质员拒收她家的粮食：

> 验质员的态度激怒了香雨，她愤愤地走过去说："同志，这麦怎么啦？"
> "得晒！"
> "同志……"她很想向他讲讲道理，可是，一时什么也讲不出。

回巢的金凤凰却成了个多余的人，在现实面前完全失语。有意思的是，她这个历史系高材生，研究的对象恰恰是中国农民的历史和境遇。

> "小改，我知道你过得真不容易，姐太不关心你……"
> 改娃没有做声。她觉得她的眼泪更凶地流着，漫过被风雨阳光侵蚀得粗糙涩硬的脸颊。香雨的心被妹妹的眼泪溶化了。她在稿纸上研究历史的农民，为什么不到田野里来研究现实的农民，尤其这

些年轻的农民呢？啊，我的兄弟姐妹们，他们在如何生活和思考？他们在怎样的路上走啊？

香雨和改娃的关系，折射出了知识精英和普通民众之间的关系。知识精英是理论话语的操持者，虽然口头上会自谦一下，但内心深处的先知情结浓重，凌空高蹈，指点江山。田中禾对理论的专制很是警惕，他在《古老算术的诡辩》一文中指出，逻辑与现实之间是有差距的，因为忽略了各种各样的误差。比如 20 世纪中期专家下乡调查小麦亩产，先竖向点验麦子的行数（X），再横向点验垄数（Y），数出每行株数（Z），抽样计算每株穗数（M），称量每穗麦子的重量（W）。行数乘以垄数，再乘以株数，乘以穗数，乘以穗重，除以亩数（N），得公式：XYZMW/N，最后算出的小麦亩产是 5892 公斤。看上去无懈可击，但却是实际产量的 10 倍。因为现实中的株数、穗数、每穗的重量都存在误差，这点误差看似可以忽略不计，但层层相乘，蝴蝶效应就出现了。"在现实生活中，直到今天，许多看似科学的考察、专家论证，仍然采用着考茨基的方法和逻辑。许多科学报告、繁杂表格、理论包装的论证结论，其实与实际相去甚远。……把看似可以忽略的误差层层放大，个案当作普适公式，使科学变成愚弄公众的魔术。"①

数学的诡辩也存在于理论之中。理论之所以成为理论，在于它是概括和抽象的产物，而概括和抽象必然要把个体从具体生存语境中抽离出来，要抹掉个体的完整性和独特性。田中禾并不抵制理论，相反，他很爱阅读理论书籍且造诣深厚，正因为如此，他才深谙理论的本质，才自觉规避知识精英的自命不凡，才反复强调文学要表达个体关怀。

这种个体关怀当然也指向作为个体的知识精英。试图回家寻求安慰的香雨，不仅无法开口向亲人倾诉委屈，反而平添了很多愧疚：

---

① 田中禾：《谢菲尔德书简·古老算术的诡辩》，见《同石斋札记·自然的诗性》，大象出版社 2019 年版，第 83 页。

她毕业一年了，没给家里寄过钱，爹总是说，如今日子好过，家里不要你的钱。你得攒几个，买表，买自行车，那是城里少不了的。她每天都在想着她的论文，从来没有想过家。

如今长大了，每月有五十三块工资，可她从未给奶奶扯过一尺布，买过一斤糖。

当她为了那篇《中国农民的形成及其在历史上的地位》伏案熬夜的时候，当她在学校领导的门前奔走，疲惫地为纠正一张不公正的鉴定表申诉的时候，强烈的欲念和恩怨充塞了全部的生活和思想，挤走了慈蔼的奶奶，挤走了所有过往生活的记忆。她把奶奶遗忘在九霄云外，甚至连做梦都不曾梦到过。她自责着……

她二十六岁了，不知道怎样在人海里穿过来，对谁也不曾留意，心像石磙一样冷，也像石磙一样坚硬执著，一味要压平面前的路。

……

我们很容易想到《槐影》中那个李长志，但田中禾对二者的态度是截然相反的。李长志用背叛换取了进城的通行证，根本就是薄情寡义；而香雨靠的是自己的努力，为了压平面前的路，她一个底层出身的小丫头不得不屏气凝神，不得不将亲情暂时搁置脑后。香雨不停地忏悔自己的冷漠，而李长志从来没有，他一直在试图遮盖过去。最终，田中禾还是让香雨得到了她渴望的慰藉，尽管不是像她所预期的那样。面对为卖粮而心焦如焚的家人，

她忽然觉得，在父母弟妹面前，自己因为分配、考研究生而受到的委屈根本不应该想起。……故乡的大地一碧如洗，它是这样丰饶、慈蔼、宽厚，它哺育了你，小雨雨，给了你可以给的一切，却从未向你索取过什么。它默默地注视着，爱抚着，却不流露它的期待。你伏案夜读，但你可曾想过这一切都是为了谁？为了什么？

这是香雨的自省。这种自省最大的意义,就是升华她的心灵,净化她的怨气。"为了谁? 为了什么?"我们不会苛求她为故乡的大地做什么,有这份自省便已足够。对于香雨,田中禾寄予了深深的怜爱之情。

有评论家说,香雨最后转变思想随遇而安,降低了作品的思想高度,对此田中禾表示:"这个意见是有道理的,但我不能接受。因为我自己就常常面对农民的艰辛而泛起一种内省,在特殊环境里达到一种心理平衡。我认为每个知识分子都应当这样作。当然,香雨是决不会真的随遇而安的,这种人一旦回到自己的天地里,她仍然是一个不安分的追求者,但那应该是一种更执着更冷静更审时度势的追求,一种更高层次的人生奋进。这一点,也许我认为读者必能解透,没有必要做什么暗示。"① 细品田中禾的话语,他不能接受的并非"香雨最后转变思想随遇而安"的解读,而是"降低了作品的思想高度"的评价。更准确地说,是对所谓"思想高度"的抵触。怎样才算是有"思想高度"? 让香雨变成一个为了乡亲们过上更好的生活而四处奔走的维权斗士? 除此之外我想不出还有什么处理能具有"思想高度"。那样的话,这个连自己的权益都维护不了的女孩只有两个结果:一是到处碰壁、焦头烂额乃至失去一切,这是田中禾不想看到的;二是为民请命的真情感动上天,她被委以重任,拥有了改善乡民境遇的权力……主流文学的套路就是这样的,但这可能吗?

不得不说,田中禾是真诚的,且勇气可嘉。"铁肩担道义""以血荐轩辕"是知识分子们自许的姿态,无论是否能做到,口头上谁也不甘示弱,仿佛唯有足够决绝才不辱没知识分子的身份。若果能身体力行,自然可歌可泣。若只是嘴上功夫,就沦为远比软弱而更令人憎恶的做秀。当下,后一种人格越来越多,知识分子的口碑也越来越差。田中禾坦言自己有软弱的时候,会在特殊环境下谋取心理平衡,并宣称每个

① 田中禾:《我写〈五月〉》,《文学知识》1986 年第 4 期。

知识分子都应当这样做，无异于明目张胆地解除了知识分子殉道的义务，这可是有点冒天下之大不韪。回头想想，知识分子也是人，也有人的种种弱点，也是人文关怀的对象，我们不能苛求他们刀枪不入。以身殉道的选择固然令人崇敬，但我们不能苛求他们每个人都做出同样的选择。

如此，香雨是变得随遇而安，还是像田中禾说的那样朝着"一种更高层次的人生奋进"，其实没什么可争执的。两种选择都有可能，而且都可以接受。不能接受的是像《南风》中的石英那样，忘了自己从何而来，冷酷无情地投身权力的游戏。田中禾安排香雨回家接受五月的洗礼，就是为了避免她变成石英。

除了香雨，我们关心的还有改娃，她会遭遇怎样的命运？田中禾没有给我们任何的暗示。他太喜欢这个朝气蓬勃、敢爱敢恨的女孩了，甚至超过"不笑，也不哭，不显高兴，也不显懊丧"的香雨，所以，他把未来向改娃敞开，让她自己去闯荡……我们只能祝她好运！

《春日》

《春日》（以及我们将要讨论的《秋天》）是《五月》的姊妹篇，结构形式完全一致，以一个从城里回家的女孩为视角人物，呈现普通农村家庭的一段"生活流"，从而切片般地反映正在演进着的社会文化现实。《五月》中的香雨变成了《春日》中的小爱，身份由大学生变成了打工妹。

城乡二元对立格局是大部分当代乡土叙事的背景和话题。在《月亮走 我也走》和《槐影》中，农村尚能凭借道德信念的支撑勉强与城市分庭抗礼，艰难地维护着自己的尊严。《五月》之后，仅存的那点尊严也土崩瓦解，身为农村人只会感到屈辱，或许还有对城市的仇恨。在《五月》中，城乡二元对立及其带给农民的精神创伤，是通过香雨和改娃的关系微妙地表现出来的，这对没有任何矛盾的姐妹，单单是因为姐姐成了城里人就产生了深深的隔阂。而在《春日》中，这种创伤以更触目的形式表现出来。

父亲本来招工进了城,后因响应市民下乡政策,带头下放做回了乡下人,一块招工的四姑则留在了城里,如今两家境遇有了天壤之别。尽管四姑很小气,还一副屈尊纡贵的架势,可家人还是仰望她、巴结她,全然没了《槐影》中黑蛋的骨气。带头下放曾经是件光荣的事,现在成了父亲永远无法愈合的伤疤,随时被揭破流出血来。善良的小爱不怨恨父亲,但也不得不承担他当年的选择带来的恶果:

> 日子艰难时候,他们埋怨爹,说他不该那样傻,让一家人失去市民的粮本。现在吃饱了,一家人恨爹,恨他没给他们创造同别人平等的家庭。如果我也穿着牛仔裤,踩着高筒靴,描着眉,那小子还敢这样看我吗?在那个地方,每天她都觉得在别人目光下受辱。

小爱认同父亲的忠厚老实,她身上还有桂秋(《月亮走 我也走》)和槐秀(《槐影》)的影子。但和她们的以德报怨、循良知行事不同,进过城的小爱很清醒——道德认同是一回事,人生选择是另一回事。所以,面对和父亲一样忠厚善良的小铁,她断然将其从自己的未来中抹掉了:

> "小铁,你不如去当油贩子。"
> "油贩子全靠要秤头,兑假,我干得好?"
> "那你就啥也别干。"
> 他又笑了一下:"不挣钱,那哪行?"
> 玉米该崩了,小铁把炸米机从火上拉下来。小爱跑开去,双手捂着耳朵,远远站着。
> 玉米崩开了,筒外散落几粒,像盛开的梅花。
> 小爱终于没有走过去。她慢慢走向村路,走进细密的雨雾里。她的心,这会儿就像眼前的田野一样冷漠。一只兔子跳过土路,倏

地消失在庄稼地里。

小爱在城里感到屈辱，她觉得自己还是喜欢家里的土瓦房，喜欢村里没有院落的开放式格局。然而，如同村里的那条路"再不像原先那样色彩斑斓"，村里的人情也再不像原来那样淳厚。大队、税务所等基层部门百般盘剥百姓，大哥和弟弟则一心拨打自己的小算盘，全然不顾养育之恩、同胞之情。浑然不觉中，小爱已经同这里格格不入了。也许是她没变，但家乡变了，变得势利、丑陋。也许是家乡没变，但她变了，她的灵魂已被城市浸染：

> 他们吃饭。……四个人各自捧着碗，或蹲或坐。院里冷，小全就蹲在屋檐下。虽然吃饭方式同往常一样，小爱却有点别扭。四姑家是大家都围着桌子，小孩也不例外。虽说让人拘束，可那才像一家人的样子。

或许，是一切都在变，只是她的频谱既没有和家乡保持同步，也没有与城市产生共振。小说结尾时，小爱陷入了对于未来的迷惘中。其实，她没有选择，她只能回到城里，和《枸桃树》中的常娜一样，两人的命运不会有太大的不同。

小爱的父亲和香雨的父亲一样，都是被压在时代车轮下的一代人。相比之下，小爱的父亲更憨厚、更愚钝、更懦弱。香雨的父亲还有脾气，尽管只能在家人面前耍耍；小爱的父亲在一次次的羞辱下，已经丢掉了父亲的尊严，没有资格耍脾气了，只能讷讷地承受家人的埋怨和指责。这个刘德仓啊，真是一个理想的"公民"，无条件地服从任何所谓的"管理"，绝无怨言。就像一块泥巴，可以随便锤捏。他给税务所的小秦修车，收钱天经地义，但小秦不这么想，于是一张补税的天价罚单就落到了这个吃了熊心豹子胆也不敢偷税漏税的摆摊户头上：一千二百元！当然，人家是有依据的，是按照他在县劳模会上发言的收入计算的。屋子四处漏风的他是公社罗书记为了政绩而捏造出来的致富典型，发言稿中的收入与他无关。默默抽烟的他在家人的追问下说出这件事后：

> 妈吓一跳，两手向上甩了一下："乖乖！你拢共才挣几个钱？"
>
> 爹慢慢把烟头在鞋底上擦，"现时的人呐，漏税的也真不少！"

如此觉悟，如此有大局观，真是值得学习！但母亲不愿意，跑去找罗书记主持公道。于是，罚单从一千二涨到了一千五，另加两个"戴大檐帽的"揪着他的领子狠狠训了一顿。父亲觉得很合理：

> 一千二？给你算到一千五啦！说你态度不好。你想想，啥时候政策不讲态度？没有错，光态度不好就是错呀，你还要找书记？

好在，真正的致富典型——有钱后怕受连累和家里断了来往的大儿子——站了出来，为了自己结婚要把姐姐挤兑出家门的小儿子也尽力帮衬，一顿山吃海喝后，税单变成了三百四十元九角八分，这让父亲感激涕零。缴纳的期限是五天内，他不改积极本色，要马上缴纳：

> 他从怀里摸出个存折："攒几个钱，想翻房子，给小全办事。拿去取吧。税减到这样，别给人家拖，让人家脸上不好看。"
>
> 妈伸手把存折抓过去："他说十二号，咱就十二号交！你个老兔子，鬼你有钱不是！"
>
> "是呵，五天，"大儿子眯着眼睛计算着，"块把钱利息，买盐够吃一个月。"

妈比他有见识，儿子比他精明，旁观的我们恨得咬牙切齿。可是，他错了吗？他不应该积极响应上级号召吗？他不是我们一直在提倡、在培育的那种人格吗？他没有错呀！他为什么会受欺负？不知道。或许，他这样的人就该受欺负，他活着就是为了被小秦他们欺负。

好在，他的两个儿子不像他那样窝囊。大儿子和《五月》中大狗一样，已经是村子里的风云人物；二儿子也野心勃勃，前途可期。他们是这个家庭的未来，也是农村的未来。田中禾的小说中，总有这样的后生，像《秋天》中的聚海，《南风》中的石涛，《明天的太阳》中的赵涛，等等。他借此安慰富有忧患意识的读者：姑且宽心，无论环境如何恶劣，社会还是会延续下去，生命是无比强大的，新旧更迭，生生不息。不过，这种乐观又很沉重，他对待这些后生们的情感很复杂，就像小爱对待她的弟弟：

> 小爱回过头看着小全，他低着头，贴近她站着。他的头发又黑又亮，硬蓬蓬地像刷子，脖颈丰满健美，肩头宽阔，脊背平厚。他长大了，真的成了堂堂男子汉，他一定会比爹更强壮。她觉得他们往后的日子也会像大哥一样过好，却又清醒地意识到，他们都已经不再是她的亲人。

最后我们要谈谈母亲。因为父亲的懦弱，母亲成了家里的主心骨。她目光敏锐，头脑灵活，作风泼辣，处事得体，骂起人来酣畅淋漓、活色生香。即便她已足够强大，但依然力不从心、焦头烂额。于是，她把一切不顺归结为大儿子盖的楼房破坏了风水。这当然不科学。但在另一种意义上，她没有说错。家家都是三间土瓦房，你家一座楼房拔地而起，毁了平衡，乱了人心。人心乱了，祸事就来了。楼房成了一个象征，物质的象征，欲望的象征。在物质和欲望的驱迫下，乡村的平静将一去不返。

母亲并不主张拆掉楼房，她心疼那个不孝的儿子。田中禾也不主张拆掉楼房，因为那是不可能的，楼房一旦建起来，就拆不掉了。物质文明发展到今天，不可能再返回到宁静淡泊的田园时代，"现代物质文明这个魔鬼正踏入东方文明圣地的中华,我们无可逃避。……对传统文化的再认识绝不意味着遁入荒蛮,安于古朴,固步自封"①。如何平衡物质和精神、欲望和道德,母亲回答不了,几十年后的今天我们也没有真正找到出路。母亲只能寄望于巫法,希望送走"魅子",全家都有太平日子。而我们,似乎也只能祈祷!

《秋天》

写作是一件苦差事,坐冷板凳还是其次,因写作而产生的心灵的悲鸣和情感的颤栗才是最折磨人的。田中禾说"不被角色吞没",只是说不被文坛的名利所累。在写作过程中,你不能不投入全部的生命情感,不能不长歌当哭,因触目惊心的巨大苦难而悲不自禁,因难以置信的丑恶和无耻而心死如灰。从《五月》开始,田中禾沉潜到农民的境遇和命运中,感受他们的苦难、无助、迷惘和绝望,情感上想必也是难堪重负。在《秋天》中,他回望历史,试图寻求一点解脱,却又陷入更深远的悲哀之中。虽然名气不如《五月》,但《秋天》的视野更开阔,思考更深刻,故事张力也更大。

《秋天》的视角人物是一个被市里派到下边考察汉墓的年轻学者高震,他要考察的这座汉墓实际上已被盗掘,只留下一些珍贵的画像石。两年前一个叫常花的汉子在冈坡上建炒货厂时发现了这座墓,立即报告了乡里,于是高震和发掘队来到这个地方,而常花的炒货厂因此泡汤,不仅一分钱的奖励没拿到,还因还不上募集来的建厂资金而被法院以诈骗罪关进了监狱,他的三个孩子——聚海、小印和小云——的命运也就此改变。因为这座古墓,高震走进了历史,认识了常花一家,对历史的追寻与对现实的思考产生了奇妙的交合。抚今追昔,民生多艰,让人不胜悲慨!

---

① 田中禾:《说东道西——与季羡林先生商榷》,见《同石斋札记·自然的诗性》,大象出版社 2019 年版,第 203 页。

意大利思想家克罗齐有句名言人所共知：一切历史都是当代史。历史没有飘失在遥远的过去，它还改头换面地活在当下，所以，历史是现实的一面镜子，而现实也是我们研究历史的参照。高震来到这片古代被称为鄹国的土地上，很快就意识到了这一点：见到小云，他好像看见“提卣奴婢”从画像石上走下来，云鬟高髻，宽袖纤腰；而那个挺胸凸肚、肌肉绽开、健壮魁伟的常花，活脱脱就是“百戏图”里的赤膊大汉。

高震认为他们挖掘的这个墓地应该属于“鄹侯”，不然规模不可能如此巨大。但他没有证据，他们只发现半块“跽坐游戏图”，只有找到丢失的另一半，他的猜想才能得到证实。所以，古墓发掘两年后，他重访旧地，寻找那半块“跽坐游戏图”，同时也去探望下他一直牵挂着的常花一家人。接下来，他耳闻目睹了农民如何在重重盘剥下艰难地生存，村干部如何聚敛起巨额财富，领教了那个博古通今的乡党委副书记一边大吃大喝一边为盘剥行为所作的振振有词的辩护，知道了自己为之奔走呼号的那个汉墓群陈列馆建成后未必有自己的位子……他对于画像艺术的观念开始动摇。过去他一直坚信，艺术至高无上，人间琐碎无关紧要。真的是这样吗？在和聚海的辩论中，他节节败退：

> “我对汉墓没有兴趣。从心里说吧，两年前，这些古代贵族的地下宫殿还能刺激我的好奇心，现在我简直讨厌你们的工作。两千年前，他们为了死人，逼得无数活人饥寒交迫。两千年后，我们还得为了发掘、保存这些毫无用处的东西耗费血汗。建一座陈列馆，拨款五十万！我父亲只要再有五万流动资金就能让一座小工厂转危为安，十二户人家过上富裕日子。可是……”
>
> “这是两码事儿！文物是祖先创造的艺术。”
>
> “贫穷子孙首先需要的是富裕日子。他们为什么不给后代留下充足的财富，让他们过上好日子？他们那么奢华，我们这些后人这么穷！他们生前的罪恶还少吗？还要我们世世代代为这无耻的浪费

继续花费钱财!"

"你太偏激了,聚! 人类历史就这样沉重,你不能把所有的历史撕碎。"

"再过两千年!"他拍着自己的大腿,"有人发掘考证爷爷的墓葬吗? 他带走一棵自己种的桐树,一身蓝布棉衣。那是土地给他的,他又还给了土地。"

引述这么长一段文字,不是讨巧和敷衍。我们很多人也像聚海那样发出过诘问: 在孟姜女的眼泪面前,长城不是一堵罪恶的墙吗? 在奴隶们如山的尸骨面前,金字塔是古埃及的荣耀还是耻辱? 我们也被教育,不能这么偏激,那是劳动人民的血汗,是他们的勤劳和智慧的结晶。可是,那些地下的亡灵,是否愿意听到我们赞美这些夺去他们生命的艺术? "人类历史就这样沉重",历史就应该这样沉重吗? 历史是谁的历史? 是人类的历史吗? 不是! 是秦皇汉武、唐宗宋祖的历史! 这样书写历史符合正义吗? 我们津津有味地品鉴这样的历史,我们还能给后人留下不一样的历史吗?

历史确实没有改变。两千年前,无论"赤膊大汉"还是"提卣奴婢",都没有资格享用这么精美的画像艺术,他们是贵族奢靡生活的供养者,那些贵族生前压榨他们,死后也要把他们带进坟墓继续服侍自己。两千年后,他们的境遇没有任何改变,"赤膊大汉"常花的炒货厂由村长的窑场接管,半生血汗被侵吞;而"提卣奴婢"小云要为了哥哥的野心嫁给乡长的儿子,这与卖身本质上没有区别。

当然,我们不能因此推倒长城、炸毁金字塔。聚海也没有因自家遭遇把满腔悲愤宣泄在画像石上,他不仅把自己发现的一座新的汉墓的方位图交给了高震,还帮他找到了那半块"跽坐游戏图"并做了拓片。我们可以欣赏画像艺术的精美,可以赞叹秦皇汉武的运筹帷幄,但我们更要意识到底层民众为此付出了怎样惨重的代价。一味沉迷于"大写的历史",历史的逻辑就会延续,就会继续沉重下去,而历史不应该这样沉重，每个生命都应该被善待、被尊重。

接过聚海做的半块"踞坐游戏图"的拓片，高震无语了。墓志写得很清楚，这么极尽奢华的汉墓，并不是什么"鄡侯"的，它居然属于一个五岁夭亡的孩子！高震说得对，历史就是这样沉重，比他想象的还要沉重。"赤膊大汉"和"提卣奴婢"们，就是穿过这样沉重的历史，从两千多年前走到今天，还将继续走下去。不知道田中禾那颗悲天悯人的心灵，在被农民的苦难深深刺痛的时候，有没有因回望历史而得到些许的解脱。

如果有，程度也有限。所以，面对变得工于心计、杀伐决断的聚海，他感到了不安。常家父子都要改变命运，常花失败了，持权者不允许你与他们鼎足而立，无论你多么有能力、有魄力。权力本质上是对他人的权力，其意义就在于凌驾于他人之上。聚海深知其中的道理，你无法对抗权力，要想改变命运，就要找到靠山，成为权力的一部分。聚海肯定会成功，但这种成功改变不了历史，改变不了无权者的境遇。小说开头有段话意味深长：

> ……站在冈上放眼四望，绿色大地苍颜赭染，铁红的暗影从棉田和豆秧中透出来。轻风掠过汉光武帝的故乡，又一个秋天到来了，我正踏在湖阳公主封地上，脚下冥冥中有汉室无数皇亲显贵在深幽的墓穴里度过无尽长夜。刻下秋高马肥，正是山野驰猎的好时光，你们能够在寂寞中静卧吗？

不，他们没有在寂寞中静卧，他们还活着，始终活着。小说最后，高震要把聚海画给他的古墓方位图封存起来，成了一个具有象征意味的举措：愿历史永远封存地下，愿世间再无皇亲显贵。

《椿谷谷》

和本节我们探讨的其他小说相比，《椿谷谷》没有沉重的道德、文化和政治批判，但思想意义并不肤浅。

小说的主人公兼叙述者是一个农村的光棍，即因为贫穷讨不上老婆的老男人。20世纪八九十年代的农村，他们是一道独特的"风景"，到每个庄子里转转，你几乎都能看到倚卧在柴草垛旁晒太阳的光棍汉，懒散、邋遢、衣不蔽体、浑浑噩噩。一方面，人们对他们很是亲昵，男人们肆无忌惮地取笑他们，女人们对他们也不留口德——当然必须有男人在场；另一方面，人们对他们又很疏远、很提防，仿佛打光棍就意味着道德上不可靠，不定就会做出什么危险的事来。其实，他们都是很温和的，攻击性很弱，不然，怎么能长期忍受那种日子的煎熬！

没有人关心他们，现实中他们是不被当作人看的。如果勤劳能干，人们会把他们当作牲口使唤，小说主人公就这样，他的名字就叫"大牛"，也和牛住在一起。如果不会或不愿帮人干活，那就连牲口也不如了。穷人，残疾人，精神病人，都是边缘人群，都受歧视和排挤，但至少在文学中，他们有机会成为主角，成为人文关怀的对象。而这些农村的光棍汉们，在文学中也不受待见，顶多也就是混个路人甲的戏份。鲁迅的主人公阿Q是个光棍，但他尚且"心有猛虎"，尚且能搅搅浑水，和我们谈论的这种光棍不可同日而语。他们甚至连罪犯都不如，那些连环杀人犯很受青睐，人们痴迷地分析他们的变态心理，往往还不吝惜自己泛滥的同情心。就此而言，《椿谷谷》以光棍汉为主人公，细腻地呈现他们的精神世界，真正体现了一种博大的人文关怀。

我们都知道，进入人物的内心世界，最常用的手法是将人物抛掷在矛盾的漩涡里，冲突之中见性情。但光棍们的生活是一潭死水，无波无浪，这个套路在他们身上不好使。让光棍们自己开口讲述，可能是最好的选择，但也有一个棘手的问题，那就是他们的词汇很贫乏，能说会道就不会打光棍了，你不能让他们面对读者时滔滔不绝，面对乡人时笨口拙舌。——这也是乡土文学创作中一个共同的悖论，你不能让人物用精致的书面语倾诉心声，纯粹的方言俚语又难以穷形尽相地呈现内心世界的复杂微妙。以光棍为主人公，这一悖论被放大到了极致。

　　田中禾采用了在第一人称和第三人称之间不断切换的方式创造性地解决了这一悖论。第一人称叙事把大牛的内心向读者敞开了，而穿插的第三人称叙事则切断了他的倾诉，避免了因喋喋不休而招致读者的反感——我们通常没有耐心倾听别人的长篇独白，除非他极具个性和魅力，而且喋喋不休与我们印象中木讷少语的光棍形象也难以调和。不仅如此，穿插第三人称还获得了使用优雅的书面语营造诗意的自由，比如：

　　　　那时候椿花还没有开，他在池塘边栽的柳树刚披下鲜嫩的枝条，远望像一团绿云。

　　　　那时候风日轻暖，不像现在炎热。池塘被鸭子搅出纷乱的涟漪，日子倦怠慵长，大白天耕牛闲在场院里，摇着颈下铃铛，咀嚼满嘴洁白的泡沫。

　　　　她是怎样走到我面前的，当时我没留意。……（着重号为笔者所加）

只有使用的第三人称，才能如此诗意地开篇，因为大牛的词汇表里是不可能有"风日轻暖"和"倦怠慵长"的。如果通篇使用第一人称，就要清除掉所有的诗性语言，那是对文本诗性孜孜以求的田中禾无法接受的。

　　第一人称和第三人称的切换，还形成了对于人物的立体透视，这种效果显而易见，无需赘言。最奇妙的是，你可以把第三人称的叙述者认定为一个外在的叙述者，也可以认定他就是大牛本人。以局外人的口吻谈论自己，生活中也不乏这样的情形：我们与人初次接触时，为避免尴尬，会把自己的情况假托在一个虚拟的人身上说出来，根据对方反应来决定是建立较为密切的关系还是随后一拍两散；我们若有某种不便向熟人透露的计划，又想从熟人口中得到一些建议，也会假托代他人咨询达到目的。让人物以局外人的口吻谈论自己，世界文坛上不乏先例，博尔赫斯的《刀疤》、雷蒙德·卡弗的《咖啡先生和修理先生》以及石黑一雄的《远山淡影》都用过这种手法。田中禾的不同在于，他在这个第三人称叙述者的两种可能的身份之间营造了一种微妙的张力：你可以坚持认为第三人称叙述者是外在的叙述者，语言风格与主人公大牛不同；但如果你在阅读中逐渐认同大牛和我们一样是个内心细腻丰富的人，你也可以把第三人称叙述者理解为他本人，他以局外人的口吻谈论自己是在表达一种自我悲悯；你还可以同时保留第三人称叙述者的两种身份，感受两种声音碰撞、缠绕的妙处。

大牛的人生无疑是悲剧性的，人不应当这样活着。不过，他的悲剧不是哪一个人造成的，不是薄情寡义的老二老三夫妻，更不是温柔善良的保山媳妇，我们甚至很难去指责民风民俗，指责乡人对光棍的疏远和提防。如果一定要找出祸因的话，那就是贫穷，如影随形地撕咬着底层民众的贫穷，如李佩甫所说，"贫穷是万恶之源"①。而贫穷有着复杂的社会历史原因，我们这些也在时代洪流中苦苦挣扎的普通人对此无能为力。我们能做的，就是跟随田中禾，向大牛他们投去同情、悲悯的一瞥。

《南风》

《南风》可谓是田中禾这一时期的集大成之作，延续和深化了之前篇章中对于社会问题的种种思考。

和《五月》《春日》《秋天》以及我们之后要探讨的《枸桃树》一样，《南风》讲述的也是一个家庭的变迁与悲欢。小说最醒目的形式特征是，嵌套了三个独立的故事，与主线叙事形成跨时空的呼应。

三个独立的故事都具有强烈的反讽意味。读书改变命运，知识开启民智，知识精英一直以社会进步的引领者自居，他们也应该扮演这样的角色。然而，几个不同时期的试图开启民智、改变社会的读书人，不仅

①　王波：《李佩甫：贫困才是万恶之源》，《中国青年报》2012 年 4 月 17 日10 版。

没有受到民众的理解和拥戴，没有得到社会的认可和支持，反而各自落了个活埋、砍头和入狱的下场。当然，他们的牺牲也不是全无结果，比如，故事二中两个洋学生的头被砍得就很"值"：

> ……人头砍下以后，挂在西城门上，示众半个月。一个人头换六个白面卷子，四赖子的儿女没饿死，多亏了这两个人头。还不说四乡八保的灾民每人都吃到了两个。你说值不！

又是人血馒头！我们一定想起了鲁迅笔下的夏瑜。是的，他们就是夏瑜，断头台一直没有拆除，围观的人群也没有散去。我们可以想象，田中禾写下这些文字时，内心中是多么的悲愤！

石海这个高考落榜生，也想用知识改变家乡的面貌，他满怀热情地勾画了一张张蓝图，"当老师，办技校，搞农技站，搞科研咨询，当村组干部，我不信，人的素质不会改变，故乡的社会土壤不会改变"。然而，所有的蓝图都只是泡影，这个世界不给他实现自己抱负的空间。正值大好年华的石海患癌症死去了，他只能死去，别无选择。人不为己，天诛地灭！上天欣赏的是姐姐石英这样的人：恨，狠，自私自利，冷酷无情。石海不行，他不会恨，没有铁石心肠，没有攫取一切的贪欲。造成他悲剧的根本原因并不是高考落榜，而是他的多情和善良，是他那颗纯洁的灵魂无法想象人心世相的凶险。同是高考落榜生，深谙权力游戏规则的聚海（《秋天》），将拥有完全不同的人生。两相对比，我们不知道是石海的悲哀，还是这个世界的悲哀。石海死去了，也不是什么都没留下，他成了深爱的沈小琴与弟弟石涛结合的红线，多么意味深长的讽刺！

田中禾对中国知识分子的命运及其与社会发展的关系的思考，是从《五月》开始的。香雨发现自己在现实面前完全失语，她的知识和见识全然派不用场，无法照见也无法改变弟弟妹妹的命运。中国知识分子的境遇大抵和香雨类似，不仅济世安民的宏愿和规划无从实现，而且泥菩萨过江自身难保。支配社会进程的不是知识，而是权力，所以《秋天》中聚海"皈依"了权力。可是一旦与权力合谋，知识分子就不再是知识分子了，他们成了有知识的政客、野心家，就像那个纵谈晁错与汉代政治的乡党委副书记。晁错可谓是知识分子的终极榜样，拥有了实现抱负的地位和权力，且不改知识分子本色，但他的努力却适得其反，"由三十税一到免天下田赋，似乎是保护农民，却恰恰鼓励了地主、商人、贵族对土地的大量兼并和掠夺，吃亏的仍然是农民"。及至《南风》，知识分子们一个个身与名俱灭，连个悲剧结局都没捞到，在世人眼中他们的人生就是场闹剧。如果说聚海是知识分子"变节"的代表，石海就是"坚守"的代表，他不在意自己的荣辱得失，只要能改变家乡落后的面貌，只要能实现知识的价值，他愿意去做收入微薄的民办教师，愿意免费做农技员……然而，在父亲和乡人眼中，他只是个被读书搞坏了脑子的可怜虫，他的"坚守"不仅没有结果，也没有赢得尊严。

强烈的悲愤和反讽溢于言表。田中禾的二哥其瑞也曾怀着知识报国的赤子之心，不远千里自愿赴疆，却一生蹉跎几成笑柄；田中禾本人，也有过罹受文字之祸蒙冤下狱的经历。作为一个知识分子，田中禾当然不会认为读书毫无价值，也不会认为知识分子不应当引领社会发展。他那些淋漓尽致、咬牙切齿的责骂、嘲讽，表面上指向的是知识分子，实际上指向的是权力横行、黑白颠倒的社会。"身是俗凡物，心是灵台镜，读书万般害，不读最清净。"祸害的根源是读书，还是容不下读书人的社会？自是不言而喻。

另一方面，田中禾对于知识分子之于社会发展的引领作用也确实谨慎地持有怀疑态度。哲学家为王，只是柏拉图的一厢情愿，是知识分子们的幻梦，从来没变成过现实。社会之复杂超出人的想象，与知识分子追求的纯粹格格不入。后者改造社会的设计方案，无论多么真诚、理性和崇高，一旦付诸实践，都可能带来意想不到的灾难。伟大如柏拉图，其理想国居然是一个极权社会。退一步讲，即便有完美的、正义的、行之有效的规划——在某些社会领域和社会问题上这样的规划是存在的，也未必能付诸实施，因为抵制变革的力量总是比支持变革的力量要强大，他们是既有社会秩序的掌控者和得利者，不允许自己的利益和地位被触动。如果我们站得更高一点来看，会发现上帝和撒旦的力量对比并不像我们希望的那样悬殊，后者远比我们想象的强大。这个世界仿佛不愿屈从于我们的道德律令，它故意纵容丑恶和无耻，以延缓我们走向完美的脚步，而完美也就意味着终结。田中禾反复谈及，宇宙是不可知的混沌，表达的正是之于知识的限度的清醒认知。既然宇宙是不可知的，你的知识并没有穿透它的混沌，那就应该放弃"为天地立心"的自负。

然而，不管是出于悲愤，还是出于清醒，或者兼而有之，田中禾都不可能真的放弃知识分子的使命与担当。喊着"读书万般害"，还是在发愤著书；对实现公平、正义没有信心，还是在用犀利的笔锋批判现实、剖析人性。这里面的确存在着一个悖论，一个田中禾本人或许也认识到了却无法解开的悖论。悖论就是不可解的，它是人生和宇宙的本质属性。《围城》大获成功的原因之一，在于提出了那个令人拍案叫绝的悖论：城外的人想进去，城里的人想出来。其实，延伸一下这个悖论会更深刻：人们知道城里并不比城外美好但还是想进去，知道城外并不比城里自由但还是想出来。清醒也罢，自负也罢，只要身为"知识分子"，就不会放弃思考和表达，不会对苦难和丑恶视而不见，区别仅在于温和还是决绝，是藏锋于钝还是锋芒毕露。田中禾经常谈论超脱，但从未真正超脱过。从成名作《五月》到最新长篇力作《模糊》，他都在劝慰读者，人各有命，不必执着，但那份沉重并不会随之飘散，反而更显悲怆苍凉。这大概就是知识分子的秉性，或者说是宿命。正是因为他们的这种无法抛却的执念，世界的演进才会呈现为混沌状态，才会有不可预知的未来。如果他们全都放弃了思考和批判，同化于懵懂无知因而清净愚直的庸民，就不会再有混沌和不确定性，世界将直线坠落，堕入万劫不复的深渊。

正是在这个意义上，田中禾要把大量的笔墨花在石海的身上。他几个兄弟姐妹，各自代表了一种文化人格。姐姐石英我们已经谈到过，她一个女性却那般阴鸷冷酷，把恨和狠刻在心上，为达目的不择手段，是权力主义人格的代表。她成功了，未来是属于她这种人的，但却让我们感到不寒而栗。妹妹石秀像一朵葳蕤开放的野花，温柔单纯，浑然天成，拥有卢梭所赞美的那种完美的人性。在理论上，石秀代表的这种自然人格当然是理想的，然而，石海看得很清楚，她们没有未来，她们将被艰苦的生活打磨得滞钝粗糙，将像韭菜一样接受别人一轮轮的收割，"上帝造她们，是为了尘俗的需要"。石海为妹妹感到心酸，无法去接受石秀那样的姑娘作为伴侣，他是对的。人类文明发展到今天，每个人都应该活得丰富而精致，他的那些改变故乡的蓝图，都是为此设计的。石海病重的时候在给姐姐的信中写道："我既不会像你那样恨，又不会像石秀那样爱。"前半句是对的，后半句则不然。石海是真正懂得爱的人，他想把自己的知识、青春献给世界，但被拒绝了，那个世界只接受金钱和权力。

石海爱的是沈小琴。这是一朵不幸地绽放在乡村里的城市之花，淋漓尽致地展现了城市文明的巨大吸引力。没有人不爱沈小琴，包括在背后非议她的那些人。也没有人不向往城市，无论多么看不惯城里人的做派。当然，沈小琴不完美，她喜风喜雨，不能长在干旱的土地上，但我们不能因此责备她。如果她能安于贫困，与你同甘共苦，她就成了石秀，就不再是沈小琴了，你也不会再爱她了。你不能想让花儿绽放，又不给她浇水；你也不能让沈小琴像农村妇女那样过活，却要她有着都市丽人的气质和风韵。任何一种文明形态，也都各有其利弊，我们只能在利弊之间进行权衡，做出选择。取其精华，去其糟粕，那是不可能的。精华和糟粕是一张纸的两面，你无法将其剥开。石海哭诉说：

> 你那样会迷人，你比妲己还坏！转眼之间你就忘了我们在河滩上的第一个吻，在这小屋里的第一夜恩爱。是上辈子我欠了你债么？毒！毒！毒！下辈子我还会找你讨债。我坚决要找你讨债！沈

　　小琴，我爱你！

明知是杯毒酒，还是会喝下她！石海如此，石涛更是如此！没有人能抗拒沈小琴的诱惑，也没有人能抗拒城市文明的诱惑。我们一边批判城市的物欲横流，一边拼命往城市里面挤，且城市越大越受青睐。田中禾坦然地看待这一切，并不指责我们堕落，也不摆出圣人的姿态召唤我们回到山林，"现代物质文明这个魔鬼正踏入东方文明圣地的中华，我们无可逃避。……对传统文化的再认识绝不意味着遁入荒蛮，安于古朴，固步自封。厌倦了过分舒适奢侈的西方人以过来人身份为我们担忧，害怕中国的现代化会破坏宁静淡泊的东方土地的神秘，他们自己倒是一秒钟也不停顿地拼命更新自己的物质环境和科学技术。难道东方文化能够抵抗这种强大诱惑吗?"① 是啊，人类前赴后继地努力，不断更新技术、发展生产，就是为了摆脱贫困，走出自然状态，我们不能否定整部历史。所以，石海爱上沈小琴，理所当然，无可指责。如果有条件，他会让妹妹石秀活得像沈小琴那样光鲜亮丽，我们读者的脑海中想必也闪过同样的念头。

　　沈小琴最后嫁给了石涛，也是一个意味深长的象征。石涛不爱读书，顽劣不驯，靠杀羊卖肉的生意发了家，风风火火地办起了砖窑，盖起了村里的第一座楼房，成了当地的头面人物，取代了石海在沈小琴生命中的位置。田中禾显然很欣赏这头野驴，他象征着任何力量都无法控制的原始的、野性的生命力，谁也奈何不了他，无论是父兄、老师，还是那些卑鄙无耻的村干部。想想那些村干部让石海遭受的屈辱，石涛的强横很是让人解气。回望历史，人类是拖着重重的枷锁前行的，那些自诩创造了历史的达官显贵，不过是历史前行的负累和障碍，他们把权力的绳索套在百姓的脖子上，让百姓拖着他们前行。而百姓们之所以没有

---

　　①　田中禾：《说东道西——与季羡林先生商榷》，见《同石斋札记·自然的诗性》，大象出版社 2019 年版，第 211 页。

倒毙路上，就是因为他们身上像石涛那样充盈着一股原始的、野性的生命力。然而，田中禾对石涛的感情又是复杂的，这种复杂在小说最后一句话中流露了出来：

你说说看，这世上的事能说清吗？

石涛娶了沈小琴，他会过得很好，但他并不代表未来。乡里村里之所以都敬他三尺，是因为他背后有调到了南阳府的姐姐石英，是因为他经常拉着县里的头头脑脑来吃饭，不然，他很可能会落个常花（《秋天》）的下场。他的成功改变不了故乡的社会土壤，改变不了石秀们的命运。想改变这一切的是石海，而他已死去，他的位置被石涛取代了！

很大程度上，石涛是父亲贾老祥的翻版。贾老祥是田中禾这一时期塑造得最丰满的老一辈农民形象，在我看来也是这部作品中最出彩的人物。香雨的父亲（《五月》），罗中立的《父亲》，是我们对老一辈农民的固有印象。为了打破这种印象，田中禾进一步升级了《椿谷谷》中第一人称和第三人称切换的手法——增加了第二人称，并且浑然天成地将三种人称的切换融入意识流的叙事之中：

……老祥！自从你的媳妇跳过一次坑，你爷把你吊在榆树上打得满身滴血以后；自从三个赌头送进去劳改；自从那年冬天在菜园庵里天快明你被民兵捉住，把衣服扒下，留在河那边，你们四个男人赤条条跑过冰凌满地的河滩，在温凉河的雪地上留下难忘的脚印，那时候你一边跑一边甩着两条胳膊，大声笑着，差点把腿裆里那个最重要的东西冻烂，转眼二十多年，你再没尝试过这激动、这血液熊熊燃烧的滋味。如今你老了，你快入土了，你觉得还有什么能比这张桌更让人享受到生的快乐、生的刺激、生的极致狂热？你打从坐在这小椅子里以后，就好像进了祖师大殿。你已经感觉不到一切世俗的烦扰、家事的纠葛、爱与恨的牵挂，你也不再知道小屋外日影的移动、地球的运转。你好像从亘古洪荒一直坐到无穷的未来。那个时候，隐隐约约，好像从天上云中传来几声鸡啼。在这样的节骨眼上，他从那个粗大的巴掌下捞起一张"芝麻花"。"再来一张吧！"他的眉头耸起高高的疙瘩，松松的酱色的皱褶在额头亘起，在灯影下闪光。他的眼睛瞪得那样大，瞳孔那样清澈。哦，捞起来了……

那会儿他是记得很清楚的呀，前三张牌七点半，接着一张"芝麻花"，接着呢？

下雨了吗？一点一点，凉凉的，温温的。

石海还不是上了一张坏牌？那一张考卷就把人分成两等。那是人的错吗？那是一张牌起错了。我起错牌从来都不后悔。我就这个性。（着重号为笔者所加）

在孩子们眼中，贾老祥就是一个循规蹈矩、老实巴交的父亲，除了爱赌博，和其他乡民没有什么不同。石英把他当作垫脚石；石海眼中的他愚昧无知，居然迷信村干部应着天上的星星，说什么好人当不了村干部，还要给儿子娶个石秀那样的姑娘柴米油盐地过日子；至于石涛，更是瞧他不上，早早分家出去单过，不听他那些夹着尾巴做人的教诲。其实，贾老祥年轻的时候也是条有血性的汉子，敢于冒险，喜欢赌博，起错牌从不后悔。石英的狠，石海的犟，石涛的顽劣，都继承了他的脾性。即便到了垂垂暮年，他衰朽的躯壳中仍有热血在燃烧，他是"假老祥"，内心深处并不安详。可是，他不能让孩子们看到这些，岁月教会了他收敛锋芒，让他明白了在权力面前，再强悍的个体也不堪一击。于是，他冷却了热血，无怨无悔地把一切给了孩子们，无论石英多么狠心，石海多么执拗，石涛多么无礼！那些满脸风霜、木讷恭顺的父亲们，你们是不是都曾热血燃烧过，又都选择了忍辱负重？正是因为你们的委曲求全，这个世界才没有断送在快意恩仇的血雨腥风中，我们的民族才生生不息绵延至今。贾老祥最后一次坐上牌桌，起了一把天牌，他赢了，我想这是田中禾借此对他表达的敬意！①

《枸桃树》

《枸桃树》可以看作《春日》的"豪华版"。常家和刘家都是由女性家长操持家事；都有一个进城打工的女儿；都有一个儿子过继给打光棍的叔伯兄弟，且这个过继的儿子都是刁滑奸诈的致富能手、农村新贵。不仅如此，两部作品的思想表达也很相近：在金钱的诱惑和权力的压迫下，两个家庭正分崩离析，亲情、道德正被年轻一代弃如敝屣。

当然，既然是"豪华版"，《枸桃树》中的人物数量、时间跨度和情节的复杂性都远远超过了《春日》：孩子数量由三个扩展到七个；视角人物由一个变成了三个；《春日》中的小爱在《枸桃树》中又回到了城里，最后蜕变成了妓女常娜……在田中禾这一时期的乡土叙事中，《枸桃树》是色调最为晦暗的一部，权力之猖獗，道德之败坏，人性之丑恶，可谓触目惊心！

关于以上种种，笔者不拟多谈，实在是过于沉重和压抑。接下来我们关注一个有趣的细节——母亲和她的梦。

> 她一辈子靠做梦来拿主意，过日子。她几乎每天晚上都做梦。梦到鸡子、狗、蛇、蛤蟆，或是槐树、枸桃树、柿树、杨树，保准第二天会吵架生气，出烦心的事；梦到坐船、坐车、坐织布机，那就是说可能要上当，受人骗，这天做事要特别小心；如果梦到太阳、月亮、庄稼地、山、水、雨、雪，这表示吉利，出门顺利，干

---

① 田中禾欣赏中庸之道，反对暴力和极端，反对以任何理由毁弃生命，无论那种理由多么地冠冕堂皇。2007年12月27日，世界上最年轻的女总理贝·布托遇刺身亡后，田中禾写道："如果她下了台，安心在国外定居，不想经商、做学问，写点回忆录，演演讲……让她的母亲安度晚年，让她的丈夫老有所伴，让她的孩子在温暖的母爱呵护下成长……巴基斯坦的未来没有你一样能够向前发展，而母亲、丈夫、孩子没有你，却会破坏了他们的生活和人生。"——田中禾：《关于女人（三题）》，见《同石斋札记·花儿与少年》，大象出版社2019年版，第28页。

事情能成功。这不是谁教她的。她不识字，也没听老辈人讲过古，没请人算过卦、圆过梦。

虽然我很是着迷于精神分析，在弗洛伊德的《释梦》一书上也下过许多功夫，但我没法评说母亲对梦的解释是否合理，也不想去探究这个问题。我感兴趣的是，母亲靠做梦来拿主意的文化寓意。

被誉为"科幻小说女王"的美国传奇作家厄休拉·勒古恩①，在其富于生态意味的科幻名作《世界的词语是森林》中讲述的那个遥远星球上的原住民们也是靠做梦预知未来。那是个密布着森林的星球，所有的部族都以树来命名，诸如白蜡树族、冬青树族、桦树族等等。而且，所有的族类都由年长的女性担任族长。这些身体矮小、长着绿毛的大眼睛精灵们过着清静无为、与世无争的生活，他们由"伟大梦者"来引导，区分"梦之时"与"世界之时"，并认为前者更为神圣。依循梦境做出的决定，被认为是正确的、理智的。后来，他们被野蛮的入侵者燃起了杀戮的欲望，那些手上沾了鲜血的个体离开了同类的梦境，离开了"梦之时"，也不再做清明梦。山楂部族的"伟大梦者"克罗·梅纳对反抗军领袖塞维尔说："这些梦将永远不再是原来的样子。我再也不会走那条昨天跟你走过的小径，那条从柳树林往上延伸的路我已经走了一辈子。它改变了。你在上面走过，但它已经完全变了样。一天之前，我们要做的事情是正确的事情；我们要走的路是正确的道路，引导我们回家。现在我们的家在哪儿？因为你做了不得不做的事情，那是不正确的。你杀了人。"② 小说最后，反抗军将入侵者赶出了家园，但一

---

① 厄休拉·勒古恩，美国幻想文学大师，"奇幻小说三巨头"之一，被称为"科幻小说女王"，一生获奖无数，6 次雨果奖，6 次星云奖，21 次轨迹奖，还有美国国家图书奖、世界奇幻奖、卡夫卡奖、号角奖、纽伯瑞奖等多项重量级奖项。2000 年，美国国会图书馆将她列为作家与艺术家中的"在世传奇"。2014 年获得美国文学杰出贡献奖。代表作有《地海传说》系列、《黑暗的左手》三部曲等。
② [美] 厄休拉·勒古恩：《世界的词语是森林》，于国君译，北京联合出版公司 2017 年版，第 38~39 页。

切都回不去了，精灵们开始互相残杀。塞维尔无奈地承认："你无法将存在于世界中的事物驱赶回梦中，用围墙和借口将它们监禁在梦中。这既荒谬又疯狂。……现在，没有任何意义去假装我们不知道如何相互残杀。"①

在勒古恩的作品中，做梦的象征意味显而易见：倾听内心、灵魂和良知的声音，这种声音会引领人们踏上回家之途。不再做梦或梦境凌乱，则象征着内心的坍塌、灵魂的迷失，而失去了灵魂也就失去了家园。故土还在，但不再是家园，沦为了剑拔弩张、你争我夺的战场。

文学真是奇妙！田中禾和勒古恩，相隔万里、互不相识②，有着不同的文化背景，在不同的文学领域中各自耕耘，居然赋予了"做梦"同样的文化寓意。第一章中我们曾谈到过舍勒的观点，"女人是更契合大地、更为植物性的生物，一切体验都更为统一，比男人更受本能、感觉和爱情左右。"③勒古恩笔下那些做梦的精灵族们处于母性文明阶段，他们以森林为家，奉女性为首领，微笑、唱歌、做梦，没有任何攻击性，直到塞维尔这个男性新神将杀戮的冲动植入他们的心灵。田中禾则将做梦的"特权"给予了母亲，只有她在苦苦维系着已经残破的家园。"老东西"什么心都不操，什么活计都干不好，只会在她身上宣泄野蛮的欲望。儿子们个个都被金钱灼红了眼睛，野兽般地相互撕咬。女儿们身上也没有母亲的性情，最像她的大女儿夭折了，二女儿小玉只想着从娘家揩油，而进过城的小女儿莲妮（常娜）的心也无法在农村安放。他们都不做梦，都不相信梦，他们眼里只有金钱——用勒古恩发明的词汇，他们没有"梦之时"，只有"世界之时"。曾经母亲的梦很灵

---

①　［美］厄休拉·勒古恩：《世界的词语是森林》，于国君译，北京联合出版公司2017年版，第186页。
②　厄休拉·勒古恩的《世界的词语是森林》2017年才被译介过来，而田中禾《枸桃树》创作于1988年，那时候勒古恩还不为国人所知，很多人对科幻文学这个名词都很陌生。
③　［德］马克斯·舍勒：《资本主义的未来》，罗悌伦等译，生活·读书·新知三联书店1997年版，第89页。

验，但随着烦心事越来越多，她的梦也越来越杂乱无章。世界变了，梦
也变了，不再能引领现实。小说最后一句是：

> 她可是很少梦见枸桃树了。

这棵树是莲妮进城前种下的，被老二砍掉了，莲妮也一去不回。而在
《世界的词语是森林》中，塞维尔也一去不回，不再出现族人们的梦
中。

小常庄村头原来有座供奉着土地爷的小庙，那是母亲这么多年苦熬
苦煎的精神支撑。后来，庙在政治运动中被拆掉了，但她仍然崇敬早已
不存在的小庙，她梦想着有朝一日庙还会再建起来。庙还会再建起来
吗？"梦之时"还会回来吗？田中禾和勒古恩都很悲观！

《最后一场秋雨》

田中禾是一个温和的人，不喜欢极端，不喜欢对抗。然而，再温和
的人，胸中的愤懑积郁到一定程度，也要找个出口泄导出来。从《五
月》开始，他持续地批判基层权力的猖獗，但大多比较节制，从深受
其害的农民的视角展开。《最后一场秋雨》则直面权力的运作和本质，
冷嘲热讽、酣畅淋漓，堪称田中禾的拊膺切齿之作。"1988 年春写于城
市的屋檐下"，是田中禾在这部作品后写下的附记。半年前，他调入了
省城郑州，在物理距离和心理距离双重意义上远离了农村。这部作品为
田中禾此阶段的创作画上了一个句号，的确是"最后一场秋雨"。当
然，距离只是一个次要原因，田中禾改变创作方向的主要原因是：关于
那个时期的农村，他的观察和思考已经表达完毕，他不想重复自己。

"入鲍鱼之肆，久而不闻其臭。"任何权力都会给自己披上合法化
的外衣，并经由时间把合法化变成合理化，结果，构成权力链条的那些
管理者们，一边享受着权力带来的好处，一边真诚地觉得自己而非被管
理者才代表了秩序和理性。这就是汉娜·阿伦特所批判的"平庸的

恶"。臭名昭著的党卫军头目阿道夫·艾希曼面对大屠杀的指控，拒绝承担道义上的罪责，宣称自己"一切都是依命令行事"。另一个高级纳粹分子恩斯特·卡尔登勃鲁纳也做了同样的申辩："我只是履行了情报机关应该履行的职责，我拒绝做希姆莱的替罪羊！"电影《朗读者》中做过纳粹集中营看守的汉娜，被质问为何要看着犯人被活活烧死而不打开门放她们一条生路的时候，也解释说她是在履行职责，看守的职责就是不让犯人逃跑。想想《秋天》中我们谈论过的那个乡党委副书记，一边大杯喝酒大盘吃肉，一边抱怨基层工作难做，那些富得流油的村干部们被他说成了两头受气的风箱里的老鼠。和艾希曼们一样，他也把责任推给上级、推给体制：苛捐杂税是上边摊派下来的，我也讨厌那些"没屁股眼儿钱"，但我没有办法，我只能执行，不然一切就会乱套！——真的是这样吗？

在《秋天》中，出于人物和情节安排的合理性，田中禾没法给他回应。高震吃着人家的酒席，不能出言不逊。而且，即便他血气方刚贸然辩诘，也无法驳倒油滑老练的乡党委副书记。现实就是这样，无论你怎样清白无辜，怎样有理有据，面对上面的欲加之罪，你都无力抗辩，更不要说赢得对权力的指控了。这倒不是因为你的论辩能力不行，而是因为：你是在为个体的权益做辩护，而对方总是可以用集体的名义把你的辩护给否决掉，只要祭出了集体的旗号，不管逻辑有多荒谬，你都不能抗议。凡身在单位中的人，对此想必都深有体会，无论遭受了多么不公正的对待，你都讨不来说法，领导总是可以拿没有绝对公平、程序合理、容错率、大局观等陈词滥调搪塞你，而且你只能表示理解！站在集体的立场上没有问题，甚至要求个体为集体做出一定的牺牲也没有问题，问题是你真的是在维护集体的利益吗？集体是由个体组成的，个体利益普遍得不到维护的时候，也就没了集体的利益。《最后一场秋雨》中，小霞两次骂了"×你妈——"，骂的是和颜悦色、县长身份的"我"，更是那些惺惺作态、满口高调、以集体名义侵害民众中饱私囊的无耻败类。

为了拆穿权力的假面具，田中禾在《最后一场秋雨》中融入了传奇和黑色幽默手法，情节设计极富戏剧性，令人拍案叫绝。我们想象中的上访者往往要忍饥挨饿，告状专业户郭大凤可不这样。因为常年在乡政府蹲点，她和院里的大大小小都混熟了，包括厨师，于是，她和孩子不仅有吃不完的退桌菜，还养了一条狗。不仅如此，还做起了"生意"：

> 在宾馆对面，围聚着很多人，堵塞了道路。
>
> "怎么回事？"他问。
>
> 小赵走下车去看，砰地一声关了车门。"他妈的，王孙拐乡那个告状专业户。"
>
> "她干啥？"
>
> "拉了一拖拉机的酒瓶，立个大牌子，写着：这是王孙拐乡政府八个月喝的酒，废物利用，展销酒瓶，每个十元。"
>
> "……出洋相了。"他说，"赶快让大会办公室去做做工作……去叫她来，就说我要见见她。"

你还会体谅乡党委副书记们的"难处"吗？那个颇有绿林好汉气质的队长刘和尚的遭遇，则以淋漓尽致又出人意料的方式诠释了我们非常熟悉的那句谚语——只许州官放火，不许百姓点灯。刘和尚不服从管理，不遵守法规，带领群众破坏经济秩序，自然罪不可恕、锒铛入狱。然而，他的那些自行其是的做法，较之上级部门形之于红头文件的做法，更符合群众的利益，更合乎情理、正义。合法与非法，是怎么区分的？进而言之，法成了什么？如此种种，嬉笑怒骂，犀利无比！

更值得称道的是，田中禾在批判火力全开的时候，仍然清醒地展开了深层次的思考。他没有把刘和尚塑造成一个理想人物：为民出头、敢作敢为固然值得称赞，但他也是一个权力狂，"我不怕坐牢，就怕丢队长"，而且，他迷恋的是不受约束的权力，把小刘庄当作自己的"三尺地头"。是的，他在为队员们冲锋陷阵，他的队长当得应该算是合格，可是，这很大程度上是因为他手中的权力太小，是因为他能与他那点小小权力覆盖的人和事保持着直接的接触。如果管辖的是一个县、一个地区或更大的区域呢？谁能保证迷恋权力的他不会蜕变成为惩治他的那些人？古往今来，不少独裁者在起步的时候曾经是刘和尚，曾经爱民如子一呼百应。田中禾借大凤之口骂他"畜生"，是别有深意的，因为从个人的恩怨纠葛上来看，刘和尚显然并没有对不起大凤。

刘和尚和大凤都具有传奇色彩，尤其是后者。这个长在山野之中的姑娘，幻化成了权力文化的"他者"——"同她在一起，你背负的文化、教育都会无形地解体。"大凤告状并不只是为个人遭遇，她揭发控诉的是为害乡里的农村各级干部和政策，而且，她清醒地知道自己的告状不会有结果，但她并没有偃旗息鼓，"我现在什么也不为，就是想这么闹腾。挺好玩的，是不是？"大凤当然不是为了好玩，没有人会选择这样一种危险的玩法。她也不是唯恐天下不乱，当"我"这个县长也要效仿她为苍生、为正义奋臂一呼的时候，她却烧掉了"我"写的材料，"县长总要有人当。告状也总要有人告。好好当你的县长，别胡来。""我"和《槐影》中的李长志一样，是个忘恩负义之徒，落魄时享受大凤热烈的爱情，发达后则将她和肚子里的孩子一并抛弃。大凤或许也有怨恨，但从没想过报复，她和槐秀一样的淳朴、善良、宽容。可是，维护公平、正义的使命，却落到了这样一个天使般纯洁美好的女子身上，要她从荒沟野岭中走出来站在众目睽睽的街头……我们可以想象，田中禾写下这一切的时候，内心中是多么地沉痛！

第二节 《明天的太阳》：辉煌还是沉沦？

《明天的太阳》发表于 1989 年《上海文学》第六期，这一时期新写实小说正方兴未艾，而《明天的太阳》也的确具有新写实小说的一些特征，比如，致力于书写平庸化的日常生活体验，呈现匮乏、琐碎、压抑的日常生活图景，以旁观者、局外人的视角展开叙事，等等。不过，田中禾的浪漫秉性与新写实的理念是格格不入的，他只做了这一次尝试就改弦易辙了，而且，这仅有的一次尝试，与"新写实主义"也是貌合而神离。

我们大致可以从三个方面来把握新写实小说：

首先，这一文学思潮是特定历史阶段的产物，其价值也受限于那个年代。20世纪80年代后期到90年代初期，各种拨乱反正的工作落下大幕，流血的伤痕也已经结痂，人们真正从激烈的政治生活回归散文化的日常生活。此时，市场经济尚未启动，物质生活资料非常匮乏，人们不得不在柴米油盐之类的生活琐屑上费尽心机、精打细算，于是便有了"烦恼人生"，生活成了"一地鸡毛"。不久，我们的城市就随着市场经济的飞速发展发生了翻天覆地的变化，新写实小说也寿终正寝。小林和印家厚们很快就会住上宽敞的房子，开上私家车，不再为柴米油盐而烦恼。下班时间他们可以去旅游，可以去娱乐场所消遣，也可以把自己交给影视传媒或互联网，日常生活将变得"审美化"，不再是一地鸡毛。

其次，新写实小说的主人公都是平庸的小人物。平庸，既是身份、地位上的，也是心灵境界上的。南帆精辟地指出："他们的性格缺少强烈的自主精神，这种性格很难拥有构成情节的'性格发展史'；他们仅仅游荡于重大事件的边缘而无法进入核心。与此相应，新写实小说更多地揭示了他们日常生活的现状：琐碎的，凡俗的，安分守己的；人们看不到激情、骚动或者惊世骇俗之举。他们正视凡俗，屈从于自己的位置，满足碌碌的人生方式。即便出现种种不合时宜的冲动，他们最终仍然能在世俗观念的规范之下'成熟'起来。"①

最后，新写实小说家们对他们笔下的生活和人物的感情很复杂。首先，作为对革命现实主义的反驳，他们认同自己笔下的生活。刘震云指

① 南帆：《文学的维度》，上海三联书店1998年版，第195页。

出："五十年代的现实主义实际上是浪漫主义，它所描写的现实生活实际上是不存在的……它对生活中的人起着毒化，让人更虚伪，不能真实地活着。"① "我们拥有世界（生活），但这个世界（生活）就是复杂得千言万语都说不清的日常身边琐事。它成了我判断世界的标准，也成了我们赖以生存和进行生存证明的标志。"② 池莉则宣称生活并不是文学名著里的那种生活，而是"买菜做饭，洗衣服、打扫房间；太阳出来了得赶紧晒被褥，气候变化了得赶紧换上时令的用品……孝敬父母、侍候丈夫、应酬朋友、灭蚊灭鼠……"③ 也就是说，小林和印家厚们是真正在生活，真正在脚踏实地地生活，他们应该得到掌声。然而，生活就应该是这个样子吗？池莉用"烦恼人生"做小说题目就流露出了对印家厚的同情。刘震云显然也没有为小林的"成熟"而感到欣慰，那是一种可悲的麻木。

在以上三个方面，《明天的太阳》都与新写实小说存在歧异。

作为同一时代的作品，《明天的太阳》和其他新写实小说一样，呈现了时代转型期的那种贫敝、嘈乱。小说的两处环境描写显然是时代氛围的隐喻：

> 我们并不喜欢春天。虽然这一年的春天来得很早。巷子里没有阳光，冬天落下的雪先变成污秽的冰堆，然后，白天把小路盖上湿漉漉的浊水，晚上又变成滑溜的薄冰，路面像镶着琉璃，一直到九点钟才开始融化，再变成浊水。整个春天，巷子就泡在泥水里。
>
> ……
>
> 小巷开始拆迁。世界像被搅翻了。巷子两头尘烟腾飞，隆隆的响声从黎明直到深夜。现在，要走向我家就得翻过几道一人多高的

---

① 丁勇强整理：《新写实作家、评论家谈新写实》，《小说评论》1991年第3期。
② 刘震云：《磨损与丧失》，《中篇小说选刊》1991年第2期。
③ 池莉：《我写〈烦恼人生〉》，《小说选刊》1998年第2期。

深沟。黄土在雨天变成稀烂的泥堆，任你怎样踮起脚尖也没处下脚。我不知道怎样日复一日推着、扛着、拖拉着自行车在巷口出入。下了中班，在炫目的探照灯下看不见地上的一切，世界被强光与黑暗的巨大反差弄得怪模怪样，无法辨识，生活更显得虚妄、迷离。

是的，春天来了，但美好生活还未来到，和小林夫妇、印家厚夫妇一样，小静和薛建华也过着精打细算、节衣缩食、忙忙碌碌的生活。不过，相比其他新写实小说，《明天的太阳》淡化了匮乏之于生活的影响。赵鹞子的工资并不高，每个月 20 号之后还要向剧团借债来应付开支，但他似乎不太在乎这个:

> 爸爸神情专注地捞死鱼，没有一点惋惜的样子。那都是些名贵鱼种，爸爸常常转悠寻找许多日子才把它们买来。爸爸买鱼如同买鸡一样。他到处选购品种小鸡，精心喂养，却毫不可惜地杀掉，煮了鸡汤并不认真去吃，鸡汤里放了黄芪，只舀三两勺，就任它冻结一层厚厚的油皮，任它渐渐酸腐，倒进下水道。后来，爸爸把鸡笼拆掉，放上金鱼缸。然后，又在院里摆满花盆。现在，家里常常只有我在睡觉，爸爸在喝茶、抽烟，各种花木渐渐干枯衰败，变成一盆盆苍色的落满腐叶长满绿苔的泥土。

小静的日子过得很苦，不过，她出轨姚三显然并不是为了钱。而且，即便天降横财，她和薛建华过上了小康生活，她就不会出轨了吗? 我们不敢断言。至于妈妈，天天出去打牌，显然也和家境无关，无论家里经济状况如何，她是雷打不动地要出去。还有那个赵涛，大把赚钱大把花钱，那是一种理想的生活吗? 不是! 钱不能解决一切，匮乏、拮据也不是一切的原因。

你会说，那个赵鹞子就不是个普通人，他可是红遍一时的大武生啊，所以他的行径与普通人不一样。的确，赵鹄子的来历不一般，他的原型是我们在第一章中谈到过的豫剧沙河调大师刘法印。不过，小说中的赵鹄子已不再登台表演，很快他的名字连剧团中的人都不会再有人提起，此时的他就是个普通人。他的不普通之处在于，他从未像小林那样被生活同化——我们也不应成为小林，无论从事的是什么职业。

关于赵鹄子，每个读者都会想知道，他整响整响地坐在沙发上到底在想什么？有一段时间他是在为孩子们的工作费心，但也用不着花那么多时间去谋划，况且他也不是个心思缜密之人。后来孩子们都有了自己的活法，他还是定定地一坐半天。占据他的思想的，显然不是日常生活种种。事实上，他对于日常生活并不怎么上心，他不在意吃什么，不阻止妻子出去打牌，不操心孩子们的婚事，也不关心他养的鱼、鸡和花草。他可能会怀念过去的风光，但不会抱不合时宜的幻想。这个不得志但并不显颓废的硬汉，也不大可能用整个后半生来凭吊逝去的青春岁月。他到底在想什么？

小说使用的是第一人称的内聚焦叙事，视角人物是"我"，也就是赵鹄子的大女儿小梅。"我"不能谈论爸爸在想什么，也不能谈论任何其他人的心理活动。不过，我们还是可以进入赵鹄子的内心，因为小梅就是他的翻版。

小梅是个从生活中出逃的女孩。她不像小静那样能干、孝顺，也不像小娜那样任性、乖巧，她不扫地不做家务，不过问家里的任何事情，也没想过为家里做什么贡献，甚至，我们看不出她对家人有任何感情。"我上夜班，我得睡觉。我上白班，我也得睡觉。"家里于她来说，不过是个睡觉的地方。睡觉当然不是为了好好上班，单位比家里更无聊，"我一点都不喜欢干活。我觉得每天每夜像机器一样劳作，不但枯燥无味，而且毫无意义。我为谁干呢？谁让我感到温暖、友爱、信任？谁让我觉得生活美好、世界温存？我从来不在乎一分钟的迟到，也不在乎因为这一分钟被扣罚的奖金。"对于异性，小梅也不抱期望。她对曾经的恋人曲小刚很满意，但对于分手并不后悔，对方的结婚和离婚都没能引起她的任何情感波动。尽管还是单身，但她断然拒绝了曲小刚提出的复合请求。她相信自己必定能找到一个理想的男朋友，却又不为此做任何的努力。她不知道也不想知道爸爸整天定定地坐着在想什么，一如赵鹛子不知道也不想知道这个过了婚嫁年龄的大女儿有何打算。父女俩互不交流，互不干涉，进进出出，形同陌路，却又心意相通。小梅整天神思缥缈，与这个世界若即若离：

> 我只剩下两个世界，一个是马路，一个是床褥。在小静结婚的那个春天，也是小涛被抓起来的春天，也是三妹同高小毛时而一起过夜时而大吵大闹的春天，我变得更像爸爸。我或则久久地骑着自行车转悠，绕过城市三分之二的马路，或则亮着床头的台灯，像爸爸那样拥着衣被半躺在枕上，静静地沉思默想，一直想到整个心里充满白色的空茫，犹如山谷里浮荡推拥着的雾岚。

而另一边，赶走了女儿和外孙们之后，爸爸也得以重新沉入静默：

> 爸爸依然两只膝头整齐有力地并着，身体前倾，臂肘放在膝上，脸前缭绕着烟雾，手边摆着三四个热水瓶。那些水瓶都已陈旧褪色，显得斑斑驳驳。爸爸的脸上恢复了宁静，看不到焦灼与痛苦。妈妈在床上安睡的时候，爸爸好像超凡入圣般温馨自在地沉入静默，脸上变幻出惬意的忘情的轻松、安适。

当然，小梅是什么事都不问，而爸爸还是有所操心。这点不同仅仅是二人的身份造成的，作为父亲，自然不能像女儿那样无牵无挂。除此之外，二人没有太大不同。"生活在别处"，他们都是从生活中出逃的人。"我发现我已经习惯了爸爸创造出的死水一般的平静。在这平静中，我的知觉、想象、一切感情细胞才能复活、苏醒、奔驰，我才觉得生活的充实、日月的真切。"

现实生活中，我们谁也不会选择小梅作为爱人，没人能够忍受她的冷漠孤傲。然而，我们不能用生活的眼光去看待文学人物，那些争辩说薛宝钗的形象高于林黛玉的人，就犯了这样的错误。在林黛玉和薛宝钗之间的选择，决定了你对她们所处的世界的评判，是否定还是认可。同样，在小梅这个人物身上，田中禾也表达了他之于现实生活的态度。小梅并不是一个对生命、对生活没有热情的女孩，正如林黛玉的敏感源于无所不在的势利，她的冷漠源于对鄙俗的现实的失望：

> 也许是电车或自行车的无数次往返使我感受到春天的阳光，夏日的花木的灿艳，我觉得待在马路上才能享受到城市的抚爱与撩拨。那时候，我能觉出我的青春像澄彻的蓝天那般宁静旷远，像城市上空的鸽群那样活泼轻快舒跃自如。生活中的男人，你所与之切近交往的男人，也就更见庸俗、猥琐、浅薄、粗鲁。师傅和库房保管的目光、调笑，同学和相识男友的虚假的热情、伪装的风度教养都让我嫌恶，让我疑忌。我愈是苛刻地要求真诚、坦荡，愈是清楚地意识到世界上没有真诚和坦荡。

新写实小说的主人公们大多经过挣扎后无奈地认命或"成熟"起来，而小梅则自始至终没有屈从于生活的摆布，她冷眼看世界，遗世而独立。你不能指责她自命清高，不能指责她为什么不能像别人那样踏踏实实地生活。小静倒是很踏实，年轻漂亮、气质出众又勤劳贤惠，是现实中男性们的理想选择。我们喜欢她，但我们谁也不想成为她，就像爸爸喜欢薛建华，是因为薛建华分担了他的家庭责任，而他并不愿像薛建华那样任劳任怨。想要做个贤妻良母的小静最后也选择了出逃，把婚外情作为逃避烦恼人生的港湾。

小静婚外情的对象是姚三，后者在小静死于车祸后又成了小梅的情人。姚三在小说中的地位并非无足轻重，但田中禾却刻意将这个形象作了模糊化的处理。姚三会吹萨克斯，曾给赵涛的歌舞团打工。他个头很大，很健壮，很深沉，但谈不上风流倜傥；没有像样的职业，没有身份地位，也没有多少钱；没有让人折服的强大的精神力量，没有令人心仪的谈笑风生的潇洒气度，相反还有点悲观厌世，有点沉默寡言；不相信爱情，不准备承担什么责任，也不是那种能让女性丧失免疫力的情场杀手……这样的人有什么魅力？小静为什么会着魔般地与他交往？小梅怎么也会和他搅在一起？如果把姚三作为一个现实的人，我们是找不到答案的，他不会比薛建华做得更好。换句话说，姚三是一个非现实的、虚化的形象，是小静和小梅逃离现实的一个出口。

　　那时候我所感受的不是他的话，而是一种声音，一种气息，一种气氛。他使我时时回忆起小静，却又时时忘却着二妹的死。我不知道薛建华为什么不能唤起我这种联想。薛建华只能让我感觉到实实在在的世界。

两个性情完全不同的女性，最后走上同一条路，"爱"上了同一个男人，这是一个意味深长的象征：无论你性情如何，无论你抗争还是妥协，都无法在这个庸俗而丑陋的世界中安放灵魂，最后，你只能选择出逃。和新写实小说家们不同，田中禾绝不认同一地鸡毛的现实生活，生而为人，不应活得如此苟且艰涩。

　　对于笔下的人物和他们的选择，田中禾的态度也很复杂。他同情小静，理解她的出轨，但又清楚地知道，以这种方式出逃是没有未来的，所以，他给小静安排了一场车祸。遗世独立的出逃方式也没有未来，虽然避免了像小静那样陷入生活困境，但小梅并不真的能舍离红尘，没有人可以避开世俗世界的侵蚀。与姚三走在街上，小梅吃惊地发现自己居然像个俗人那样暗自得意：

　　我奇怪一个人的观点为什么会很容易改变。我不是一直以独身孤傲为自豪吗？我曾经以那样轻蔑的目光去斜睨那些自以为幸福甜蜜的一对对轻薄的情侣，觉得他们的言谈嬉笑穿着举止无不透出浓厚的庸俗。现在，我同姚大个子这样走，为什么心里反而生出一丝不易觉察的得意？我从不认为一个女人只有同一个男人在一起才有人格、才可以显示出女性的优越，姚大个子永远不出现在我面前我也不会感到落寞。可是，尽管我和姚三并没什么特殊关系，我在熟人、同事面前表现出毫不做作的坦然和爽朗，但我发现自己的心境异常轻松、明朗，和别人打招呼时的声音分明透出无法压抑的快活。这种异样的兴奋连我自己都感到吃惊。

归根结底，我们还是要在现实世界中安顿生命。小梅如此，爸爸也是如此。晚年他钟爱赵涛给他买的两只德国狼狗，大抵是因为他把"每天拖着颈项上的铁链发出呜呜的低吼"的狼狗当成了自己的化身——虎落平阳、龙翔浅滩。然而，当病入膏肓的时候，他愿意以狼狗作为酬谢，只要有人能治好他的病。以这种象征性的情节，田中禾表达和新写实小说家们相似的观点：这个庸俗的现实世界或者说是生活世界，是我们唯一拥有的世界，我们身体和灵魂都无法摆脱它。田中禾拒绝认同这个世界，但也无奈地承认，超越是不可能的。

不能认同，又无法超越。那么，我们该如何安身立命？赵涛和陈璐代表了另一种生存方式：抛弃一切责任和意义，及时行乐，放浪形骸。"他们把复杂的生活简化为两个内容：钱和性爱。"为了赚钱，他们无所不为，但赚了钱又迅即花掉，今朝有酒今朝醉。他们在纯生理的意义上看待性，寻求即时的满足，抛弃了附加其上的一切文化限制。道德、责任、义务、尊严、名声、未来……所有这些会带来焦虑和沉重的东西都被他们弃置一旁，没有什么能让他们忧心，他们百毒不侵。

> 陈璐从来不干活，像小娜一样，只爱嘻嘻哈哈玩，说笑，开收录机，将音量开到最大。陈璐好像既没心思也没脾性，让人没办法她。我喜欢陈璐。同她在一起你不会感到隔膜，她从头到脚没什么

可隔膜的。你对她说什么都行。她听谁的话都一样。很有思想的话在她面前失去了思想，很有分量的话在她面前没有了分量。无论是让人生气的话、伤心的话，还是让人悲愤、忌恨的话，在她面前都失去了色彩和感情。她脸上挂着的笑意绝对没有针对性，没有特殊含意。她就这样笑眯眯地对着大千世界，好像一个懵懂未开的天使。但她决不傻，也不缺少心眼。

看看困窘的小静和忧郁的小梅，你很难去谴责他们的轻浮。弗洛伊德指出，对性的管理是文明得以建立的前提条件。性，原始的性，从来都是文明规训的对象。当我们要消解某种文明形态时，性也是可资利用的方式之一。所以，乔治·奥威尔在《1984》中把性爱视为对抗极权主义的方式，威廉·赖希则在《性革命》中把性爱视为瓦解资本主义的革命手段。田中禾对性爱之于现实的对抗和解构意义也很重视，在作品中多次予以探讨。我们谈论过的《南风》中，石海就曾沉醉在与沈小琴的性爱中，以排解找不到出路的愤懑和颓唐。长篇小说《模糊》中，性爱也得到了浓墨重彩的呈现，只有在性爱中，章明才能感觉到活着的美妙，才是个人而非劳改分子。赵涛与陈璐遵循"快乐原则"行事，客观上也形成了对沉闷枯涩的现实的消解。小梅的感慨耐人寻味："天下为什么生出他们这帮人？让每个人都觉得自己的清苦、悲凉。"其实，小梅和姚三的关系，具有同样的意义。读者们应该会感觉到，因为小静的存在，他们二人混在一起多少有点不合伦理。是这样的，不仅不合伦理，也不会有结果。当然，小梅也没指望有什么结果，她从未展望过与姚三的未来。弗洛姆指出，性是克服孤独感的方式之一。小梅与姚三走在一起，只是为了克服孤独，她孤独得实在是太久了。不过，弗洛姆还指出，这种方式并不能一劳永逸地解决问题，"在某种程度上性纵欲是克服孤独感的一种自然和正常的方式，并有部分效果。许多不能用其他的方式减轻孤独感的人很重视性纵欲的要求，实际上这和酗酒和吸毒并无多大差别。有些人拼命想借性纵欲是自己克服由于孤独而产生的恐惧感，但其结果只能是越来越孤独，没有爱情的性交只能在一刹那间填补两个人之间的沟壑"①。

　　而且，性爱也不能避开世俗的污染。沈小琴抛弃了石海，她或许真的爱过，但只有地位和权势才能留住她的爱。李梅也抛弃了章明，具有讽刺意味的是，她改嫁的对象——手中有权的"极左分子"老耿——还是个性无能。小梅与姚三、赵涛与陈璐，他们的性爱关系若长期保持下去，就必然要衍生出非性爱的情感连结——没有这种连结，性爱关系也无法长期保持下去。赵鹬子年轻时也曾放旷不羁、挥金如土，他是赵涛的未来。至于小梅，或者回到之前遗世独立的状态，或者慢慢把自己变成小静——如果她割舍不下姚三最终与其进入婚姻的话。

　　归根结底，性对文明具有破坏和解构作用，但其本身并没有创造性和建构性，它代表了原始的过去而非进步的未来。把生活简化为钱与性爱，寻求即时的力比多的满足，是向动物状态的倒退，是人性的沉沦。赵涛、陈璐的生活方式偶尔会让小梅也让我们艳羡，但他们绝不代表未来。

　　田中禾真诚地说："我憎恶过赵涛。但当我与他们相处时，我又觉得他们的天性那般可爱而无可指责。尽管我知道人是不能凭着天性在人类社会中生活的。可我仍然拿不准，如果赵涛是我的儿子，我会不会一面为他的率意而快意，一面又为对他的教育而犯愁？也许这是父辈们共有的不可摆脱的困惑。……当我同赵鹬子一起进入火化场的焚尸炉后，太阳不是还要照样升起吗？那时，我将再也无法预料赵涛们会怎样走下去，再也无法为他们忧愁烦恼。这时，我忽然想起赵鹬子不是也曾因为随着戏班子跑南闯北惹出许多乱子而被父母赶出在外颠沛半生吗？那时谁能料到赵鹬子不但娶了老婆、养活了一群儿女，而且事业有成，成了

---

　　①　埃里希·弗洛姆：《爱的艺术》，李健鸣译，上海译文出版社 2011 年版，第 14~15 页。

名角、名人，在都市里置了一处房产。"① 无论如何，世界不会毁灭，人类将生生不息。于是，他给小说设计了这样一个结尾：

> 我知道，不管怎样，明天还会有太阳升起，照耀人间，照耀我们的城市，照耀拥挤喧闹的人群。明天的太阳同今天一样明亮。

貌似很乐观，其实饱含了苦涩。"不管怎样"，意味着现状并不令人满意。事实也是如此，小静半年前已经长眠，爸爸的骨灰还未领回，没心没肺的赵涛又要搬家……这个家将变得废墟一般死寂。是的，"明天还会有太阳升起""明天的太阳同今天一样明亮"，但我们不希望太阳照耀的还是一样的人间，我们不接受新写实小说"生活就是这样"的宣告，我们希望这个人间生机盎然、诗意葱茏。赵鹞子和他的孩子们，生活样式都是残缺的，我们不要重复他们的人生。

那什么样的生活是理想的？小说没有告诉我们，或许这个问题就没有答案。每个时代都有自己的问题，理想永远不会成为现实。但这并不意味着我们就要与现实妥协，相反，我们应该永恒地走在"超越"之途中，唯此，社会才能走向进步，我们才能不断接近理想。"爱和真诚就如普罗米修斯面前的清泉，尽管我们一次次低头时它一次次退去，我们还会永不休歇地引颈而向。"② 田中禾将创作看作一个不断自我超越的过程，他总是谨慎地避免重复自己，更毋论重复他人。他也把文学看作人类超越现实的途径，我们永远需要文学，永远需要超越现实。这与沃尔夫冈·伊瑟尔的文学人类学立场不谋而合，后者认为持续的"越界"（即"超越"）构成了人类发展史，而文学是典型的"越界"行为，引领我们实现对现实的不断超越。

---

① 田中禾：《相信未来》（创作谈），《中篇小说选刊》1989 年第 6 期。
② 田中禾：《关于女人（三题）》，见《同石斋札记·花儿与少年》，大象出版社 2019 年版，第 24 页。

第三节 《轰炸》《天界》: 历史的不同面孔

20世纪90年代初, 田中禾发表了《轰炸》和《天界》两部历史题材的小说, 此时中国当代文坛上"新历史小说"的创作正蔚然成风。"新历史小说"的风潮, 一方面与西方后现代主义思潮的影响有关, 另一方面, 则是出于对红色革命正史叙事的质疑和对抗。就概念而言, "新历史"当然让人耳目一新。不过, 它并不是什么全新的物种。以官方的宏大叙事为参照, 我们可以把任何初次听闻的、与之异趣的野史、稗史称为"新历史"。换句话说, "新历史"并不新, 它是传统的既有之物。当然, "新历史"这个概念还是有自己的独特之处, 它包含了对正史的反思, 而作为其传统对应物的野史、稗史不包含这种反思, 只是一种无法也无意于与正史分庭抗礼的趣闻传说。正是在这个意义上, 有论者指出: "后现代主义的历史观与中国传统的历史叙述相遇, 在文学审美的焦虑之下形成了90年代新历史小说的创作景观。"①

田中禾或许也受到了新历史小说风潮的影响, 但能够写出《轰炸》和《天界》, 还是取决于其疏离主流、坚守边缘的创作立场。站在非主流的立场上, 不仅会看到不一样的现实, 也会看到不一样的历史, 因为当下观与历史观有着必然的连结。如果你接受了宏大叙事关于历史发展之必然性的那套说辞, 你就会认同现实的一切, 因为它是历史最好的选择, 是必然的, 也是合理的; 如果你质疑现实的合理性, 那么你也会质疑为其提供辩护的历史叙事。就此而论, 无论有没有新历史小说风潮的吹拂, 田中禾的笔触只要是对准历史, 都必然不同于主流的历史叙事, 都必然是"新历史"的。事实也是如此, 从之前包含了历史元素的

---

① 杨春时:《中国现代文学思潮史》, 南京大学出版社2011年版, 第1102页。

《秋天》，到《轰炸》和《天界》，再到后期的《十七岁》《父亲和他们》《模糊》等，田中禾的历史叙事总能更新我们固有的看法和观念。

《轰炸》和《天界》这两部小说，基于审美的视角，笔者更喜欢《天界》，而田中禾似乎更看重《轰炸》，他在各种访谈和随笔中谈及《轰炸》的次数远多于《天界》。原因可能在于，《轰炸》是以确定的历史事件为依托的，且这一历史事件嵌进了他的生命历程中，而《天界》中的故事是纯粹虚构的。

《轰炸》

《轰炸》所依托的历史事件发生在民国二十九年春天，次年田中禾出生。在讲述家族史的长篇《十七岁》中田中禾写道："三十二架日本飞机一天两次轰炸县城，成为家乡流传久远的故事。这是我在母腹里开始人生经历的第一幕。"[1]关于这次轰炸，民间传说是为了一批军火：一个草莽出身的刘营长要护送一批军火到抗战前线，消息不知怎的被日军得到，于是派出大量飞机轰炸唐河县城，试图将军火毁掉——《轰炸》讲述的就是这个版本的故事。县志中也记载了这次轰炸，但只有寥寥数语："1940 年 5 月 4 日（农历三月二十七），日机三十二架在县城西关先后投弹一百余枚，发射机枪子弹数千发，炸死二百多人，伤残一百多人，炸毁房屋七百余间。"何以日军对这个小县城如此下本钱，县志没给出解释，也没有提到民间那个闻名遐迩的传说，其中原因很值得琢磨。这就是我们曾无比信赖的历史，它其实是建立在编写者的选择、删削和修改之上的。

日军轰炸唐河县城是一个历史事实，如此大规模的轰炸背后必然有一个举足轻重的缘由，必然有一个惊心动魄的故事，而官方的历史叙事却忽略了对它的"收编"，如此，就不仅给讲述这个故事留下了巨大的空间，而且使得这种讲述顺理成章地形成了对红色革命正史的消解。

---

① 田中禾：《十七岁》，江苏文艺出版社 2011 年版，第 9~12 页。

在红色革命正史中,进步与反动水火不容,始终在展开着你死我活的殊死斗争,而能否贴上进步的标签则取决于你是否接受了革命意识形态的教化,因为唯有革命意识形态能给世界带来美好的未来。中间立场只是暂时的,只要你不选择加入革命阵营,你就会被滚滚向前的历史车轮抛在后面,沦为拖累历史前进的保守力量,而保守就是反动,保守主义一直被贴着反动的标签。也就是说,不进即退,非红即黑。

但《轰炸》讲述的抗战故事很"扫兴",既没有革命军人的身影,也没有革命思想的鼓动,或许就是出于这个原因,县志轻描淡写地处理了这一本应浓墨重彩的历史事件。故事的主角刘胡子是一个草莽出身的军人,其军队的派系、番号不甚清楚,但显然不是"人民的队伍",里面大多是被收编的盗匪,是跟随他的黑道兄弟,和他一样抽大烟、逛窑子。对刘胡子来说,参军只是权宜之计,他随时可以脱下军装重入匪道。穿上军装的他其实也没有军人的样子,他的弟兄们抢商号,他不仅不制止反而鼓励:

> "营长,几个弟兄抢店铺的东西。我把他们捆了。"辛副官说。
> "干吗呀老弟!"
> "他们还抢宜兴元。"
> "宜兴元的东西是我要的,老弟。"
> "要是相公队……"
> "让弟兄们灌灌袋吧,干吗不让他们捞一把。"
> "胡子你……"
> "我们比他们强多了,老弟。我们是拿命换的。我看你也不必假正经,也灌灌袋。"
>
> 三头,对他们说,别带破破烂烂笨重东西。烟土、银元、皮货……当然,弄到金条更好,要分班,分组,放上哨。算了,胡子,都灌过了。行,真利索,三头,好样的。——

民团过来阻止，刘胡子居然让弟兄们架起机枪，以图谋军火的名义喊话让他们离开。就是这么一个人，冒着粉身碎骨的危险，和黑白各方势力斗智斗勇，并搭上了心爱女人的性命，在日军眼皮底下把军火送到了襄阳前线。刘胡子不知道革命是什么，也没有军人的操守和使命感——这一点他甚至比不上那个给他戴绿帽子的副官辛迪。对于这片土地和土地上的人群，他也没什么感情：

> 是啊，刘胡子，你他妈凭什么替他们卖命？在这世界上，谁公平地待过你？你忘了么？忘了这城墙，这护城河里的臭水？忘了那天夜里三十师巡防营大兵们的枪托、耳光，还有追在身后啾啾叫的子弹？你犯了什么法？你没犯法。你不过想去城隍庙街口，去那座黑漆笼门的花楼。那里边有十六岁的小叶丹。她在你怀里哭过，你见不得女人的眼泪。你向她发过誓，三天之内揣上赎身钱来领她走。那时候她待你是真心诚意。你揣上钱的时候，心里说：好了好了，小姑奶奶，现在好了。往后咱们好好过日子。我蹚够了，不蹚了，洗了手脚，跟你一起过日子。像潘老胖那样买间门面，在大牌坊开杂货店。潘老胖卖火石头能发家，咱们还愁吗？咱们不卖那玩意儿，也不卖烟土，咱们卖犁面、犁铧，卖车铜、鞭杆、牲口缰绳。……可是，我还没走过仝家祠堂就被他们碰上，从怀里抢走那袋哗啷哗啷响的袁大头，枪托可真叫结实，不是三头闯过来，连命都丢在十字街了。你都忘了吗？……如今连粮饷都不给，还得替他们干卖命差事，咱们干吗这么贱，三头？是啊，够贱的胡子。

活得凶戾粗野的刘胡子，为什么要接下这项无利可图还要赌上脑袋的差使？他自己说："干这么趟差事不为别的，为的是品品当英雄的滋味。"可是，值得吗？而且，他本来不就是英雄吗？道上的人不都是以英雄自命和互称吗？不是，此英雄非彼英雄。刘胡子说出这句话，表明他心里清楚：有一种崇高、神圣的活法是他没有经历过的，是值得去追求的。

所以，明知"贱"也绝不回头。用康德的概念，这是一种先天的"道德律令"，是回荡在人类心灵深处永不会湮没的声音。这个世界之所以没有被人们无休无止的欲望和争斗所摧毁，就在于有道德律令的制衡。道德律令是一切道德观念和话语的源头，是"善之端"。一个社会的道德观念会崩溃，道德水准会滑坡，但道德律令不会泯灭，如此，就有希望，就有未来。

当然，刘胡子这样的形象并非田中禾独创，草莽英雄是新历史小说中很常见的人物类型，莫言《红高粱》中的余占鳌，尤凤伟《石门夜话》中的七爷，都是刘胡子式的人物。《轰炸》更让笔者感兴趣的地方在于，其对人物关系的呈现及寄寓其中的思想。

小拐子是小说中戏份较多的一个人物，他是大土匪王八老虎的"外水"——即搞情报的暗线、卧底。这个极端聪明伶俐的少年，混入刘胡子的队伍短短几天，就赢得了大家的喜爱，成了太太小芝的贴身小厮，当然，他也打探到了刘胡子护送军火的机密并将消息传递给了王八老虎。可是，无论他伪装得多么巧妙，也逃不过老江湖们的火眼金睛，刘胡子打一开始就知道小拐子来者不善。按照通常的理解，卧底是最遭痛恨的行当，身份一旦泄漏便会遭到最严厉的惩罚，各种谍战、商战、刑侦题材的文学和影视作品不厌其烦地告诉了我们这一点。但刘胡子并不痛恨小拐子，他知道小拐子是卧底，却从未起过杀心。一方面，是形势使然，杀了小拐子会引来王八老虎的报复。另一方面，也是更重要的原因，是刘胡子并不认为卧底该杀，那只是一种谋生的手段。进而言之，在刘胡子眼中，正与邪、黑与白并没有明晰的界限，三十师的头头胡司令并不比大土匪王八老虎良善，开烟馆的潘老胖也不比码头的脚夫们邪恶，大家都在这个攘攘营营的世上谋生活，每个人都要扮演自己的角色，都有种种的不得已，没有人洁白无瑕。

"你坏吗？胡子。"

"坏。"

　　"三头坏吗？"

　　"坏。"

　　"太太坏吗？"

　　"不许问大人的事，小王八羔子。"

　　"可我早就是大人了。"

　　"你不是大人。"

　　"为啥？胡子，为啥我不是大人？"

　　"因为你还没大人那么坏。你很机灵，可你逃不过刁滑人的眼睛。你还差远呐，小拐子。"

不以己为是，不以他人为非，如此，就少了一分戾气。透过刘胡子大量的内心独白，我们可以感受到：这个外表凶悍、说话粗野的军人并不残暴，尽管他喜欢骂人，一副恨世的样子，把世人比作"比禽兽更凶残更难对付的两腿野兽"，扬言收拾这个收拾那个，但他从未起过"必欲除之而后快"的执念，无论是对上方派来监视他的、给他戴绿帽子的辛笛，还是对在他面前耀武扬威的三十师汤参谋、碍手碍脚的大土匪王八老虎。刘胡子没有杀戮的癖好，不喜欢欺凌他人，也从不站在道德制高点上自我感动。他只想完成任务，只想生存下去，为此他愿意低头，愿意妥协，愿意从浑水中蹚过。

　　与红色革命正史叙事中的革命军人相比，刘胡子谈不上觉悟和境界，一点也不纯粹。但这样的刘胡子才是血肉丰满的，才是人本来的样子，或者说是应该有的样子。人原本就不纯粹，如田中禾一再申说的，人心是猜不透的谜语。世界也不纯粹，所以几千年了伦理学还在就什么是正义而争论不休，且这种争论将永远持续下去。但我们却很喜欢追求纯粹，过去用阶级划分的方式对人进行界定，划入先进阶级的都是好人，划入反动阶级的则一无是处。现在我们也并不宽容，我们在社交媒体上口诛笔伐，打压异己观点，自命为理性和道德的代言人。我们置身于所谈论的世事之外，把自己当成纯粹的理性主体，站在道德的制高点上，居高临下地谈论是非曲直，却忽略了理性的一个最基本的品质是宽容，忘记了自己也并不纯粹，自我标榜的理性其实也无意识地受到了偏见和情感的左右。不把自己定位为好人的刘胡子，恰恰看透了人心和世事的真相：

> 爱也罢，恨也罢，世界还是这么回事，人还是这么回事。

人永远是这么回事，半是天使，半是魔鬼，忙着建造，忙着毁灭；世界永远是这么回事，有秩序也有混乱，有美好也有罪恶。轰炸过后，"他们还会把房子盖起来，街道修起来，高台子砌起来，荒旱灾异，还会有人市"。世界就是这样在混沌中前行，亘古不变，无始无终。

历经苦难、阅尽世事的刘胡子，经受了轰炸的洗礼后，变得悲天悯人、超凡入圣：

> 你脸色为什么发白？想呕吐，是不是？小贱货，这实在算不了什么。不要闭眼，好好看着，是他拿五十个铜板把你买走，送进花楼的，是不是？他还买卖了五个闺女。可他今年四十三岁，还没挨过女人边，不知道跟女人睡觉啥滋味！你恨他，恨这个县城，是不是？今天不是报了仇吗？心里觉得痛快吗？啊？尝到报仇以后什么滋味了，是吧？瞧他临死怀里抱着自己的账本，胳膊炸飞到树顶，账本还在胸口。小芝，你不知道，我可知道。他是穷人出身，从小在地主麦草屋里长大。他知道没一分地、没一文钱日子是什么滋味。一个男人，想发财，想在世上闯荡个样子，他也恨过，也想报仇雪恨。瞧，现在他都不曾穿上绸缎。潘老胖，没儿没女，没老婆没姨太太，没兄弟姊妹三姑六婆，要这么多钱干啥呢？

小芝的仇恨，潘老胖的贪婪，都是执念，都是虚妄，到头来幻梦一场。

悲天悯人不等于原谅一切，勘破世事不等于清静无为，尽管理解十四岁就被卖作窑姐的小芝对沘河县城的刻骨仇恨，但刘胡子并没有饶恕自己深深爱着的这个苦命女子，后者为了毁掉县城做了日本人的内应。小说最后，刘胡子亲手开枪打死了小芝。无论你有怎样的情结和苦衷，做错了事就要付出代价。民族大义面前，容不下儿女私情。认识到"世界还是这么回事"，刘胡子仍然带着信念活着，用田中禾的说法，就是洞察了世事真相之后，仍然要"扮演好自己的角色"。

如此，《轰炸》就超越了单纯讲述一个历史事件的层面，民族之间的仇恨和各方势力的斗智斗勇退居到次要的位置，对人生世相的观照及相应的伦理言说成了叙事的重心。田中禾采取了他惯用的外视角和内视角之间不断切换的方式展开叙事，内视角叙事的视角人物自然是刘胡子，借此，这个外表凶悍粗鲁的草莽英雄的内心世界得以淋漓尽致地呈现在我们面前。值得一提的是，田中禾在这部作品中富有创意地将各种"内部声音"（视角人物的心理活动、内心独白、意识流、感受等等）和"外部声音"（人物间的对话、指令等等）杂沓地罗列在一起，并砍掉了大部分的诸如"××说"、"××想"等说明介绍性文字，以及大部分标示不同声音和发音者的标点符号：

　　不要紧，小芝，小拐子，别怕。既然你们留下，既然你们愿意……不要紧。现在它们是循河飞过来的，想先看看，寻找一下目标。我从没听见过这么响的嗡嗡声。干吗这么吓人呢？不，三头，现在它们不会到这儿来。它们一定要先沿河道干上一通。也许找的东西已经上船，不定在哪些船上？一点不错，要是我，也会这么想。来，小芝，靠着我坐下。我们不能坐这儿，我们得坐在树林里，坐在木料堆下边的沟里。对，得坐那儿。我们得离河远一点。现在已经不在乎前线要不要这些东西，也许他们已经打胜，也许这些东西再多也救不了他们。事情不在这儿。事情是，他们想证明他们要干的一定能办到，我们也想证明我们要干的一定也能办到。不错，小伙子，到底上过军官学校，很懂军事常识。学过防空课吧？

我猜一准学过。可现在你明白了那些东西全是狗屁胡扯,一点用也没有。教官不会教你在敌人飞机下如何保护百十吨军火,也不会告诉你在这当口是逃命还是坚守岗位。要是你喜欢女人,教官也不会教你该让她上船还是该留在身边。

三头,我真没听过这么响的嗡嗡声,要把人耳朵弄聋。瞧,来了。它们在那儿盘旋。这是发现了河里的船,瞧那一片白亮亮的船帆,多漂亮!真白,真亮……

基于外部观察,人的所说和所想完全不同,前者有声而后者无声,前者存在伪饰而后者袒露人物的真实情感和意图,所以传统叙事会标示出二者的界线。而从内部观察人物,所说和所想是具有连续性的,前者是后者的自然延伸,田中禾去掉语言和心理活动的标识,从而更浑然本真地进入了刘胡子的视角,将他纤悉无遗地袒露在了我们面前。

除了刘胡子的所说所想,上述文字还讲述了他的所感,同样,这类文字也是不作任何标识地与其他文字罗列在一起,包括听到的他人的话语,比如三头这句——"也许找的东西已经上船,不定在哪些船上?"感知、思想、语言,都是人与世界交流的方式,三者本来水乳交融、浑然不分,但我们的语言是建立在区分之上的,我们使用"感知、思想、语言"这三个概念,就不可避免地割裂了人的生命整体性,将人与世界的关系逻辑化也简单化了。田中禾打破语言规范用法的用意,就是用文学的形式修复语言对生命整体造成的割裂。

不仅如此,田中禾在行文中还通过省略,使行文呈现出跳跃性。"不,三头,现在它们不会到这儿来。"这句话之前显然省略了三头对刘胡子吐露的对于飞机轰炸他们所在之处的担忧。"不错,小伙子,到底上过军官学校,很懂军事常识。学过防空课吧?"这句话之前也省略了刘胡子观察到的辛迪之于轰炸的应对。省略的使用,以及不做说明的罗列,除了带来了行文的跳跃性,还造成了一种密集性效果。小说篇幅并不长,故事情节也不复杂,但读来却有一种纷纷扰扰、众声喧哗的混沌之感。就此而言，"轰炸"不仅是小说事件，也可以形容我们的阅读感受，隐喻了小说的美学风格。

《天界》

我们可以把新历史小说大致分为两类：一种是以个人小史或野史、稗史取代宏大正史的历史叙事；另一种则是质疑、消解历史本身的历史元小说。《轰炸》属于前一种；《天界》则属于后一种。

历史元小说最基本的模式是：某个第一或第三人称的视角人物，出于某种偶然的机缘或卓尔不群的理性思考，对某个已成定论的历史传说或历史记载产生了怀疑，于是试图通过查阅资料、寻访故地来寻求真相、复原历史，但随着调查的深入，既有的疑惑不但没有解开，新的疑惑反而源源不断地产生，及至最后，视角人物发现自己完全陷入了不确定性的沼泽中无法脱身，找寻真实历史的企图变得遥不可及。借此，小说意在表明，真实的历史是不可能的，我们读到的历史只是关于历史的文本，是历史的编写者们在种种意识和无意识的复杂合力下编织、建构的产物。

《天界》讲述的正是这样一个故事："我"的外祖父赵子仪曾是沚河县城的名流，从日本留学回来后组建"沚庐诗社"，身边聚集了一群革命青年。1911年革命风云激荡的时候，这群人也于6月13日夜密谋起事，但悉被抓获、砍头，成为沚河县史上著名的"辛亥六君子"。赵子仪那晚也曾出席聚会，但其间离开，诡异的是，他前脚刚刚出门，巡捕后脚就登门了。一年后，赵子仪回城一次，之后再无音讯。他有没有叛变革命？他是个什么样的人？史志里没有记载，关于这次事件只留下几个简单的字："事泄。遂于次晨被拘。"作为嫡亲后裔，"我"渴望了解事件真相，于是展开了调查寻访。散落在记载和传说之外的人和事次第出现在"我"的视野中，"我"越来越深地进入了外祖父的世界。然而，无论如何努力，我也只能雾里看花，无法通览事件的全貌，历史的复杂超出了我们的想象，如小说中所说：

> 历史一旦展开，就像逢集的街市一样熙熙攘攘，像涨水的大河
> 一样涌动着瞬息万变永不定格的波澜，有用和无用的事情融合在一
> 起，使任何简单的疑问都如流动的漩涡。

可以肯定的是，外祖父不是告密者。但很有可能的是，外祖父在接到心仪于他的裕泰钱庄的大小姐蕙君的通知离开会所时已经知道要出事了。他为什么选择悄悄离开而不是向大家发出警报？抓捕行动和蕙君父女有没有干系？钱庄失火是否是外祖父所为？这些只能猜测无法求证。小说在一大堆疑问中结尾：外祖父为什么同蕙君在感情上分手？怎么又同芙蓉十二相爱？此后他怎样处理同裕泰钱庄的关系？等等。这些疑问并非无关紧要，他们都与六君子事件及钱庄失火事件有着隐秘的关系。但这些疑问是无法解开的，不是因为这些问题过于私密化，而是因为外祖父自己也给不出答案，他是一个哈姆雷特式的"思多于行""优柔寡断"的人：感情上一团乱麻，和外祖母、芙蓉十二、蕙君三个女性纠缠不清；事业上也不坚定，瞧不起那群革命党人又离不开他们，热心于民众启蒙又对革命缺乏信心。感情和事业掺和在一起，就更是一团混沌。"我"无从走进外祖父幽微难测的内心，也就无法弄明白一切是如何发生的，无法回答他到底算不算是叛徒。历史是一座没有出口的迷宫，你永远无从窥见它的全貌，——这几乎是所有历史元小说孜孜于告诉我们的。

和历史元小说通常采用煞有介事的调查考证进入历史不同，《天界》进入历史的途径非常奇幻：做梦，而且是梦中之梦。在梦中，我跟随周伯伯在暮色四合的黄昏来到六君子墓前，虔心祭拜，然后静心凝神，冥合万化，逐渐进入梦境。那是过往的年代，是亡灵们的世界，街道空空荡荡，店铺开着栅板门却看不到顾客……一个个梦境碎片拼合起来，构成了小说的主体。在那些梦中之梦的碎片里，我看到了芙蓉书寓里的聚会，和身处漩涡中的外祖父、被砍头后的六君子等人谈话，拜访

了刽子手、巡捕们的鬼魂的居所，见证了芙蓉十二对外祖父几十年的望穿秋水的等待……

我们很容易想到墨西哥著名作家胡安·鲁尔福的《佩德罗·巴拉莫》，那部小说开头讲述"我"——胡安·普雷西亚多——遵照母亲遗嘱到科马拉寻找父亲佩德罗·巴拉莫，抵达一个被遗弃了的、荒芜破败的山村，一个赶驴人告诉"我"这里就是目的地，并告诉"我"父亲已经死去多年。"我"在这里陆续见到了一些人，听到一些事。之后，"我"逐渐从那些人关于彼此的谈论中得知，像生者一样对"我"说话的他们——包括赶驴人——都是鬼魂。小说读到一半，读者会发现，原来"我"也是一个鬼魂。所有的人都已死去，因为得不到超度，鬼魂们只得在这里游荡、呻吟、窃窃私语——科马拉已然成了地狱。

不同的是，《佩德罗·巴拉莫》讲述的是过去的故事，而《天界》讲述的是当下对过去的追问，所以，《天界》中的"我"是以生者的身份进入了亡灵们的世界的。小说开头写道：

> 带上那本小书，带上几年来搜集到的资料。除了相信周伯伯的话，我已别无选择。

"我"以为见到亡灵们，能从他们口中得到真相，但大失所望。对于外祖父是否叛变，六君子各持己见，黄七公子相信"他不是那种人"，老阴等人则疑云满腹。局中人尚且不明真相，局外人写下的历史又如何可靠？和历史一样，现实其实也是文本的建构，不同人眼中的现实是不一样的，绝对的真相并不存在。"真相只能有多种，从来就不是一种；几乎没有什么虚假之说，有的只是另外的真相。"①

外祖父对六君子的看法更是让"我"大跌眼镜。在外祖父眼中，

---

① ［加］琳达·哈琴：《后现代主义诗学：历史·理论·小说》，李杨、李锋译，南京大学出版社 2009 年版，第 147 页。

这些人其实并不比活着的人更高尚、更卓越、更有理想和智慧，他们只是些名利之徒，根本算不上君子，成不了气候，只是无意间被历史赋予了不朽的荣誉。而且，这种看法得到了印证。风尘女子芙蓉七姐称他们为"杂种"，他们自己也不掩盖对名利、女色的痴迷：

> "我才不在乎崇敬不崇敬！能活着，拉胡琴，遛马，搂着芙蓉十二，亲她的脸蛋，那么光滑、温热、柔和……"
>
> ……
>
> "死了以后我才明白，还是活着好。"
>
> "你当然失算了，老阴。算来算去，满以为能出人头地。"
>
> "你这要风头不要脸的疯子！再把胳膊挥一挥，唾沫溅出来，嘴角泛白沫，危言高论，装疯卖傻！可你连一首诗也写不来，得让赵呆子给你改平仄！"

但他们留给历史的是无比伟岸的身影。确如外祖父所说，历史在铅字中被熔化、被重铸。离开那些石碑，揭开大写的历史，我们才能感受到历史的体温，才能发现被遮蔽的人性的真实。嫉妒、欲望、权力、仇恨、暴虐，与博爱、尊严、荣誉、良知、仁慈一起构成了历史前行的动力，但石碑、文字承载的历史隐去了前者，只留下让我们顶礼膜拜的崇高。

历史到底是什么？既然关于历史的任何言说都是文本，都不是历史本身，那么，历史只是我们可以随心所欲地加以涂抹的一块画板吗？萨曼·拉什迪说，历史是物竞天择的产物，是在斗争中获胜的那个版本，那么，我们是否可以将历史这个概念彻底抛诸脑后，我们为什么要遭受那个版本的愚弄？历史是巨大的虚空吗？和我们的生命存在有本体上的关系吗？柏格森的回答是，历史（时间）是一种"绵延"，如同一条无边的大河，从过去涌向现在，永不止息，席卷一切，"绵延是过去的持续发展，它逐步地侵蚀着未来，而当它前进时，其自身也在膨胀……过去以其整体形式在每个瞬间都跟随着我们"①。过去并没有消失，尽管我们无法对其进行准确的言说，但它始终存在且存活着，进入我们当下的生命存在之中，而我们也将成为过去，成为"绵延"的一部分。田中禾用"天界"一词做了同样的言说：

> 我转过身，退后两步，瞻望六君子纪念碑，和他们高高的、冷漠、沉静、矜持的墓地。我听见空中弥漫着一个似有若无的声音，像行云和月色一样徘徊。"日月忽其不淹兮，春与秋其代序。惟草木之零落兮，恐美人之迟暮。"我看见一条灵魂之河从天际流来，流过几千年的洪荒、无尽的坟地、雪片似的墓碑，浮漾涌动，沉静无声，不舍昼夜。活着的生命死去的灵魂都在这宇宙的河里，在这不动声色的运动之中，与日月星辰一起铺开永恒的天界。

如此，田中禾在质疑历史、消解历史时，并没有走向历史的虚无。是的，我们无法找到历史的绝对真相，无法复原历史的一切细节，但关于历史的追问，有助于我们反思自己当下的生命存在。

> 那一刻，奇怪的念头涌上心来。"到底活着好还是死了好？"——在这之前，我从未想过这个问题。"如果我活着，我为什么而活？为了人生无穷无尽的义务？为了没有止境的欲望？为了爱和恨？如果死去，为什么而死？为真理和正义，尊严和荣誉，权力和暴虐，生的疲惫、幻灭，还是造物的不公和人世的不平？"漫游在消逝的时间和生命之中，混迹于形形色色的亡魂之间，我忽然迷失在自己的心里：人世间有什么值得为它而活，有什么值得为它而死？

---

① ［法］亨利·柏格森：《创造进化论》，肖聿译，译林出版社 2011 年版，第 5 页。

如果我们不想行尸走肉般浑浑噩噩地活着，这种反思就至关重要。一代又一代人的追问、反思，以及由反思引领的生存实践，构成了"灵魂之河"——即绵延着的历史，有灵性的、属人的而非权力的、意识形态的历史。

和新历史小说家们一样，田中禾消解宏大正史对个体的剥夺，呈现生命存在的感性和复杂性，但不像前者那样，把历史解释为性史、情史、欲望史或暴力史。他正视感性但并不贬低理性，质疑大写的历史但并不将其彻底摒弃。在《天界》中，"我"逐渐了解到六君子并不像历史记载的那样崇高和纯粹，但依然珍视那块纪念碑，"靠着这碑，心里就不那么空落，因为奇怪的念头而对这世界泄气的心情就会被一种热情所冲淡。"外祖父深谙世事的复杂，对革命的前途并无信心，甚至认为"有大出息的人应该从世俗争斗里跳出来"，但却无法超脱于时代之外，忌妒六君子"无意间被历史赋予了不朽的荣誉"。他知道历史是被重铸的但依然无法割舍历史，依然渴望献身革命从而被铭刻在历史之上。《轰炸》中的刘胡子也是如此，看破红尘地谈论"世界还是这么回事"，却没有苟全性命于乱世，而是接下了护送军火这项九死一生的任务，不仅同日军还同自己意欲拯救的同胞们苦苦周旋。六君子、赵子仪、刘胡子这些人，虽然有着各自的私心杂念，但都响应了时代的召唤，让我们感受到黑格尔宣扬的那种"时代精神"。而"时代精神"，恰恰是新历史小说致力于消解的历史概念、理性概念。

第四节 《匪首》：中国版的《百年孤独》

想到并写下这个标题时，笔者颇有些沾沾自喜，但上网搜索之后，一时有些沮丧：居然有那么多的作品贴着这个标签！有一些可以当成哗众取宠不予理睬，但《白鹿原》《受活》和《一句顶一万句》绝不能等闲视之。这三部作品我读过，一点没有联想到《百年孤独》，难道我错过了什么？我的阅读很肤浅吗？待看完各家的申说之后，心神逐渐定了下来。不是我的阅读不够深入，是他们贴标签过于随意了。《白鹿原》确实和《百年孤独》一样大气磅礴，一样有魔幻的成分，但《白鹿原》沉潜于对 20 世纪上半期中国政治、文化、历史的思考，不像《百年孤独》那样超拔，作为人类文明的寓言而存在——当然，这样说仅是比较不同，没有价值评判的意思，我非常敬佩乃至崇拜《白鹿原》对儒家文化精义、价值和现代境遇所做的无比深刻的言说；《受活》的社会历史批判较之《白鹿原》更具体、更明确，其艺术风格是荒诞而非魔幻，与"中国版《百年孤独》"的说法更不匹配；至于《一句顶一万句》，讲述的虽然是"孤独"，但这个"孤独"与《百年孤独》的"孤独"在内涵和成因上都大相径庭，二者几乎没有可比较性。在我看来，只有田中禾的《匪首》才和《百年孤独》一样，超越具体时空成为人类文明的标本和寓言，"用活生生的具象的个体生命过程、特殊地域的文化氛围，达到人的生命状态、民族的生存历史状态的最真实的抽象"①。

这样说田中禾可能不会开心，或许还会抗议。他看重自由与个性，抵触被划归到任何流派中，即便评论者是出于赞美。在《匪首》的创作谈中，他明确表达了不愿和《百年孤独》扯上关系的立场："必须拼命在结构、意象、语言上躲着《百年孤独》，不能让朋友说受了魔幻现实主义影响。生在马尔克斯之后，真倒霉！"②

其实，田中禾大可不必如此介怀。众所周知，借鉴不同于模仿，不妨碍原创性，一样可以成就经典。而且，即便彼此独立的创作，也一样会存在相似。按照荣格的理论，所有伟大的作品都是集体无意识的呈现，都可以划归到数量有限的几种原型类型中，也就是说，它们都是相

① 田中禾：《超级玛莉的历险——〈匪首〉创作札记》，《小说评论》1995年第 1 期。
② 田中禾：《超级玛莉的历险——〈匪首〉创作札记》，《小说评论》1995年第 1 期。

似的。的确如此，所有的民族史诗，几乎都有"冒险""寻找""毁灭"和"新生"等原型情节，也往往都有"英雄""恶魔""神灵""伙伴"等原型角色，但这些相似不影响它们各自的伟大，相反，它们的伟大正是因为它们拥有这些相似性元素。类似的主题、结构和情节，不会成为否定作品具有原创性的依据，只要作家在作品中呈现了自己所在民族、地域的文化个性，注入了自己独特的气质、想象力、生命体验和美学风格。从根本上说，正是因为世界文学中总是存在着种种相似，才有了比较文学这门学科。比较文学的使命不是依据发表先后或影响关系对各民族中具有相似性的文学进行褒贬排序，而是研究各民族文学的个性与共性、同中之异与异中之同，进而推进对文学、对文化、对人的理解。

通常，我们把《百年孤独》中的马孔多视为拉丁美洲的缩影，它被动地承受着各种外来的政治、经济、文化势力的侵扰，历经重重苦难，却始终被排斥在现代文明世界的进程之外。几乎拉丁美洲历史上的所有重大事件，都能在小说中找到对应之处。不仅如此，还可以把马孔多看作整个人类文明的寓言：布恩迪亚家族第一代人何塞·阿尔卡蒂奥·布恩迪亚和乌尔苏拉·伊瓜兰是表兄妹，他们从故乡出走创建马孔多，象征人类祖先走出自然，创建文明社会。之后，巫术、科学、宗教、政治、战争、现代科技和经济模式、自然灾难等先后登场，本如世外桃源般宁静美好的马孔多一次次被搅得天翻地覆，并在极度繁荣也极度疯狂后遭遇"天谴"，迅速走向毁灭。马孔多的毁灭象征了人类文明的毁灭，一个轮回结束。

《匪首》也是人类文明的寓言。小说开头的情节分明象征了人类从野蛮时代到文明时代的跨越：后来成为匪首的申在小说开始时就是一个野物，不知来处也不知去处，没有名字也没有父母，不喜欢粮食蔬菜，只喜欢野鸟野虫，"只要他在庙里，狼就不会出现"。因为瘟疫，食物稀缺，他不得不依附母亲生活，接受母亲的教化，从野兽变成了人，有了自己的名字申。

人类学界有这样一种从者甚众的观点：人类的出现并非智能自然而然发展的结果，而是受到了环境的逼迫。具体说，就是地质变动改变了自然环境，致使食物匮乏，生存的压力迫使已经发展出较高智能的早期智人加快了进化的步伐，他们改变了生活方式，密切了群体协作，订立规则，发明语言，逐渐进入文明时代。《匪首》生动地呈现了这一进程，自然灾难是申进化成人的契机，如果不是瘟疫，他不会归附母亲，还将像野兽一样存活。

从野蛮走向文明，必然要设立禁忌，而禁忌的执行最初往往是借助宗教的力量展开的。① 在申的成人仪式上，宗教和禁忌扮演着关键角色：

那夜下起滂沱大雨，申被绑在庙门口的柱子上，雨水从他头上浇下，淋过赤裸的脊梁。

母亲在龙王面前点了四张黄裱，喃喃念过一串符咒，手扒庙门，脚踏门坎，向漆黑的田野喊："申——南来的北往的，路神桥神土地神，回来吧——！东风些些西风些些，雷神雨神金刚神，回来吧——申——"

她在庙台上跪下，向四方磕头："牛头马面阎罗帝君，让这孩子回来吧——"

母亲熬了野菜麸皮汤，对着柱子上的男孩祷告说："人靠五谷杂粮，兽靠血禽野肉。你若是人，就得吃粮。从今往后，不杀生，不吃腥荤。"

……

从第三天起，男孩开始慢慢喝汤，慢慢咀嚼麸皮。

母亲对女孩说："荞麦，叫他哥哥，给他喂汤。"

---

① 参见 ［奥］西格蒙德·弗洛伊德：《图腾与禁忌》，中央编译出版社 2009版。宗教和禁忌作为人类跨入文明时代的门槛是一个事实，对此学界有多种解释，弗洛伊德的解释是其中之一。

荞麦轻轻说:"哥,喝汤。"

荞麦每天给哥哥喂汤。她的手像五根细嫩的芦根,捏着小木勺,将粘稠的汤送进阔大的红色双唇里。汤汁滴在申的下巴上,滴在他鬐黑的胸膛上,荞麦伸出一根手指,替他揩去。男孩的眼睛一天天变得清澈。

雾气在田野上浮动。雾气消散以后,大地绿草茸茸地袒露在阳光下。赤红的土地被绿色覆盖,野花灿烂,庙前庙后斑斓如锦。鸟雀在黎明时飞鸣噪叫,池塘里生出鱼虾。

母亲把捆缚的绳子解开,抚着男孩的头,说:"叫妈。"

男孩抽搐着,含混而又确凿地叫了一声"妈"。

母亲把女孩拉过来:"这是荞麦,你妹妹。"

"荞——麦——,妹——"

母亲说:"记住,吃五谷杂粮青叶蔬菜,能成人。"

男孩点点头。

母亲说:"看这世界,春夏秋冬,白天黑夜,太阳、月亮,人和生灵一起享用。会跑的、会爬的、会飞的、会蹦的,都是人的兄弟姐妹,不能杀生害命。"

申点点头。

母亲指着白花花的荞麦地:"记住,丰年歉年都不能不种荞麦。水旱蝗雹,人靠荞麦救命。一粒荞麦三条棱,一条管春,一条管夏,一条管旱涝。"

申点点头。母亲说:"荞麦五岁,你六岁。你要知道她是你妹妹。"

申望着荞麦,望见她星星一样的黑眼睛。

申不再到田野里游荡。……

汤是用火熬制的饮品,是文明时代的发明。动物茹毛饮血,人才喝汤,"喝汤"让"男孩的眼睛一天天变得清澈"。在母亲设立的禁忌中，一条是乱伦禁忌，不允许侵害妹妹荞麦；一条则是宗教禁忌，不许杀生害命。在弗洛伊德的学说中，乱伦禁忌更为根本，是人类退回到动物状态的最后防线。《百年孤独》以乱伦开篇也以乱伦终篇：马孔多的创建者是一对表兄妹，象征人类是从动物状态走出来的；结尾时布恩迪亚家族成员宿命般地堕入了乱伦的泥沼，生出一个带有动物特征的孩子，象征了文明的土崩瓦解，人类退行到动物状态。马尔克斯用这种方式表达了本土文明的强烈憎恨：推倒一切，重新再来！申没有遵守"不许杀生害命"的宗教禁忌，但也没有打破乱伦禁忌，他再没试图侵害荞麦，而且，对荞麦言听计从，倾注了令人动容的兄长之爱。

申属于山野，母亲却不得不带他走进城市，因为龙王庙村已经不再适合居住。这个村庄最初是母亲选定的安身之处，后来人们纷纷追随，形成了规模——马孔多也是这样创建起来的。然而，随着人们安居日久，有了各自的产业，纠纷和争斗就产生了：

> 棉花还没有收摘，龙王庙村闹起一场土地风波。姓葛的五户人家联名告官，说这一带土地原本是葛家的祖业，洪水打乱了地界，外来各家抢田耕种，各归己有。现在连年丰收，他家人多地少，必须收回原有的土地。其余八户要他们拿出地契，他们没有地契，他们的地契在洪水中丢失了。
>
> "洪水是天爷把人间的不平荡平。"母亲说，"把属于万物生灵的土地归还给万物万家。"
>
> 可是，村上的土地风波越闹越大，葛家开始强行收割别人的庄稼。别人也开始收割葛家的庄稼。一场混战之后，棉花被放火烧掉。
>
> 夜里，母亲烧起一炉香，撒草占卜。她说："卦象说，坎水行天，人心败坏，恶水弥漫，不能复收。龙王庙是犯水的地方，能救命不能久居。"

那是一个霜重秋凉的夜晚，月色清淡地照着大地。母亲将所有的粮食装起来，用床单缝成口袋，把尚未晒干的绿豆、黄豆、芝麻、花生分别收装，给龙王烧了最后一次香，锁上那间低矮的草屋。

母亲说："带腿的生灵要能走，才能活。"

恰如卢梭所说，私有财产是一切争斗和罪恶的根源。龙王庙村的变迁浓缩、象征了人类社会早期的历史，宁静祥和、温情脉脉的田园时代结束了，代之以礼崩乐坏、人心不古。"带腿的生灵要能走，才能活。"母亲带孩子们从龙王庙走进城里，象征着人类终将要从童年走向成年，从传统走向现代。空间移转是时间更迭的象征。后来荞麦拉着申苦苦寻找当年安身立命的龙王庙村，再也没有找到，象征了这一进程不可逆转。城是文明的象征，进了城，就要接受文明的束缚，这是申无法接受的，妥协几次之后，他终于逃出城，成为匪首，尽情释放被压抑的野性。

用尼采的概念，申就是酒神的化身，是不可驯服的野性生命力的象征。酒神是反理性、反个体化的，是一种本能的、集体化的生命冲动和力量。纯粹由酒神支配的生命状态，其实就是一种原始、野蛮的生命状态。尼采谈到希腊的酒神节时指出："几乎在所有的地方，这些节日的核心都是一种癫狂的性放纵，它的浪潮冲决每个家庭及其庄严规矩；天性中最凶猛的野兽径直脱开缰绳，乃至肉欲与暴行令人憎恶地相混合，我始终视之为真正的'妖女的淫药'。"① 困滞在城里的申经常倾听到酒神的召唤：

在迷漫中他看见云隙里露出两只眼睛。看不见的目光刺射进他

---

① ［德］尼采：《悲剧的诞生——尼采美学文选》，周国平译，上海人民出版社 2009 年版，第 94 页。

黑咕隆咚的心。两只看不见的大手，把这座暮色笼罩的城像洗麻将牌似的搓弄。"毁了吧——毁了——，搓乱世间的一切，算盘都变成乱珠。"一张嘴巴向外突出，眼睛发出幽光，头发如茸茸的白毛，声音从云层上飘下。

他最终顺从了召唤，成为天虫军的首领，所到之处尽成废墟，其行径正是尼采所说的"肉欲与暴行令人憎恶地混合"。申最后死去了，必须死去，不然他会摧毁一切。尼采也告诫人们，必须抵抗酒神的肆虐，古希腊人就高明地意识到了这一点，"他们似乎是用巍然屹立的日神形象长久完备地卫护了一个时代，日神举起美杜莎的头，便似乎能够抵抗任何比怪诞汹涌的酒神冲动更危险的力量"①。尼采把德尔菲神庙视为古希腊日神精神的象征，而在《匪首》中，田中禾也设立了一个"巍然屹立的日神形象"：

> 断壁残垣满目狼藉的街市使大牌坊显出威严稳定。它依然如故，在阳光下发出炫目的反光，火燎雨淋使坚冷苍白的石雕斑驳古旧，浑身布满伤痕。它不在意人世的变乱，显出毫不动心的超拔。

德尔菲神庙与大牌坊，被斩首的美杜莎与死去的申，传自古希腊世界的酒神崇拜大潮与弥漫着腥臊气味四处漫流的天虫军……哲学与文学居然如此默契，真是让人惊叹！

酒神并不是一个被谴责的对象，相反，尼采颂扬酒神，宣称"我不知道还有比这希腊的酒神象征更高的象征意义。在其中可以宗教式地

---

① ［德］尼采：《悲剧的诞生——尼采美学文选》，周国平译，上海人民出版社2009年版，第94页。美杜莎是希腊神话中的蛇发女妖，拥有不死之躯的超能力，她的头像（头长无数条毒蛇，面目狰狞）常见于建筑物入口处的屏壁上，希腊人认为可以辟邪化险。尼采此处把美杜莎阐释成了酒神的象征。

感觉到最深邃的生命本能，求生命之未来的本能，求生命之永恒的本能……"①尼采笔下的超人、查拉图斯特拉、权力意志都是酒神的化身，他们象征着旺盛的生命力、强大的生命意志和冲破一切束缚的生命激情。酒神精神是世界上一切伟大创造的动力，也是美和艺术创造的动力。无论生命、艺术还是文化，没有酒神精神作为支撑，都会变得苍白、柔弱、颓废。当然，要当得起如此赞誉，酒神精神必须受到日神精神的节制，必须纳入理性和形式之中。在《匪首》中，申也不是一个反面人物，我们从他身上看到，野性的力量经过改造和升华可以变得多么强健、崇高和圣洁！为了让生病的荞麦康复，申徒步跋涉五百公里去武当金顶朝拜，并选择了"烧大香、还大愿"，这意味着徒步回来后的第二年春天，他还要用铁簪穿腮，并在两边挂上香炉，以向祖师爷明诚心，之后再次踏上朝拜之旅。申毫不惧怕，义无反顾：

> ……烧腮香的垂着双手，肩膀摆平，随着脚步移动，微闭双唇，牙齿轻轻咬着穿过腮帮的铁簪，目光平视，挺胸抬头。大慈大悲的气氛笼罩着这座城。黑色的、老蓝的、紫花布的身影显得浓重沉郁，如汇聚了人世的悲怆。她看见一尊很大很大的神，从天上望着她，眼睛如日月星辰般辉耀，人世的善恶都在那瞳仁里映出，如水里的倒影。善恶必得的报应都在那炯炯的目光里，照彻尘寰，无处不在。这月光照耀着一个低矮、黑瘦、劲拔、剽悍的男孩。他腮边挂着香炉，庄严地走过这座城的大街四门，走在人们的赞叹之中，走过一座又一座庙宇，一栋又一栋殿堂。

后来，因缘际会，申弃神入魔，成了匪首，洗劫了城。但在溃败之时，他放弃了逃命的机会，钻进烈火浓烟中救出杨蒹之的两个孩子，然后一

---

① ［德］尼采：《偶像的黄昏》，周国平译，光明日报出版社1996年版，第100页。

边谈笑风生，一边从容就缚。这就是尼采所推崇的那种至强至刚的酒神精神，气吞山河，冲决生死！

但申不代表未来，他只有破坏性，没有创造性，他必须死去，否则会毁掉一切。杨季之深刻认识到了这一点，他亲手用麻绳把申捆了起来：

> "季之——"荞麦喊了一声。
>
> 季之抬头看一眼表妹，继续认真仔细地捆绑像一头沉默的熊似的天虫军司令。

这是个意味深长的细节。季之不是无名小辈，是刚刚被逼离任的县长，这座城名义上的最高长官，干不着这种小喽啰的活计。而且，出于亲情，他也可以回避，毕竟申是他的表兄，荞麦显然也不想看到这种亲人相残的画面。然而，他却站出来，捆得"仔细认真"。就在几天前，季之鬼使神差地撞进了天虫军，系上了蓝色战带，感受到了向野蛮状态退行原来那么轻松，那么让人亢奋！

> 那块蓝布像有神奇的魔力，在进村的路上，季之时时觉得它在腰里闪闪发光，向周身传送奇异的波动。身体也如那些影子一样飘荡起来，肩膀左右摇摆，像一头走在荒山里的野狼，步态显出粗鲁放荡，目光变得冷峻犀利，脑袋也膨胀挺起，放射出凶猛。
>
> "我杀了一个县长。"他说。
>
> "真的?"那人惊喜而崇敬地说。
>
> "真的。"季之看见自己把县长杨季之砍倒，扔在河里，河水飘出一缕缕红色的雾。
>
> "还截了一个留洋生。绑他的肉票，抢他的洋车。"他神采飞扬地说。
>
> "噢唷，老大!"那人嚷道。

　　他站在村街上，就着一棵树，大模大样撒一泡尿。大声骂了几句最难听最粗野的话。蓝布带的魔力更加发挥开来，如同注射了针药，沿着血脉攻上脑袋，在全身发散。

　　"原来一个人当了土匪立马就变了样。"他想，"勒上战带，都如中了魔法。"

因为体会到了退行之可怕，季之才违逆了表妹的心意。如尼采所说，必须阻止酒神冲动的泛滥，否则文明将土崩瓦解。申死去了，但酒神不死。季之心里，蒹之心里，每个人的心里，都有一个潜伏的酒神在蠢蠢欲动（田中禾没有让申受到公开处决，或许也是一种象征？——人们并没有看到他身首异处，他仍然活在人们心里。）作为留过洋的新一代知识分子，回来后致力于推进社会进步的季之在与守旧势力的角逐中左支右绌，一度心灰意懒，甚至自我放纵，但最终还是坚定了信念："人总能找到上帝藏起来的笤帚，把潘多拉宝盒倾出来的东西扫起来。"小说最后，季之选择了再次出走，"预示了近代中国与世界文化沟融的可能性"①。他代表了未来。

　　相较申和季之，蒹之的形象要复杂得多。他和申一样拥有强大的"生命意志"，不同的是，除了我们提到的烧香还愿那件事，申的生命意志主要体现在毁灭上，他在人世间扮演的是洪水、蝗灾的角色，推倒秩序、荡平一切；而蒹之的生命意志体现在创造上，建立秩序、维护秩序，虽然这个秩序并不理想。蒹之罪恶的发家史无需笔者赘述，其象征意义田中禾本人也说得很清楚："蒹之一定要死去，因为以官商为代表从封建体制里孕生出的资本主义带着封建主义的劣根性和资本积累初期的罪恶性，它是强大的封建主义向资本主义转化阶段的畸形物，终将为历史淘汰。——由于几千年封建主义文化的强大，这种官商杂种会随着

---

　　① 田中禾：《超级玛莉的历险——〈匪首〉创作札记》，《小说评论》1995年第1期。

历史的反复而重现，但终究是暂时的。"①

不过，田中禾在小说中倒也没有像这句评论一样对蒹之痛加挞伐，相反，笔调始终平和且不乏欣赏。究其缘由，从根本上说，蒹之确立了城的秩序，他和这座城是一体的，比任何人都更能代表城——当然，是过去的城。否定蒹之，也就否定了城，否定了历史和文明。田中禾不是文化虚无主义者，他深刻反思但不全盘否定我们走过的道路。在尼采的意义上，蒹之是个超人，拥有强大的意志和创造力。在性别政治的意义上，蒹之是父权的代表，而我们的文明就是建立在父权之上的。

蒹之、申和荞麦的关系设定颇有深意。弗洛伊德指出，个体成长到一定阶段，会遭遇"俄狄浦斯情结"：父亲介入原本亲密无间的母子关系，将母亲从孩子身边夺走，从而促使孩子走向独立，而孩子则会因此产生"弑父娶母"的乱伦情结，只有顺利克制了这一情结的孩子才有机会成长为正常的社会个体。弗洛伊德进一步指出，文明也是建立在乱伦禁忌之上的：早期文明都有图腾崇拜，图腾是父亲的象征，其设立是为了防御族人的弑父冲动，防御族人返回到乱伦状态，之后上帝才取代图腾成为父亲的象征。攻击图腾就是弑父，将毁掉秩序、毁掉文明。

作为申的表兄，蒹之扮演的是俄狄浦斯三角中的父亲的角色。他从申的身边夺走荞麦，确立了家庭的秩序，并一再设法把申留在城里，试图使其认同自己的安排，驯顺地成为这个家庭的一员。蒹之还确立了城的秩序、文明的秩序，像神一样高高在上，并在那个人人夜惊的夏天成立了相公自卫团，镇压危及秩序的狼虫虎豹，而首当其冲的便是回归野性的申。申则如同古希腊神话中那些弑父的儿子们，讨厌、敌视夺走了荞麦的蒹之，虽然没有动过杀心，但他带领天虫军掠城，毁掉蒹之苦心经营的一切，与杀掉对方无异。所以，蒹之没有随民团逃走，他勉力同天虫军的大小头目们周旋，尽可能减轻破坏的程度，表现出来的胆识和

① 田中禾：《超级玛莉的历险——〈匪首〉创作札记》，《小说评论》1995年第1期。

气魄让来势汹汹的申相形见绌。这是父亲的尊严，也是文明的尊严！

但弗洛伊德是一个父权主义者，田中禾不是，所以，尽管对扮演父亲角色的蒹之表达了些许敬意，田中禾还是让他下台了。当然，田中禾也不愿意看到弑父行为，不愿意看到野蛮的胜利，所以，他让申接受了蒹之的劝告，在街上贴出了整军安民的告示；并且，让两个人达成和解。

> 姬有申似送非送跟着杨蒹之走到月色里。他们站在院里，有一种清爽轻松的感觉，好像一对不开不交的赌友，现在互相清了账，谁也不再纠缠惦记。那正是该放静街炮的时刻，城市在平静的新月里沉默。市井深处没有夜卖的悠长的叫喊，两人恍恍惚惚都像面对死去的世界。

《百年孤独》结尾时的马孔多，真正是一个死去的世界，一切都被抹掉，没有过去也没有未来。而《匪首》结尾时的城，是一座荒城，但并未死去，死去的只是过去，属于申和蒹之的过去，孩子们还在，女人们还在，季之还在，未来还在！马尔克斯和田中禾之于各自本土文明的态度不言而喻。

相较家族里的男性们，女性们的形象要光辉得多。母亲是大母神的化身，顺天应时，通晓吉凶，拜神敬鬼，大慈大悲。她把孩子们养大，立蒹之为一家之主，象征着人类从母系时代走向父系时代。后来，事业越做越大的蒹之烧掉了裴伯的天书，扔掉了母亲卜卦用的铜钱，他要乾纲独断、逆天改命。母亲知道离开的时候到了，决定出城朝山进香，然后一去不回。母亲的出走象征了诸神的隐退，城里没有神的位置了，人把自己当成了神，各怀鬼胎明争暗斗……荞麦雇人到处寻找，一直没有找到，象征了那个人神共处的时代一去不返。

但母亲只是出走了，她没有死，她是永生的。荞麦就相信母亲还活着，透过天上的星云望着人间，只是寻常人找不到她。持有荞麦这种信念的人不在少数，浪漫主义大诗人雪莱就相信诗人的使命是"把神性重新召唤回人间"，与浪漫主义一脉相承的象征主义和存在主义，也相信可以寻回被放逐的神明，让污浊的俗世重新绽放出神性的光辉。然而，荞麦没有等到母亲，却等来了一个老干娘，年龄、神态都和母亲相似，以致荞麦相信她就是母亲，早晚有一天会认下自己。是一个人吗？却有一些不同：母亲告诫申不准杀生害命，老干娘却不反对申顺从天性杀人放火，说什么"人世该怎么就怎么，就跟山林的野兽一样"；母亲给我们的印象是近乎神，心慈面善，而老干娘却更像道行高深的老妖，睿智干硬。不是一个人吗？老干娘最后一次出场时，分明是认下了几个孩子。不管哪种判断，都有些不合情理，为什么要这样安排？

着眼于情节和性格的合理性，我们不可能找到圆满的解释，着眼于人物的象征意义才是出路。母神崇拜时代，我们秉持万物有灵的世界观，敬畏天地、祭拜鬼神。之后，母神被放逐，我们进入父权制社会，放弃了对天地的敬畏和对诸神的信仰。然而，极具攻击性和破坏性的父权制文明不仅破坏了人与自然之间的和谐，也让人与人之间相互提防仇视。裴伯临终前的预言——"三十年神的世道结束了，下边是三十年鬼的世道"——正是这一历史进程的写照。所以，我们呼唤母神的复归，呼唤世界的"返魅"，生态主义运动和女性主义运动蓬勃发展。不过，重回巫神时代是不可能的，经过了科学和理性的洗礼，我们必须将对世界的敬畏建立在新的思想基座之上，必须重建母神形象及其内涵。母亲以老干娘的形象回归，正是母神信仰重建的象征。

在生态主义和女性主义理论中，女性和自然具有象征性的对应关系：自然被认为是母性的，"是一个友善、关爱的母性供养者形象"[1]；女性则被认为是自然的，"是更契合大地、更为植物性的生物"[2]。这

---

[1] ［美］卡洛琳·麦茜特：《自然之死——妇女、生态和科学革命》，吴国盛等译，吉林人民出版社1999年版，第7页。

[2] ［德］马克斯·舍勒：《资本主义的未来》，罗悌伦等译，生活·读书·新知三联书店1997年版，第89页。

样一种思想在《匪首》中表达得淋漓尽致。母亲被龙王庙村的人称为"斋公婆",不杀生,不食腥荤;会持咒打卦,倾听自然的语言;当她离去时,"背影生气勃勃融入萌绿的山野"……母亲就是自然的象征,荞麦也是,她的名字便是明证。荞麦很像母亲,性情、喜好、神态都像,除了没有母亲身上的神性。母亲象征的是神性的自然,进入文明时代之后便逐渐淡出了人类的视野。荞麦象征的则是文明时代的自然,她没有神性,清纯娴雅,嫁给了蒹之,与文明相伴而行,泰然自若地见证和映衬着后者的疏躁与贪妄。

田中禾让荞麦嫁给了蒹之,但没有让她生下一儿半女,借此表达了对父权制文明的憎恶,对封建主义和资本主义媾和出的官商杂种的憎恶。"那些让她厌恶的被一个男人留在体内的脏污荡涤之后,她感到日子重新变得明净恬淡"。质本洁来还洁去,田中禾太钟爱荞麦了,把她塑造成了真善美的化身,不想让她屈从、依附于任何一个男人,无论粗野凶悍的匪首申,精明阴狠的官商蒹之,还是多情善感的知识精英季之。荞麦也出走过,很快又回到城里,象征着进入文明时代是不可逆转的大势。但这并不意味着父权主义者们的立场就是对的,他们认为女性要接受男性的引领,要通过委身于男性来生存下去。回到城的荞麦开办了缝纫店,自在从容,静水流深。在她面前,留过洋的季之自叹弗如:

> 她不知道标语里的"列强"是什么意思。季之就给她讲,如同当年向她讲圣经里的故事。然而,她一边"哒哒哒"蹬机器,一边说:"外国就强,我们就弱吗?"
>
> "你看呢?"季之说。
>
> "强灭不了弱,弱也灭不了强。"她头也不抬地说,"谁灭谁都枉费心机。"
>
> "是吗?"季之不胜惊讶地说。

《匪首》问世之时，全世界的民族解放运动大体上尘埃落定，小说中荞麦的预言在现实语境中不过是史实而已，似乎不值得大惊小怪。其实不然，直到今天，我们还没有摆脱文化帝国主义理论引发的焦虑，还在为在文化交流中处于弱势地位而耿耿于怀。田中禾不予苟同，他认为中西文化各有所长也各有所短，二者相反相成，没有高下强弱之分，也不会优胜劣汰。①就此而论，荞麦的话仍不失预言的品格，仍有新人耳目、醍醐灌顶之效。

这番"强弱之辩"从会被女性主义奉为人格理想的荞麦口中说出来，其内涵显然不限于中西关系话题领域。在父权制社会里，女性自然是柔弱的一方，这座城是由男性统治的，腥风血雨也是他们掀起来的。然而，无论是面对杀气腾腾的申，还是面对阴鸷冷酷的兼之，荞麦都不逃避，不示弱，不委曲求全，也不针锋相对。她不卑不亢、淡如止水地过着自己的日子，关爱每一个需要关爱的人：孩子，穷人，情路坎坷的季之，虎落平阳的申，以及高处不胜寒的兼之。她承受一切，宽恕一切，怀真抱素，厚德载物，目睹妖魔乱舞、狼奔豕突依然不改对神的敬畏、对人的信念。如同那条曾染满血污的河流，兵灾过后，"河水依然明净，看不见一丝脏污的痕迹"。荞麦的裁缝店也重新开张，她要抚养兼之的孩子，等待再次出走的季之归来。有荞麦在，杨家就有未来，这座城就有未来，我们的文明就有未来。当然，我们希望未来不要重复同样的轮回，希望未来荞麦和季之会引领这座城迎来"人的世道"，希望野兽归笼、妖魔散尽，希望荒城变成由爱主导的永恒之城……

---

① "西方文化进入20世纪愈来愈代表人类的物质文明，而东方文化则更显出其蒙昧质朴的魅力，代表了未被物化的人性。物质文明决不会因为它对人性的异化与践踏而停止前进，人的直觉智慧与宗教意识也将在新的层面上显示出它的不可泯灭。两者永远在人类史上互补，相映而构成丰富多彩的世界。"——田中禾：《说东道西——与季羡林先生商榷》，见《同石斋札记·自然的诗性》，大象出版社2019年版，第210页。

　　说到这里，笔者想插入一个话题，谈谈这部作品的命名：小说最初在期刊发表时名为《城郭》，以单行本出版时应编辑建议改成了《匪首》。其实，《城郭》比《匪首》更适合作为题目，这部小说讲述的是作为文明之象征的"城"的历史，而不是匪首申的个人奋斗史或命运史，他并不比我们分析过的其他四个人物在小说中占有更大的比重。不过，编辑不满意《城郭》是有道理的，这个字眼过于平淡，不能唤起人的阅读期待。但改为《匪首》不仅名不符实，也没有解决问题，带着这个题目唤起的阅读期待进入阅读，我们会盼望申尽快登上舞台中心，如此，我们就会觉得小说进程过于缓慢，而且会因此错过很多举足轻重的情节和象征。笔者以为，《荒城》或《永恒之城》，可以同时避开《城郭》和《匪首》的问题，是这部小说更理想的名字。

　　和《百年孤独》一样，《匪首》具有鲜明而强烈的魔幻色彩。毋庸讳言，我对本土的魔幻现实主义写作颇不以为然，大概与我个人成长的文化语境有关。出生在一个远离城市的北方小村庄，那里没有庙宇、没有祠堂、没有丰富的民俗，也没有一个会讲故事的祖母，上学后又被扼杀了想象力，批判一切为粗糙的唯物主义所不容的奇闻逸事，如此，现实和魔幻不能相容的观念逐渐进入了无意识，以致每每读到熟悉的生活场景中出现魔幻元素时，我便觉得作者矫揉造作、装神弄鬼。当然，我可以欣赏奇幻文学，也可以欣赏鲁尔福和马尔克斯，因为前者没有标举自己是现实，而后者呈现的生活世界我不熟悉。也就是说，我接受借助魔幻折射、隐喻现实，但很难接受在现实中掺入魔幻。阅读《匪首》，我没有任何不适之感，缘于小说开篇就营造了一种奇幻氛围，而文本中所有的魔幻成分也都可以在象征的意义上予以解读。所以，我不愿把《匪首》归入"魔幻现实主义"之列，那是一个不适当的标签，很容易引起误解。

　　不仅仅是魔幻场景和情节，《匪首》整体的质感都不同于我们眼中的现实以及现实主义文学的现实，尽管田中禾花了大量的笔墨去呈现日

常生活以及作为日常生活组成部分的民俗节庆。现实主义文学要求原汁
原味地呈现日常生活，而《匪首》把日常生活做了审美化、风格化的
处理，滤掉了一切缺乏审美属性或具有审美侵犯性的感性元素。18 世
纪的欧洲曾流行透过"克劳德玻璃"——即一个浅色的凸面镜——来
观赏景物，如此，景物便拥有了一种仿佛岁月磨洗过的审美效果。《匪
首》就起到了"克劳德玻璃"的作用，为所有的故事场景蒙上了一层
梦幻的、唯美的色彩，无论遍地狼烟，还是鬼影憧憧，甚至野驴般的申
和形销骨立的大烟女小翠的苟合，也没有"辣眼睛"的感觉，而是光
影迷离，声色流转，丝毫不会给人淫污、粗鄙之感。《匪首》呈现的美
学风格，当下已经成为一种时尚，在电影界备受追捧。

　　上船的时候，月亮如一片透明的水晶石，没有清辉和光轮，坠
在碧蓝碧蓝的西天，昏暗的船舱显得神秘奇妙，在隐约闪烁的水波
上摇曳。他们看见河水在脚下卷起无数道褶皱，荡漾涟漪，摇橹的
声音使两个孩子混混沌沌。

　　也许他们是同时醒来。男孩和女孩突然睁开眼，灿烂的阳光使
河面一片辉煌。河岸浓艳鲜绿，树木和苇林都如刚从水中脱出，披
着令人感动的光泽。女孩探出头，看见在河岸林梢头，一轮红日带
着湿气冉冉升起，和蔼，新鲜，洁净。

　　"哥，看呐！看！"她嚷着。

　　……

　　大约过午以后，船的右方出现一堆黑苍苍的影子，像一片高大
错杂的森林，乌烟瘴气，兀立在天际。母亲指着那幢幢怪影说：
"瞧，那就是城。"船上的人都伸长脖子，向远处眺望。男孩女孩
钻出船舱，瞪大眼睛，看着那堆陌生而玄秘莫测的东西，心里有一
种莫名的惊惶，好像面对一头庞然怪兽。它凝然不动。

阅读引文前半部分时，我联想到了刚看过不久的国产动画电影

《白蛇：缘起》，这部剧情薄弱的电影在音乐和视觉效果的打造上备受好评。后一段，则让我联想到了奇幻电影巨制《指环王》的某些场景。追求自我超越、拒绝趋流入派的田中禾却占风气之先，预示了后世的审美风潮，表明他在《匪首》中进行的"考验虚构能力、张扬幻想的试验"是完全成功的。①

---

① 田中禾：《超级玛莉的历险——〈匪首〉创作札记》，《小说评论》1995年第1期。田中禾的原话是："我想把《匪首》作为考验我虚构能力、张扬幻想的试验品。"

第三章　融会众法 蔚成气象：1995—2009

　　着眼于田中禾的创作追求和实践，代表作这个概念是不适用的，因为他一直在不断突破自己，我们找不出能够代表他全部——甚至某个阶段——创作的作品。但若着眼于影响力，这个概念还是可以用的。第一阶段的代表作是《五月》和《匪首》，分别为他赢得了全国第八届优秀短篇小说奖和河南省第二届优秀文学艺术成果奖。第二阶段的代表作则是1997年结集出版的中短篇小说集《落叶溪》，为他赢得了河南省第三届优秀文学艺术成果奖。这部中短篇小说集在艺术上可谓臻于化境，通过一个孩子的视角娓娓讲述记忆中的故乡，不疾不徐，不亢不伤，涉笔成趣，风致洒落，被香港评论家郑树森称为"转化本土小说成功的范本"[1]。

　　或许正是因为郑树森的评价，田中禾终止了《落叶溪》的创作路向，"我不是要改造本土小说，而是要创造新的小说"[2]。此后，他彻底打破了《落叶溪》的风格，写出了《杀人体验》《不明夜访者》《诺迈德的小说》等作品，名之为"城市神话系列"，每一篇都采用不同形式和技法，异彩纷呈，蔚为大观。田中禾一度认为："这一段不被关注的作品标志着我艺术上的成熟。我相信将来历史会证明这一点。这一组

---

　　① 郑树森：《哭泣的窗户——八十年代中国大陆小说选·序》，台北洪范书店1991年版，第5页。
　　② 苗梅玲、田中禾：《在文本现场自由行走——田中禾访谈录》，《东京文学》2012年第3期。

东西全部是写底层小人物在经济大潮中的生存困境，精神压抑、扭曲的现状。承袭了《五月》的忧患意识，深化了社会对人性的摧残这个主题，对主流文学、主旋律做出了更彻底的背叛。"①

对于田中禾这段话，我们不能太较真。显然，不能在作品对比的意义上解释"成熟"——且不论《匪首》和《落叶溪》，《五月》就已经很成熟了。我更愿意把这段话理解为田中禾的自我肯定：虽然一直致力于突破自己，但"城市神话系列"的诞生，才真正彰显、确证了自己不凡的创造力，此后面对任何标着诸如先锋、现代、后现代等名号的作家，都可以心无芥蒂、哂然一笑了。拥有了绝对的自知和自信，就不再惑于文坛上的各种旌旗变幻，此谓"成熟"。

既然已经变得"成熟"，那就没有必要再继续"实验小说"的创作了，况且，田中禾虽不愿重复自己，但也不喜欢标新立异哗众取宠。所以，之后田中禾慢慢减弱了形式实验的力度，发表了《外祖父的棺材和外祖母的驴子》《1944 年的枣和谷子》《六姑娘的婚事》等多篇形式较为传统、带有家族史意味的中短篇，后来汇成长篇《十七岁》于2010 年发表，开启了创作生涯的又一个高峰。

第一节 《落叶溪》：定格每片落叶的姿彩

田中禾曾经用树叶为人生做喻，"人们总爱说'生命之树'，其实人的生命不是树，人的生命只是一片叶子。人没法选择生在哪棵树哪条枝上，因而人类从来都没有真正的公平竞争。人和自己的命运搏斗，只是在总体的宿命格局里下注。但是，不管命运作何安排，每一个个体生命的人生图像都会呈现出自己的姿彩。正如每片叶子尽管可供选择的时

---

① 苗梅玲、田中禾：《在文本现场自由行走——田中禾访谈录》，《东京文学》2012 年第 3 期。

间、空间和运动方式极其有限，却仍然能够生动活泼、千姿百态。"①
他把自己的笔记体小说集命名为"落叶溪"，大概也与这个隐喻有
关——和故乡一起成为过去的街坊四邻，那些形态各异、多姿多彩的生
命，如片片落叶飘落在记忆的溪流中，田中禾要用文字把他们定格，让
他们成为永恒。

　　同为南阳籍的作家行者指出："读《落叶溪》，心里会有一种轻微
的痛。……那已经逝去的时间，被作者召唤出来，如泣如诉，哀歌般动
人心弦。"② 对此，行者解释说：一方面，时间本就有哀伤的味道，一
切人生经验，即便是"人生和社会中少见的繁华和得意，一旦进入回
忆之中，也会被时间浸出一层淡淡的哀伤，如同新出土的铜器上的锈
蚀"③。另一方面，这种哀伤缘于温婉哀怨、哀而不怒的叙事风格，是
田中禾用饱含深情的文笔营造出来的。笔者以为，除此之外，还有很重
要的一点：故乡的林林总总，那些有型、有趣的人，那些带有人性温
度、富于审美意蕴的风物、民俗，都已经一去不返了。与之相比，当下
的我们变得越来越缺乏趣味和个性，生活变得越来越富足但乏善可陈，
如此，不能不让人感到心痛、哀伤。正如席勒所说，在失去自然、贫庸
俗劣的时代，诗要追慕自然、表现理想，不能不是感伤的。④ 《落叶
溪》把生命曾经的异彩纷呈、千姿百态定格下来，不仅仅是为了缅怀、
悼祭，也是为了给我们提供一面反观自照的镜子，让自命不凡的现代人
看一看自己活成了什么样子！当然，从那些如草芥般平凡的生命存在中
提炼出富于美感的生命形式，需要卓越的眼光和深厚的功力。让我们先

---

　　① 田中禾：《钟摆·树叶·人性的磁极》，见《同石斋札记·自然的诗性》，
大象出版社 2019 年版，第 190~191 页。
　　② 行者：《〈落叶溪〉：哀而不怒的情感取向》，见《读〈同石斋札记〉二
题》，《河南日报》2019 年 11 月 29 日。
　　③ 行者：《〈落叶溪〉：哀而不怒的情感取向》，见《读〈同石斋札记〉二
题》，《河南日报》2019 年 11 月 29 日。
　　④ ［德］席勒：《审美教育书简》，张玉能译，译林出版社 2009 年版，第
165~166 页。

从那些令人捧腹叫绝的人和事谈起。

绝人绝事：生命的欢谑和惊艳

我们生活在一个无趣的时代。是的，我们追捧喜剧电影，特别是无厘头风格的电影，诸如"疯狂的××"、"××也疯狂"之类总有良好的市场回报；我们沉迷于"段子文化"，"段子手"是当下人们最引以为豪的标签之一；我们盯着快手、抖音、火山小视频之类的 APP 笑得前仰后合，不断有人因为搞怪走红网络……这些并不表明我们有趣味，不表明这个世界有趣，恰恰相反，正是因为世界无趣，我们才会向无厘头电影、恶搞小视频寻求刺激，以催发出喧噪、空虚的笑声，填充、粉饰苍白的生活。但这样做我们不会变得有趣，还会变得恶俗。那些搞笑搞怪的人也不是有趣味的人，他们或者无聊，或者是在营销自己。什么是趣味？怎样才有趣？

"趣"关联着笑声，但能带来笑声的并不一定就有趣，我们当下的搞笑大多无趣。梁启超指出："趣是生命能量的富有，是生活的朝气与灵机。"① 可谓不刊之论。中国古典诗学崇尚"趣"，风趣、意趣、谐趣、雅趣……本质上是崇尚生命的活力、智慧、灵动和创造性。

《牌坊街三绝》中就讲述三个有趣的人：印版马老六、鬼影儿谢国平和宝贝布袋余木锁。这三个人，都是富有生命能量的个体，人人身怀绝技。马老六是造假高手，仿制诸如字画、钞票、粮票等物，足以以假乱真。谢国平有着惊人的观察力和理解力，他知道牌坊街人的一切隐私，谁的小算盘、小动作也瞒不过他的眼睛。余木锁的脑袋是一个大容量的存储器，能够随时调出牌坊街发生的一切事情，包括哪年哪月哪天谁认谁做干亲、何时何地谁和谁打架被学校处分这些鸡零狗碎，让人叹为观止。这三个人并不搞笑，但他们有趣。因为，他们培养绝技不是为了获利，也不用于获利。

---

① 梁启超：《梁任公学术演讲集·第三辑》，商务印书馆 1913 年版，第 2 页。

比如，马老六本可利用自己的手艺大发其财，他不干，说"人不能糟蹋自己喜欢的活儿"，却经常为别人伪造字画、文书甚至钞票，而且活越危险越喜欢接。他给逃亡的余木锁伪造"革命委员会"的介绍信、公章、粮票、布票，为此坐了好几年牢，不但不后悔，反而引以为豪。谢国平知道这件事，也没有利用这个信息把自己从"革命专政"下解放出来，一再被逼问才被迫吐露真相。那么，他"鬼影儿"一样去侦听、搜罗这些信息有什么用？什么用也没有，和马老六造假一样，纯粹是个人爱好！

有人会说，这些人真闲，真无聊！——大错特错！生命只有在"闲"处，才能拥抱自由、挥洒灵性。认为做什么都要有用，才是真正的无聊。实干家让人尊敬，艺术家才有趣，因为后者干的是无关衣食生计的活计。所以，康德把"无功利"视为审美发生的标志，而"趣味"本身也是一个美学范畴。在这个意义上，马老六他们出于兴趣而非功利目的，把一项技能操练到炉火纯青、神乎其神的境地，也是一种另类的"艺术家"。为了生存殚精竭虑，是生命的悲哀，是羸弱和匮乏的表征。超越生存局限，任情恣性，玩出精彩，才是生命之充盈、自由的体现。田中禾在小说结尾感叹道：

> 现在，印版马老六、鬼影儿谢国平、宝贝布袋余木锁都死过十几年了，好久没回故乡，不知牌坊街新的"三绝"该是谁？轮到我们这一代，我有点茫然，我们的幽默与趣味是日渐衰微了，这都是现代物质文明异化的后果吧？真可怕。

呱哒（《呱哒》）则是一个既搞笑又有趣的人。他是个剃头匠，没有任何产业，与一副剃头挑子为伴，是牌坊街第一擅长"骂玩笑"的人，喜欢骂人也喜欢被骂，把正经事当玩笑看，也当玩笑说，从不与人结仇，一生嘻嘻哈哈。呱哒很受欢迎，他做人干净，不慕钱财，不恶荣达，与人为善，知恩图报，当然，最重要的，是总能带来欢笑。在生病离世的前几天，与他"打浑家"①、情深意笃的欧阳二奶奶先一步死了，他也没有板起脸来。

> 呱哒挟着一领秫秆箔向井台走。母亲说："呱哒，你妈死了，你可要尽孝呀！"
>
> 呱哒说："你当孙女的，也不来哭两声。"
>
> 几天以后呱哒就死了。欧阳家的孩子没回来，街坊邻居都到了。老辈人在灵前骂他。母亲说："这样，呱哒就走得高兴。"

按照巴赫金的狂欢诗学，呱哒是个典型的狂欢化形象，像狂欢节上的小丑一样，到处插科打诨，打情骂俏。他的语言也是典型的狂欢节语言，戏弄、贬低、亵渎，特别喜欢使用与肉体尤其是性有关的狎昵字眼。这不是低俗吗？若是带有恨意和攻击性，那就是低俗。但呱哒没有攻击性，他只是在"骂玩笑"，借此表达善意和亲密，那就不能界定为低俗，只能界定为笑谑。巴赫金指出："民间的笑谑从来离不开物质和肉体的下部。笑谑就是鄙俗化和物质化。"② 与肉体和性难解难分的笑谑语言是建立在民间笑谑文化的人体观念之上的，与把人体看作私人、封闭、自我表现、不可侵犯的现代人体观念不同，民间笑谑文化观念中的人体是非现成的、开放的、物质的、宇宙的，代表着具备一切元素的整个的物质和肉体世界。"人们是通过自己的身体，在人体极端物质的活动和机能即饮食、分泌和排泄及性生活行为中，掌握和感觉物质宇宙及其元素的，他们正是在自己身上找到了那些东西，并且仿佛是在自己肉体内部由内而外地触摸着土地、海洋、空气、火以及全世界的物质及

---

① 即同居，没有夫妻名分地搭伴过日子，多是单身男方到已婚丧偶的女方家中。女方不用改嫁，不失节妇名分，男方则免去勾引寡妇的恶名，

② ［苏联］巴赫金：《巴赫金集》，张杰编选，上海远东出版社1998年版，第150页。

其所有表现形态，并以此来掌握它。"① 如此，貌似消遣、贬低对方的"骂玩笑"，并没有道德和人格上的贬损意味，而是蕴涵了一种巴赫金意义上的"狂欢节的真理"，一种我们已遗忘了的世界观：生命与物质世界密不可分交织在一起，不断生成，包罗万象，丰饶而欢欣。人们为呱哒哄堂大笑的时候，彼此之间是没有隔阂的，一起在笑声中释放生命的激情和欢欣。

笑谑语言的效果当然是笑，在巴赫金看来，这种笑是强大的表现，是胜利的姿态；这种笑消解严肃，消解恐惧，消解沉重。的确如此，呱哒是一个强者。他没有亲人，没有财产，没有固定住处，没有生活保障，但却活得轻松快活，从不愁眉苦脸。反观我们，忧心忡忡，营营役役，无休止地谋取名利，挖空心思地经营人脉，构筑起重重防线，却依然没有安全感，何其怯弱！相比笑对生活，笑对死亡更显强大，也更符合狂欢精神。在对待个体的死亡上，巴赫金的狂欢诗学和尼采的生命美学殊途同归，都着眼于生命的前赴后继、生生不息，把个体的死亡看作恢弘壮丽的生命乐章的组成部分，认为个体的悲剧乃是世界的喜剧。如此，笑骂着送心上人离开、自己又在笑骂声中离开的呱哒，可以说是永远昂扬、永远欢腾的生命意志的化身，是狂欢精神的最好诠释。

牌坊街长于"骂玩笑"的不止一个担剃头挑子的呱哒，还有家底殷厚、名列五大绅士的冉五伯（《书铺冉》），因家道中落而沦落为讼棍的霍八爷（《霍八爷》）。前者富而不骄、仁义谦和，后者才华横溢、落拓不羁，虽性格、境况迥异，但都是至情至性之人，不为钱财迷心窍，谑浪笑傲真名士，和呱哒加一块也算是"三绝"。田中禾在《牌坊街三绝》中说，"三绝"的版本有很多，除此之外还有"四大格整""四大枯乌""四大正经""四大浪""五大赖"……这些都是个性鲜明的生命，都是有趣的个体。我们习惯于自以为是地嘲笑他们的滑稽、怪

---

① ［苏联］巴赫金：《巴赫金集》，张杰编选，上海远东出版社1998年版，第390页。

诞，可世界上如果没有了他们，只剩下我们这些沉稳持重的"聪明人"，该是多么单调无聊！

还有一些个体，倔强偏激，让人叹惋，也让人敬佩。比如，任侠使气、嫉恶如仇的鲁气三（《鲁气三》），不惧政治高压、示好牛鬼蛇神的于表舅（《投河》）。二人有个共同之处，对男女私情深恶痛绝，结果，他们都因自己或孩子触犯了这一戒条而选择自尽，前者上吊，后者投河。再比如，那个大义灭亲、在划成分时揭发父亲隐瞒土地的吕连生（《吕连生》），叙述者用"驴脸"的绰号表达了对他的厌恶，但又不得不承认，这个酸秀才学识渊博、极有品位，他自创的那些酒令和牌枚，巧妙地融入了文化典故，妙趣横生、极尽风雅。这些人的生命形式虽然受到了某种畸态文化的塑造，带有一定程度的僵硬刻板，不像自由生长的呱哒和马老六那样灵透而自然，但也是有底蕴、有特征的，体现了生命的力量和尊严。而当下的我们，被动或主动地接受金钱和权力的揉捏，有知识但无人格，没有信仰也没有原则，情感形式和生命形式都处于解体状态，从生命美学的角度来看，无异于一种退化。

劫而弥坚：生命的强度与韧性

初读《落叶溪》，《马粪李村》是让我过目不忘的一篇。尽管之前知道有些农村过去有械斗的传统，但这篇小说中讲述的"打孽"还是让我目瞪心骇，其野蛮和残忍程度简直令人发指：为了争夺一点滩地，马粪李村与河那边的村子结下了世仇，装备上快枪后，对抗升级，村子一百多口老老少少居然被屠戮殆尽！

更令我震撼的，是小说的主人公，那个叫犁面的女人。她是"我"的干娘，一次次被"打孽"夺去亲人，却始终斗志昂扬，从不反思"打孽"是否值得，即便在屠村事件发生之后：

> "他们可瞎了眼，打错了算盘。以为马粪李再不冒烟儿了。"
> 她缓慢沉静地说，"没看见我站在粪坑里，脸上抹了牛屎，头上顶

着烂草。"

"你打算怎么办呢?"母亲说。

"不怎么办。"她说,"我领一群孩子回去。让他们看,马粪李照样冒烟儿。"

这个风风火火、性感热辣的女人,之后到处流浪。她兑现了自己的话,二十年后,马粪李村还在,屋舍俨然,炊烟袅袅。"打孽"的传统也还在,只是时代变了,"村跟村不打,户跟户打"。犁面还活着,人们唤她"油匠奶",对于这个村子来说,她就是"创世母神"般的存在。

尼采宣称,世界不断创造和毁灭个体的现象乃是"意志在其永远洋溢的快乐中借以自娱的一种审美游戏"①。生命意志如此地多产、充盈、过剩,所以才不断地将自己创造的个体毁灭掉,再重新创造出来,就像一个精力过剩的小孩在沙滩上不断堆起一个个城堡再亲手推倒。《马粪李村》完美契合了尼采的上述观点,先是通过油坊场景呈现生命的旺盛壮健:

一盏昏黄的灯照着一群赤裸裸的小伙子,浑身上下一丝不挂,像鬼怪一样龇着牙笑。"林林没见过打油。"犁面干娘说,"让他们看看。"那几个一模一样似的裸体男人和蔼可亲地逗着我说:"脱!这里边不准穿衣服。"我和二哥背靠门帘向后退缩。"看吧,看!"犁面的男人抱着空中悬着的一根粗大的木柱喊:"悠起来么——""嗨哟!嗨哟!""炒熟的鸡巴呀——""鸡巴!芝麻!""热溜溜呀——""流啊流!流啊流!"……房外听到的乒乓声变为惊天动地的碰撞,随着号子有节奏地打在油砧上,房顶、四壁和脚下的土地一下一下震颤,我的眼睛也随这沉闷的声音眨巴,终于受不了热

① [德]尼采:《悲剧的诞生——尼采美学文选》,周国平译,上海人民出版社2009年版,第182页。

烘烘的吓人的声音，与二哥携着手逃出去。

然后，在犁面和那些村人身上，我们又看到了生命意志的盲目，无意义地毁灭、繁衍、再毁灭……我们感到悲哀，但又感到振奋：无论遭遇怎样的毁灭，生命还是会延续下去，生生不息，历万劫而永存！

《马粪李村》呈现的是一种原始的、野性的生命力量，《石榴姐妹》《马氏兄弟》则告诉我们，这种力量经过文化、智慧的冶炼，会铸就怎样超拔的人格。石榴姐妹天生丽质，本就易招是非，加上出身不好，在那个妖魔横行的年代，处境自然极为艰险。姐姐惠丹炜的风流之名，或许不是空穴来风，但对她来说，所谓风流史都是屈辱史，面对权力的霸凌，她无从招架，只得就范。但即便这样，还是被开除了公职。

我从没看见过丹炜愁眉苦脸，也没见她掉过眼泪。岁月十年十年地流逝。她在结束了两年辉耀县城的生活之后，成为牌坊街自古至今传衍不息的无业市民的一员，像任何一个市民那样为生计而东抓西挠。然而无论怎样卑贱琐碎的活，她一干，就被人们赋予高雅的感觉，成为赞叹的话题。她像永不倒架的贵族似的依然生气勃勃，富于浪漫情调，对形形色色的流言毫不在乎。

马家兄弟也是如此。这家人敢于与命相争，买了一座风水不好的院落，先是开织袜作坊，后又不断尝试其他生意，兜兜转转几经折腾后，终于紫气东来，三兄弟都有了令人艳羡的公职，登上人生高处。然而，半年之内，又都多米诺骨牌似的倒了下去。大起大落很伤人的，但马家兄弟面不改色。

他们回到老君庙街，不像别人从外边回来那样满面晦气，狼狈不堪，一副落魄相。一个个穿着整齐，神态自若，到街道治保主任

木锁那儿，没有一丝自惭形秽、委琐不堪的样子，微笑着说："木
锁，往后归你管了。"……

惠丹炜和马家兄弟的风范，正是田中禾本人的写照——"天行健，君
子以自强不息。"中国古典哲学，就是一种生命哲学，[①]"天地之大德
曰生""生生之谓易"，"贵生"——珍爱生命、佑护生命、促进生命繁
荣昌盛——是中国古典哲学的主旋律之一。就此而论，与尼采的生命哲
学异曲同工。不过，尼采是一个男权主义者，其"酒神""超人"都带
有男性色彩，他鼓吹生命的至刚至强，"生命意志"又被他叫做"强力
意志""权力意志"。而中国古典哲学具有浓郁的母性气质，主张生命
以"柔""弱""下"的姿态保存、壮大自己，所谓"至刚则折，致柔
则无损""天下之至柔，驰骋天下之至坚""大者宜为下"等。这里，
"柔""弱"并非"刚""强"的对立面，而是"刚""强"的另一种
表现形式，我们常说的"大丈夫能屈能伸"就是这个意思。不过，这
句俗语在男权主义语境下常常被庸俗化为一种权变之道，大丈夫之名常
常被变色龙之流僭用。惠丹炜和马家兄弟向我们诠释了真正的大丈夫是
什么样子的：无论荣达还是困厄，都不失生命的尊严和高贵，宠辱不
惊，顺逆如常，永远向往春天，永远朝气蓬勃。

知之非艰，行之惟艰。置身于残酷的生存场域中，保持尊严和高贵
谈何容易，要承受巨大的压力，有时还要付出惨重的代价。惠丹炜如
此，惠丹熠也是如此。为了生存下去，后者不惜上演"割肉还亲"的
戏码来掩人耳目：从小腿上切下一片肉还给母亲，以示两不相欠、恩断
义绝。"像亢奋的奔马一样不顾水火，一往无前地拖着爱妻娇子的大车
碾过生活的沼泽"的马家兄弟，在申请政治平反的关头也终于扛不住
焦虑的折磨，露出身心交瘁的疲态，衣着邋遢，须发蓬乱。当然，结局

① 蒙培元：《人与自然——中国哲学生态观》，人民出版社 2004 年版，第 5
页。

是美好的，也是必然的，丹熠的"苦肉计"保住了自己的婚姻，所以才有了母慈女孝的下文——"丹熠的丈夫已经离休，专门在家照料家务，侍候岳母。"（着重号为笔者所加）马家也重振门庭，尤其是马世俊和惠丹炜这对在患难中结为连理的才子佳人，先到宛府，后调省城，收获了完美的爱情和人生。

但不是每个人都能跑到终点，马世英突然病故，没能等到平反通知。这不重要，他永不放弃的奔跑已经为自己赢得了尊严。不止马世英，花表婶、米汤姑、画匠李、黄秋雅……这些平凡的小人物，都在生活和命运的摧残下勉力前行，活得挣扎，死得悲凉，单篇读来很是让人心酸。但一篇篇连续读过来，便会渐渐升腾出一种崇高的力量：无论历经多少苦难，生命本身都不会枯萎，前赴后继，劫而弥坚，汇成奔腾不息的生命长河……

天人之际：仪式与栖居

《落叶溪》向我们呈现了大量的民俗文化事项，田中禾对此非常珍视，他就自己这部集子评价道："如果说《落叶溪》还有鉴赏价值的话，主要在语言意境和民俗文化趣味上。"[1]

用"趣味"这个字眼有点轻描淡写了。民俗文化承载的意义，关涉我们生命存在最深沉的层面。随着民俗文化的消亡，我们损失的绝不仅仅是一种趣味，还有生命与存在的深度。

我们走出自然，创建了文明，拥有了越来越强的支配和改造自然的能力，并按自己的需要和尺度构建起了意义和价值体系，但我们并没有完全脱离自然，自然不仅为我们提供赖以生存的物质和能量，还依然——并将永远——是我们生命情感和存在意义的源头与归宿。荣格指出："所有的文明人，不管他们的意识发展如何，在心灵深处他们依然

---

[1]　田中禾：《就〈落叶溪〉笔记小说答朋友问》，见《同石斋札记·落叶溪》，大象出版社 2019 年版，第 379 页。

是古代人。"①古代人心灵中的那些神灵鬼怪和他们崇信的巫法杂术，在荣格眼中并非人类心智不成熟时期想象出来的幼稚可笑之物，而是植根于人类族群的原始智慧——或者说是先天智慧——运作的产物。这些诡奇怪诞的象征性意象和仪式通过处理人类面临的种种"典型情势"，构建起充满意义和秩序的生存世界，并蕴含了人与自然之间深沉而隐秘的精神交流。随着理性和科学的发展，它们被放逐、压抑成为一种"集体无意识"，我们也失去了与自然进行生命交流的相应渠道。荣格说我们心灵深处依然是古代人，意指我们依然要面对古代人所面对的种种"典型情势"，依然需要"集体无意识"的智慧。田中禾在《鬼节》结尾处的感慨与荣格不谋而合：

> 河从北向南，弯弯地绕过城西。那灯火就从我眼前缓缓旋转着远去，明明灭灭地消失在无尽的黑暗里。我望着南天，久久遐想，不知道河的尽头是一个什么世界。我想，那里也许是鬼的乐园、人的归宿吧？因而也感到一种欣慰。原来这么糟乱的人世竟有那么一个宽阔、恬静、安宁的世界。鬼们都可以得到一盏美丽的灯。这样站在夜的码头上，我便原谅了曹佛爷——人家都说他每每贪污鬼节的募捐。

田中禾当然知道鬼的世界不是客观存在，但这并不妨碍他"相信"有那么一个宽阔、恬静、安宁的世界，因为这一代代相传的说法包含了给人以情感慰藉的"终极关怀"！荣格承认，那些象征性的意象和仪式经不起理性的批驳，"你一定不能让你的理性与它交锋。……如果你让它保持原生态，保持它世代相传的那个样子，那它就是真实的；但是如果你将它理性化，它就完全虚假了，因为这样你就把它置于和理智交锋

---

① ［瑞士］卡尔·古斯塔夫·荣格：《文明的变迁》，周朗、石小竹译，国际文化出版公司2011年版，第38页。

的平台之上，而无法理解这种秘密了"①。他劝导世人，去感受那些意象，去参与那些仪式，你的心灵就会从中受益，是否理解并不重要，因为它们表达了人类最基本、最重要的心理情境，不合乎理性并不意味着它们是虚妄的、无意义的。说到底，我们的心灵并非完全是由理性统摄的，② 对理性的崇尚和追求只是限于意识层面，无意识则是非理性的深渊，而后者决定了生命的深度，决定了心灵是"猜不透的谜语"③。

《鬼节》在讲述游街、送灯等民俗仪式时，穿插了几个关于鬼神的传说，有早年的，也有近年的。田中禾没有让我们相信这些传说的意向，也不做任何求真证伪的思辨，他只是将故事娓娓讲述出来，或凄恻动人，或惊悚可怖，但都对心灵有一种不可思议的魔力。这些传说是事实吗？邵老大真的经常舍饭给游荡的女鬼吗？于老大真的靠和鬼魂赌钱发的家吗？我们无法相信。如荣格所说，它们经不起和理性的交锋。那么，是没有任何依据的胡编乱造吗？

《缠河》好像暗示我们，灵异事件或许真的存在。这篇作品讲述了"我"小时候坐马车过河时被老乞婆的鬼魂纠缠的故事，尽管田中禾坦言《落叶溪》的很多故事和人物都是虚构的，"我"也可能是虚构出来的人物，但笔者还是愿意相信这一篇讲述的是田中禾小时候亲历的事件。过去我在农村生活的时候，也经常听熟悉的人绘声绘色地讲述类似的故事，没有理由怀疑他们在说谎，而且，科学界也承认存在一些目前无法解释的灵异现象④。但即便如此，笔者也无法想象鬼魂是客观存在的。我们姑且还是采取荣格的说法，自然之"魅"其实是心理之

① ［瑞士］卡尔·古斯塔夫·荣格：《象征生活》，储昭华、王世鹏译，国际文化出版公司 2011 年版，第 212 页。

② 幸好如此，不然我们的心灵就可以用逻辑程序进行编译了，那将是多么的贫乏和令人绝望！

③ 田中禾：《回答所罗门——我的哲学作业》，见《同石斋札记·自然的诗性》，大象出版社 2019 年版，第 110 页。

④ ［美］大卫·格里芬：《后现代科学：科学魅力的再现》，马季方译，中央编译出版社 2004 年版，第 178 页。

"魅"，它们不是物质意义上的客观存在，而是一种集体无意识心理的创造物，但我们并不能因此将其祛除，因为对于我们的生命存在来说，非实在之物和实在之物同样重要，我们从来就不是只靠面包生活的。比如，在别人眼中荒诞无稽的梦想，对于梦想者本人来说就是真实的，他的一生都可能受其引领并从中受益。像鬼魂之类的自然之"魅"亦当作如是观，虽经不起理性和科学的检验，但我们也不能将其视为谎言妄语而嗤之以鼻。田中禾在《鬼节》中写到：

> ……船上隐隐传来锣鼓声（这是惊醒鬼魂来取灯），河里的灯也多起来。远远近近，点点行行。那时候，我觉得河水宽阔无边，黑暗中大地失去轮廓，山野化为淡灰一片，周围是无边无际的神秘，人世似乎已经不存在。每盏小灯像一个游魂，在隐约间飘飘荡荡。我感到毛发悚竖，心里涌动着博大的怜悯和感动，在不知不觉中流下泪来。

我们也会受到作者情感的引领，肃然于那些庄重的仪式，耽惑于那些悲悚的传说，对神秘浩渺的天地、劫数重重的轮回产生一种宗教般的敬畏，一种"博大的怜悯和感动"。当我们如此看待这个世界时，我们的命运与世界的命运就有了联结，我们的存在就成了一种"栖居"。

"栖居"是海德格尔后期提出的重要范畴，意指一种"本真的存在"，如今已经成了一个出现频率很高的大众化字眼。随着文化产业和生活美学的大行其道，人们用栖居来形容一种休闲的、有情趣的日常生活方式和生活状态。其实，真正的栖居，即海德格尔意义上的栖居，并不是一种日常状态，而是在特定情境下才会出现的状态；因为日常生活倾向于"遮蔽"存在，我们只有在进行旨在"去蔽"的"运思"活动时，才能返归本真的存在，才能处于一种栖居状态。诗意地栖居、本真的存在，大抵都是指人与天、地、诸神形成一种血脉相连、亲密无间的因缘整体关系。除了"运思"，参加宗教仪式也是栖居的方式之一，因为在宗教仪式中，天、地、神、人都被召唤、聚集在一起，海德格尔称之为"四重整体"，"终有一死的人通过栖居而在四重整体中存在"①。

中国民俗文化的精神内核是敬天法祖，几乎所有民俗文化事项都能召唤出海德格尔所说的"四重整体"。民俗节庆活动自不必说，通常都有祭拜天地鬼神、祈祷风调雨顺的内容；那些民风民俗、民间玩物，也构筑起我们与自然展开生命和情感交流的桥梁。比如，《落叶溪》中出现最多的"斗鹌鹑"。鹌鹑是野物，你必须到野地里去逮，这就要把握好时令、利用好地形，并且要凝神静心、心无旁骛。"把鹌鹑"（即训练鹌鹑）更是大有学问，你必须懂得判断鹌鹑的体型，花大心思琢磨鹌鹑的天性，一切以鹌鹑为中心，遵从自然的造化，"把"的过程其实就是与鹌鹑展开生命的交流与交锋的过程。斗鹌鹑和赌博一样要下赌注、分输赢，但赌博唯一在乎的就是输赢，而斗鹌鹑不同，从逮到把的整个过程都充满乐趣，这种乐趣是一种"天人合一"的乐趣，海德格尔称之为"映射游戏"——人与天地诸神的映射游戏中，栖居得以发生。

斗鹌鹑彻底断种了，民俗文化也趋于断绝。当然，我们保留了一些民俗表演，也修缮了一些古镇，但这些商业化的表演和场所如同没有生命的标本一样，不再给我们生命的感动，不再召唤"天地神人四重整体"。民俗表演拙劣而喧噪，古镇只是用来拍照的处所。伴随着民俗文化的消亡，我们也失去了栖居的路径。好在，我们还有文学。跟随着《落叶溪》中的那个孩子，我们在城隍庙祭拜祖师（《画匠李》）、在祠堂聆听天地呢喃（《祠堂印象》）、在码头上放灯祭奠游魂（《鬼节》）……海德格尔有句著名的格言，"语言是存在的家"②，他主张的栖居本质上是在语言中栖居，唯一能承担这一使命的语言是诗，诗乃

① ［德］海德格尔：《海德格尔选集·下》，孙周兴编选，上海三联出版社1996年版，第1193页。

② ［德］海德格尔：《路标》，孙周兴译，商务印书馆2009年版，第392页。

关于存在之"道说"①。《落叶溪》无疑具有这种诗的品质。

世事如谜：此情可待成追忆

　　此前我们关于《落叶溪》的探讨，都是从生命美学的角度展开的。基于生命美学的写作，要超越理性与道德，因为它们之间并不总是那么合契：理性和道德有时能增进生命之美，故而有"理性美""知性美"和"美德"的概念；有时则不然，理性和道德要设定规则，限制生命的自由伸展，而本真的生命之美恰恰是一种自由之美、灵性之美。田中禾深谙于此，说写作要提防"因理性干预而理念化"②，又说"不要让忧患意识拘泥了情感和视野……用超越的态度去写苦难，苦难才能呈现出更深刻的意义。如果审美是第一性的，我们就应当在苦难中发现美"③。《落叶溪》的创作，秉持的正是这一创作立场：超越道德批判，讲述生命故事。

　　《绿门》是田中禾很喜欢的一篇作品，被收到他的各种选本中，既有意境又能引发美学之思。绿色的门本就不常见，门口还不合世俗地种着一棵大桑树（桑、丧谐音），而且，隐藏在早已颓败的意大利教堂的阴影里，到那儿去要走过深深曲巷……这一切都吸引着"我"，每每爬上树向里窥探，觉得住在里面的那个女人的身世一定不简单，一定会有一些不同寻常的事情发生。但"我"的整个少年时代，都没有等到期待的故事发生。十五年后，"我"在外经历了不少故事重返故里的时候，绿门、桑树、房子、记忆中的女人都没有了，这里成了一个荒园。向挖硝土的老人打听，对方口气平淡至极，似乎里面曾住的就是个普通

---

①　［德］海德格尔：《在通向语言的途中》，孙周兴译，商务印书馆 2004 年版，第 7 页。

②　田中禾：《超级玛莉的历险——〈匪首〉创作札记》，《小说评论》1995年第 1 期。

③　李勇、田中禾：《在人性的困境中发现价值与美——田中禾访谈录》，《小说评论》2012 年第 2 期。

女人。

颓败的教堂、深深曲巷、绿门、桑树、旧式厢房、落地木隔板墙、雕花格子长窗、碎砖铺成的甬路、晒粪饼的中年女人……这幅画面很是符合欧洲 18 世纪"如画性美学"的美学趣味，后者欣赏的正是这种能显示出时间流逝的、陈旧雕敝的景观。① 作家行者认为时间有哀伤的味道，表达的其实就是如画性美学的审美趣味。不过，准确地说，这种哀伤的味道并不是来自时间，而是来自人这样一种生命存在。海德格尔告诉我们，并不存在脱离"此在"（即人的存在）的普遍的时间，或者说是客观的时间，时间与此在是二而一的，时间就是此在，此在就是时间。②时间之所以有哀伤的味道，是因为浸泡了生命的故事。绿门里肯定有故事，或许不那么传奇，但一定哀婉动人。因为，没有故事的人，是没有吸引力的，这样的人比比皆是，到大街上看看那些目光涣散、毫无特征的面孔，你就会明白这一点（至于那些眼神浮动、拿腔作势的家伙，他的经历配不上故事二字，你是不会有兴趣去了解的。）绿门中的女人肯定是有故事的，是那些故事铸就了她优雅随和的气质，"我"显然被她深深吸引了。

> 也许，绿门里压根就没有故事。

田中禾在小说最后写下这句话，可能是出于对"我"的慰藉，也可能是认真的——孩子的心灵往往充满了对世界的过度想象和渴望。他在《第一任续姐》中写到：

---

① 杨文臣：《环境美学与美学重构》，北京大学出版社 2019 年版，第 3~5 页。

② "在其最极端的存在可能性中被把握的此在就是时间本身"，"时间就是此在……此在就是时间，时间是时间性的。（更应该说，）此在不是时间，而是时间性。"——［德］海德格尔：《海德格尔选集·上》，孙周兴编选，上海三联出版社 1996 年版，第 19、24 页。

人一长大，便发现儿时的童话氛围原不过是烦琐纠缠的世俗日子。那时，便奇怪为什么总是对世俗中平凡活着的人寄予过分执著的期望，那般认真、自信，不可动摇，认为世上每个人都有一个不与别人雷同的传奇，愈平淡的人，愈深藏着，因而愈有神秘与光热。

《绿门》中的"我"期待的或许就是"一个不与别人雷同的传奇"，在这个意义上，绿门里压根就没有故事，那个女人在挖硝土的老人口中只是"兰云的妈"。

个体与环境对抗，若能最终战胜环境，或冲撞出耀眼的火花，我们称之为传奇。传奇之为传奇，在于这样的案例少之又少，需要命运的格外青睐。绝大多数时候，个体战胜不了环境，只能悲壮地沉沦。

人生多么脆弱、短暂，像午间打一个盹，就老了。仿佛小时候在水塘上撒瓦片，没怎么撒出花样，瓦片就沉下去，再不闪闪发光地跳过明艳的水面。（《第一任续姐》）

这种情况，虽成不了传奇，但不失为故事。有句很受推崇的话说，幸福的人生千篇一律，不幸的人生各不相同。我们可以套用一下，和成功的传奇人物相比，这些失败的故事主角的心灵世界更为复杂，无奈、屈辱、彷徨、不甘、进退维谷、委曲求全……而这一切，或不能为人道起，或不足为人道起，于是慢慢沉入记忆的深潭，最终无从打捞。不过，时光会抹平成功与失败的落差，滤掉曾经的挣扎与不堪，将烦琐纠缠的岁月谱成一首悠远的歌谣，慰藉拼尽全力却不得所愿的人生。

比如，"我"那两个仪态万方的续姐——"我"姐姐去世后姐夫吕连生先后另娶的两个妻子，第一个是书君（《第一任续姐》），第二个是殷慧梅（《二度梅》）。她俩都有点惊世骇俗，前者冒犯人们的道德情感，后者则超越了理性的解释。

书君离了两次婚，第一次离开政治上栽了跟头的吕连生，嫁给如日中天的张世和，"我"无从知道她是势利，还是无奈地屈从。不久以后，她又嫁给了邱永祥，其中曲折"我"全然不知，但隐约感到并非出于她的意愿。两次婚姻，耗掉了青春，爱与恨、对与错、忠诚与背叛，都不再重要。相比书君，母亲和"我"都更喜欢美丽高贵的慧梅。"我真不明白殷慧梅为什么要找这么个货色"，在吕连生接受劳改、落魄潦倒的时候，慧梅义无反顾地爱上了他，爱得轰轰烈烈，那种全心付出的姿态简直让人感到有点卑躬屈膝。然而，意想不到的是，几年之后，她也离开了吕连生。

> 那时城里到处将墙壁抹成一块一块红漆铺底的语录牌。有个身份不明的人，日日坐在桌椅叠起的木架上写字，穿着破旧的蓝布工作服，眯着眼，消瘦而晦气。慧梅就嫁给他，跟他一起下湖北。写字，画墙壁，布置橱窗。
>
> 二哥说："她这个人，从小就喜欢神话。"

"我"不知道书君姐两次离婚背后的故事，不知道她承受了怎样的心灵风暴；"我"也不理解殷慧梅为什么会爱上吕连生，不理解那般轰轰烈烈的爱怎么会突然转移到另一个人身上。或许，慧梅也无法解释自己的选择；而书君，回首往事时也会惊惑于自己当年那种决绝的做派。世事如谜！

《落叶溪》中讲述的故事，都不那么透明。我们难以想象世间怎会有花表婶那样深情又善良的女子，她吞下了多少委屈和泪水，和那个负心忘义的冤家纠缠一辈子，她活得是否值得？(《花表婶》)我们也不知道头被挂在城墙上示众的李三的真实面目，一个冷酷无情的土匪，还是一个落拓不羁的义士？(《人头李》)八姨和七姨这对亲姐妹何以竟刀枪相向，只是因为无法偿补的情债吗？(《八姨》)裕兴盛里发生了什么，变戏法的关头儿为什么要回来？(《夹竹桃》)马老六的石印馆里，两个太太和两个伙计之间怎样激荡出了情感波澜？（《石印馆》）……

所有这一切，我们不知道，有的当事人恐怕也不甚了了。即便知道个大概，也无法用理性加以解释，无法作出恰切的道德评判。在《石印馆》中，牌坊街的人称赞宝山是条汉子，像关云长一样守护掌柜妻室，可他辜负了小咩的深情；长有则和洋马假戏真做，坏了洋马的名声，可那个名声，似乎并不那么值得维护。我们可以指责八姨丧尽天伦，但即便她能听到我们的指责也不会改弦易辙，出身名门上过洋学的她很清楚自己在做什么。同样，恨花表姊不争、没有女权意识，也没有什么意义，她听不进你的劝导。情之所起，一往而深，无论是理性还是道德，都无法控制情感的力量。——也幸好如此，如果所有个体都循理守分、中规中矩，这个世界该有多么的乏味和无聊！

《落叶溪》中的大多数人，诸如书君、慧梅、花表姐等，都承受着命运的捉弄和伤害，不仅没有活成别人眼中的传奇，也没有活成自己心中的理想。《绿门》中的那个女人想必也是这样，消融掉生命的棱角，把怨愤和不甘隐忍成云淡风轻的日子。不过，她们都是有故事的人，有深情就有故事，有故事就有魅力。如此，我们可以超越单篇作品，把"绿门"看作贯穿整部《落叶溪》的一个象征：每个人都是一个院落，都有两扇绿门，我们推开门，可以看到一些景观，但看不到全部，"任何故事都不曾发生似的，却又发生着无穷无尽的故事"（《兰云》）。作家就是那个孩子，推开一扇扇隐蔽的绿门，引领我们看到各不相同的人生风景。直到有一天，院落倾颓，绿门朽溃，一切灰飞烟灭，那些看到的风景还留在我们的记忆中，引我们追忆凭吊、神游梦往。

第二节　《诺迈德的小说》：关于小说的小说

20 世纪后半期，解构主义和后现代主义思潮风起云涌，一切与权威相关涉的概念，诸如本质、真理、中心、绝对、真实、历史、理性、主体等，都受到激烈的颠覆与消解。在这种思想背景下，元小说应运而生。与传统的现实主义小说针锋相对，元小说致力于拆穿真实的幻象，呈现小说的虚构性质。如何构想和讲述故事——而不是故事本身——是元小说的重心所在。这种小说叙述的是正在进行的叙述本身，创作冲动、情节设计、人物塑造、思想表达乃至对读者的期待都可以成为小说叙述的对象。

《诺迈德的小说》是一部元小说，讲述了叙述者"我"写作一部小说的全过程。"我"写作的这部小说采用第三人称叙事，主人公"他"是"我"构想出的一个人物。"我"不停地告诉读者，"我"打算怎么讲述"他"的故事以及"我"为什么要这样安排。——这也是元小说常见的套路，今天已经熟为人知。与同类小说相比，《诺迈德的小说》的独特和精妙之处在于：首先，这部作品在呈现小说的虚构性质的同时，不仅没有消解反而在另外的意义上重新强化了小说的真实性品格，与元小说的初衷相去甚远；其次，这部作品极为精致，在短篇的容量内密集地编排了多种小说理论出场，能量密度令人折服，"关于小说的小说"实至名归！

小说以主人公入室盗窃开场。盗窃并不是"我"的实际经历，也并非实有其事，纯粹是"我"虚构出来的，"他"就是一个牵线木偶，一举一动都受"我"的摆布。比如，当他从鞋柜里找到装在牛皮纸袋里的厚厚一叠钱时，狂喜之余不禁有些眩晕。写到这里，"我"的第一反应是：

得坚持住，不让他晕倒。

他晕不晕倒，由"我"决定。他偷了一个什么样的住户，也由"我"决定，"我"开始让他偷的住户是一对夫妻，后来改成了离婚的单身女性。他能不能拿走钱？怎样离开那个房子？和那个女房东有没有发生故事？发生怎样的故事以及故事怎样发生？……一切由"我"来决定，一切都是"我"的虚构。这就是元小说的"基本配置"，戏剧化地呈现小说的本质属性——虚构。

不过，他也并不是"我"随意捏造出来的人物，"我"编造出他的故事，是想让女朋友看到，借以巧妙地告诉她，"我"以前欺骗了她，"我"其实没有能力为她安排工作，"我"自己是靠每个星期去医院卖血来维持和她交往的花销的，当然，"我"也想通过成功发表这篇作品向她证明"我"不是个废物，从而保留坦白之后还不会失去她的希望。这也就意味着，他和"我"同病相怜，是"我"的影子，也可以说，他是"真实"的，因为他是真实的生活经验"滋养"出来的。

当然，这不是什么真知灼见，作者会将自己的情感和经验植入作品人物身上，在文学理论中属于老生常谈。《诺迈德的小说》不止于此，它用戏剧化的方式告诉我们：那些貌似天马行空的情节设计，其实也与作家及其世界有着我们看不见的连结，小说远比我们想象的更加真实。

比如，"我"遇到的第一个难题是：如何安排他拿到钱后的行动？拿到钱，接下来当然是赶紧闪人，可是，如果就这样顺利地拿钱走人，尝到甜头的他会势不可挡地走上歧途，"我"不想他那样。该怎么办？

> 我看着屋角的热水瓶，我知道这会儿最好不要动。晕眩这个词儿又从笔底冒出来。我感到一阵激动，像在黑幽幽的山洞里突然看见一线亮光。

水尽粮绝的"我"是在勉力支撑着写作，随时可能因体力不支而晕倒。"我知道这会儿最好不要动"，和"我"一样虚弱的他这会儿要转身离开，于是，"晕眩这个词儿又从笔底冒出来"。他晕倒了，钱拿不走了，较之拿钱离开，接下来的情节设计有了更多的可能。这一神来之笔，并非来自缪斯，也不是向壁虚构，而是来自"我"的惨淡境况。小说中，这样的桥段多次出现。

> 现在我好多了。我离开桌子，走近水瓶。我把玻璃杯放在桌角。这时我想起气罐里的液化气前天已经烧完。昨天我把它坐进脸盆，在盆里加了热水，才勉强煮了一碗方便面。但我还是把水瓶举起来，做出向杯里倒水的动作。
>
> "瞧我，"她不好意思地笑了笑，"瓶里没水了。"
>
> "不用，不用。我好多了。"他说，"马上就能走。"这样说着，他慢慢站起来。如果有一碗方便面就好了。他知道自己是因为没吃饭的缘故，医生会说他的眩晕是低血糖。

我们知道，和笔下的他一样，"我"现在也多么渴望吃上一碗热腾腾的方便面！

如果有一种仪器，可以纤毫毕现地测绘出人的全部心灵，并精确跟踪人的意识和无意识活动，那么，我们会发现，出现在小说中的每一个元素都是有必然性的，都源自作家安身立命的那个真实世界。考证派和索隐派之所以受到质疑，原因之一是我们没有那样一种神奇仪器的帮助，我们对作家及其世界的所知有限，在文本与世界之间建立的联系往往是简单的、牵强的、错谬的。事实上，一个作家的创作选择，从题材、体裁、风格到人物塑造、情节设计、叙事腔调等，所有一切都不是偶然的，都与作家的人生经历有关。只是，我们永无可能巨细靡遗地洞悉这一切。如此，我们才能理解，何以被公认为远离时代、远离现实的作家博尔赫斯会宣称，写作归根结底是自传的一种形式，"我对我讲的故事都有很深的体会……这些故事都是关于我自己的，都是我个人的经历"①。

----

① ［英］埃德温·威廉森：《博尔赫斯大传》，邓中良、华菁译，华东师范大学出版社 2014 年版，第 4 页。

如此，《诺迈德的小说》虽然采用了元小说的形式，但其实背离了元小说及作为其理论支撑的后现代主义。现在我们知道，后现代主义的兴起有着特定的历史文化语境，其本身也是从历史现实中生长出来的，真实地体现了 20 世纪后半期的时代精神和思想状况，并不能像其设想的那样一劳永逸地将真实、文学真实这样的范畴给解构掉。① 但在后现代主义方兴未艾的 90 年代，田中禾能有这样的洞见，实属难得。

除了呈现文学写作如何依赖真实的经验，《诺迈德的小说》还"表演"了虚构是如何进行的：并非兴之所至、天马行空的语言游戏，它也有规则，而这些规则，又是和"真实"缠绕在一起的。

比如，他是"我"虚构出来的人物，但"我"并不能完全支配他。"我"安排他顺利拿到了钱，但接下来他就不那么便于驾驭了。

> 我清楚地感觉到他的念头倔强地朝我的构思之外走，我没法控制他。
> 我发现我已经无法控制我的人物。人一拿到钱就会和朋友翻脸。钱被他紧紧攥在手里，我没法把它夺回来。使用暴力只会把事情弄得更糟。

如果这种情况发展到一种极致，以致在文本中外显出来，就可以称之为"复调小说"——叙述者的声音和人物的声音彼此分离、龃龉，平行、平等发展。因为巴赫金创设的这一概念，陀思妥耶夫斯基在世界文学界的地位上升不少。其实，在创作中，叙述者和人物出现矛盾的情况并不罕见，一旦人物的身份、性格、角色和生存环境被设定，他就有了独立的生命，叙述者就不能再随意摆布他，否则就会损害人物形象。当然，具有陀思妥耶夫斯基那种"复调"属性的文本并不多，因为大多数时

---

① 参见杨文臣：《解构不掉的文学真实——兼论后现代语境下如何言说文学的真实性》，《廊坊师范学院学报》2014 年第 2 期。

候，叙述者会谋求与人物之间的协调，而这种协调以尊重人物的声音（即性格逻辑）为前提。"我"深谙其中的奥妙，所以，设计了一个晕倒的意外。如果让他拿钱离开，他就会偷窃上瘾，越陷越深，这是必然的。"我"不希望这样，就只能阻止他离开，但又不能让警察或某个目击者承担这个角色，那意味着他将锒铛入狱，所以让他晕倒在地。

> 我的主人公为了他的女友已经到医院去过很多次，他的血液不断成为女友的花销，他的身体非常虚弱。高度紧张和拿到钱之后的过分激动……一切都很合乎情理。

这一个设计让"我"大费脑筋，显然，虚构并不是随意的，必须尊重情理的逻辑，或者说是情理的真实，让他晕倒几乎是"我"唯一能接受且合情合理的选择。

在做这一情节设计时，"我"还考虑到了读者的反应。——在文学理论中，这属于接受美学和读者反应理论的领域。在犹豫着要不要他拿钱走人时，我的考虑是：

> 如果事情这么顺利，小说就会变得索然无味。他拿到了钱，一趟又一趟到×伯伯×阿姨家去。拖过了很多日子，经过漫长过程，终于有一天，她走进一个能够按月开支工资的单位，由寄存族变成工薪族，省省心心坐进办公室，像别的分配来的女大学生一样……一样什么？一样……混日子？这太残酷了点。可是究竟一样怎样？一样……一样……

其实，拿钱跑关系把女朋友变成工薪族的结果是有可能的，很可能也是"我"的一种现实愿望。但"我"是在写小说，必须考虑读者的反应，他们不会对"我"这种普通而卑微的愿望感兴趣的。出于这种考虑，也不能让他拿到钱，尽管"我"希望他能过上像样的日子，如此，就造成了"延宕"。延宕是一个叙事学概念，是写作必须遵循的程式。在笔者看来，延宕也是社会生活中的一个真实维度。我们痛恨人性之恶得不到根除，痛恨理性难以战胜蒙昧，痛恨人类总是在偏见、仇恨、权力的支配下相互撕咬……历史总是在重复，人类总是犯同样的错误，这就是延宕，和小说叙事中的延宕一样是必须的——如果社会进步势如破竹、一日千里，我们很快就会到达绝对完美的境地，而那将是历史的终点，是故事的结尾。"我"是个有悟性的写作者，显然意识到了这一点，所以才对那个顺利的结尾进行了反思。

而设计出晕倒的情节时，"我"再次考虑到读者。在"我"的写作中，读者一直是隐形的"在场"。

> 虽然我不想娇纵他，可也不想让他太惨。我得为他留出光明，留出希望。这也是小说的需要。九十年代的读者耐不住沉重，他们热衷于趣味。让他晕倒在现场，只是不让他得意忘形。

"九十年代的读者"，"我"得满足他们的趣味。换句话说，"我"的写作折射出了90年代读者的审美趣味，而审美趣味又与时代精神、思想氛围乃至政治、经济面貌等方面息息相关，如此，文学与真实怎能摆脱得了干系？

设计出晕倒情节后，"我"修改了原来的构思。原本"我"打算让他偷的是两口之家，夫妻回家后发现晕倒在地的他，然后报案。他没拿到钱，作为嫌疑人或证人被送进医院，在警察的调查中，他向警察也向读者谈论他的身世和命运。可能是出于一种自我怜悯，"我"改了主意，不让他面对警察了。

> 不幸的是，我必须把遭窃者的家庭重新设计。女主人没有丈夫。丈夫死了。出国留学了。离婚了。总之，女主人在精神上是孤独的。她孤独，生活单调乏味，内心充满无可奈何的躁动不安，应

合着时代的世纪末情绪。一个女人的天性使她在突发事件中显出特有的同情心，容易相信善良的解释。

没有什么比改变构思更能体现元小说的宗旨了：故事可以这样设计，也可以那样设计，虚构属性不言而喻。但"我"修改构思的考虑却与元小说背道而驰：考虑之一，"应合着时代的世纪末情绪"，等于说修改构思的目的就是为了更好地反映现实。另一个考虑更有意思，女性更有同情心，可以合情合理地免去他面对警察的麻烦。若我们进一步追问，为什么这样设计更合情合理？那是因为女性更有同情心不仅是"我"个人的观念，也是一种文化事实。我们的文明向来是由男性主导的，竞争、攻击、控制是这种文明的特征，讽刺的是，在残酷的竞争中落败的男性，却往往到女性那里寻求同情，就此而言，他和古代才子佳人小说中那些落魄的才子们属于同一人物类型。尽管"我"做了种种合理性说明，但偷窃一个富裕、孤独且有同情心的女人，和才子们总能受到出身高贵且才情无匹的佳人青睐，都不那么让人信服，《红楼梦》第五十四回贾母就批评过这类叙事的真实性。然而，这种虚假的套路一再被重复，恰恰反讽地折射出了文明的真实、人性的真实。

接下来，他自然顺利脱身了，并且留下了联系方式。不然，这次登门就没有任何意义了。然后，约会，聊天，按照读者预期和希望的方向发展。为此，"我"甚至做出了让步，让她按照我不认同的方式说话。

"你们这样的高材生，找不到地方上班？"

"你觉得奇怪吗？"

"不奇怪。现在的事情就这样。核物理研究院这样高科技单位照样安排没学历的人，核物理专业的研究生说不定进不去。"

我犹豫了一下。我觉得这话太具象，没学历的人难道不需要饭碗？他们的谈话应该向着更有情味更文学的方向发展，谈论社会问题很容易陷入枯燥无味。

"不是说我们的国家需要知识，需要人才吗？"

她又来了一句。这样说，并不说明她真的关心社会，她对他处境的不平只是套近乎的一种手段。也是为了勾起他的谈兴。

"真没办法。"她说，"无论哪个部门都一样。位置上的人没有素质，素质好的人没有位置。"

基于"我"的伦理观和文学观，"我"其实不赞同女主角这样说话，但"我"还是让她说了下去，让她表达对他的同情，为他打抱不平。"没学历的人难道不需要饭碗？"读到这句时笔者开始惊诧莫名，既而憬然有悟。乍一看，貌似诡辩：人家批评的是权力的滥用，没学历的人是需要饭碗，但不应该到这里来，每个岗位都应该安排最适合的人，亚里士多德不也说过嘛，笛子应该分给最好的吹笛手。但无可否认的是，她的言论也包含了对没学历的人的歧视。按照她的逻辑推演，所有那些体面的技术型、管理型岗位，都应该由有学历的人来占据。可是，那样就公正吗？有的人没有学历，未必是自身的原因，可能是没有受到良好的教育。在偏远山区受教育和在城市受教育，就读于普通学区学校和优质学区学校，是不一样的，所以人们才疯狂地在城市里抢购高价学区房。退一步说，在所有人接受相同教育的前提下，那些天资好的学生更有机会考上大学。基因生物学告诉我们，人生下来不是一张白纸。那么，天资好坏应该决定人的地位和待遇吗？天才就应该被社会格外青睐吗？按照权力资源进行分配不公正，按照学历就公正吗？……当然，这不是一个非黑即白的话题，但"我"引出这个话题是有意义的，警醒我们去反思那些理所当然的言论和思维中存在的错谬。

的确，"谈论社会问题很容易陷入枯燥无味"。上一节我们也谈到，田中禾致力于超越理性和道德批判，把审美追求放在写作的第一位。如同他是"我"虚构的人物，但和"我"有着同样的心酸，"我"是田中禾虚构的人物，但和田中禾有着同样的文学观，就此而言，"我"也并非纯粹捏造出来的，"我"也有几分真实性。"我"顺应着读者的期望，让他和她在咖啡馆里开怀畅聊，然后呢？他们发展成爱情关系？接着卷入到一男两女的情感和伦理纠葛中？那样，故事可以绵绵不断地写下去。

这样倒是符合男人们的做派，他完全可能有那种想法。但是，故事若那样发展下去，就变得媚俗，成了才子佳人小说那样的陈词滥调。"我"不想这样，于是选择让他坦白，终止了他们的关系，也结束了这篇作品。

> "我不能再欺骗你。……"
> 在他这样说的时候，她正侧身向服务小姐打招呼。账单送过来了。她取出钱夹，把钞票整齐地摆放在托盘里。"不用找了。"她开始整理挂包，把包上的带子理顺。他仍然坐在那儿，低着眉头盯视她的脸。
> 她的脸抬起来，带着端庄的笑意，回视着他。"咱们走吧。"她拿起头盔，站起来。
> 阳光灿烂，大街上的喧嚣使他迷惘，晕眩的感觉又一次向他袭来。"这是你的东西。"一个纸袋塞进他手里。他看着她跨上摩托，踩响发动机。
> 找到自己的自行车，他靠在车座上打开纸袋。里边是一只白棉线手套。他回过头，她的身影已经被潮水似的车流淹没。

考虑到他一直在充当"我"的替身，"我"设计这样的结尾真实可信，因为"我"不能把他写成一个谎话连篇的无耻之徒。从她的角度来看，这样的结尾不仅更真实，也体现了对女性的尊重。正如贾母不相信会有那种没人看管、不受礼法约束的名门闺秀，我们也不相信像她那样闯荡江湖的成功人士会如此弱智地钻进他的圈套，成为他这样一个穷小子的情场猎物。

做出这样的选择，"我"其实不甘心，"我"不想让他一无所获，

"最让我拿不定主意的是，纸袋里要不要放上一叠钞票？"但"我"终于还是忍住了，因为写作不是语言游戏，不能想怎样写就怎样写的，虚构也是受规则限制的。——田中禾的这部元小说一直在戏剧性地揭示这一点。

　　既然采取了元小说的形式，就要把形式做足一点。元小说有一个惯常的程式是自我拆解，即叙述者不仅在小说中扮演一个解构者，还留下线索让读者对其身份和言论进行质疑。小说最后，田中禾拿小说名字做起了文章：

　　　　可是，作者署个什么名字呢？
　　　　我身下的方凳像坐在虚软的沼泽地里一样不断地摇晃。我的眼睛盯着玻璃杯，玻璃杯也像离开了桌面，在空中漂漂浮浮。
　　　　诺迈德。N-o-m-a-d，流浪者。这名字不错。

在博尔赫斯的《环形废墟》中，那个废墟中的人创造了一个幻象并将其派到另一个废墟中，结果发现他自己实际上也是别人创造的幻象。与此相似，《诺迈德的小说》中的主人公在其创作的小说中署下诺迈德的名字后，自己的身份也变得可疑起来——"我"也是别人虚构出来的，和废墟中的那个人一样。诺迈德、流浪者，这个字眼本身也很暧昧：在我们的印象中，流浪者既没有稳定的住所，也没有固定的恋人，孑然一身四海为家；而"我"定居在这个城市中（虽然没有自己的房子），为自己和恋人的前途而努力打拼，并不符合流浪者的身份设定。那么，就有这样一种可能："我"其实是个流浪者，之前说的那些关于女友的故事都是谎言，和刚刚写完的小说一样都是虚构出来的。——即便如此，读者也不必为此而愤怒，既然"我"虚构的小说值得一看，那么作者虚构的关于"我"如何虚构小说的这篇小说，当然也不是无稽之谈，开卷总会有益。

第三节 《杀人体验》：一位中国 "爷们" 的灵魂告白

看到意识流这个概念，我们多少会有些望而生畏，因为它总会让我们想到詹姆斯·乔伊斯。的确，不单乔伊斯的作品，意识流小说一般来说都不好读，思绪跳跃变幻，意念纷至沓来，逻辑缺场，时空破碎……而且，作家还要在那些本就凌乱的心理意象中塞入大量艰涩的象征，以揭示我们视野之外的、非理性的深层心理。还有，意识流书写通常不分段，读起来没有节奏感，无休无止地让人疲惫不堪。

《杀人体验》就没有分段，九千多字，通篇只有一段，也没有刻意交代时空关系，当下感受、回忆、幻想等都看似随意地堆放在一起，但读起来不仅不乏味，相反，令人意兴盎然、不忍释卷。

原因不难察知。首先，《杀人体验》中意识流手法的使用不那么典型，不是原生态地呈现人物的意识状态①，而是将意识的流动与向读者的告白有机地融合在一起。小说开篇写道：

天完全黑下来。但我并不在乎它。这跟我没什么关系。……

显然，"我"是在对着不在场的听众进行陈述和解释。既然是对听众说话，那么，就多少会讲究一点条理。这有点像塞林格的《麦田守望者》。不同的是，《麦田守望者》讲述的姿态很显豁，所以戴维·洛奇

---

① 严格地说，所有的意识流小说都不可能像理论中表述的那样，呈现人物心理和意识活动的真实状态。真实的、原生态的意识流动，记录下来只会是一些芜杂、散乱的文字，不能称为文学。但凡被称为文学的文字，无论什么形式，总是作家精心经营的结果，意识流小说也是如此，芜杂、散乱只是表象，每一个貌似冗余的意念、意象，都有结构性作用或潜在的意义表达。

用"死侃"来命名这部小说的艺术手法，相比之下，其中意识流的运用不那么引人注目；而《杀人体验》则相反，意识流的形式特征非常鲜明，以致我们会忽略了它不同于典型的意识流小说，后者让叙述者进入人物的内心进行毫厘不爽的现场直播，而这部作品让人物对着我们喋喋不休地絮说。

其次，这部作品也不像典型的意识流小说那样，刻意制造思维的中断、跳跃，用大量枝枝杈杈、无甚关联的意念将故事主线模糊化——理论家们认定这样一种状态才是真正的意识流。《杀人体验》的故事主线非常清晰，主人公李幸福的思绪始终在围绕贷款这件烦心事展开。这样处理是否背离了意识流？并没有！某些时候，比如在海滩上晒得迷迷糊糊或心无所住地打量车窗外的时候，我们的心灵可能像典型的意识流小说描述的那样，处于一种无限发散状态。但当我们像李幸福那样被一件事困扰的时候，注意力是很难被转移的，即便想刻意转移一下，比如去逛逛街、看看风景，往往也是心不在焉、视而不见。也就是说，李幸福这种心理状态恰恰是契合他的境遇的真实状态。

再就是，李幸福这个人我们曾经很熟悉，是个"熟悉的陌生人"。他在城市里长大，不笨不傻不木讷，相反，还有点小聪明，油嘴滑舌，头头是道。他有点顽劣，承袭了父辈们的一身坏习气，但也算不上奸恶之徒，嘴上有时发发狠，骨子里胆小而保守。或许因为是天性，或许是因为成长环境，他不努力不上进，没志气没担当，也没有责任心。随着社会由计划经济向市场经济转型，他被时代的列车抛下，心里早已没了底气，但还一副自命不凡的腔调，可怜又可恨！20 世纪 90 年代李幸福这样的人比比皆是，那些以"爷们"自我标榜的男人们身上，大多有李幸福的影子。即便是今天，我们对李幸福也不隔膜，丑陋的大男子主义观念并没有销声匿迹。

小说使用了第一人称叙事。一般来说，第一人称叙述者"我"不会自我否定，即便否定，往往也是在争取读者的同情和好感，所以，要塑造否定性的"我"，作家们通常会使用"不可靠的叙述者"。这一手法很受现代小说家们青睐，像纳博科夫的《洛丽塔》、石黑一雄的《长日将尽》都采用了这种手法：“我”在读者面前撒谎，为自己的过失辩护，反而暴露了自己的虚伪与丑陋。同样要塑造否定性的第一人称叙述者兼主人公，《杀人体验》却反其道而行之。李幸福（“我”）是一个“可靠的叙述者”，他对读者很坦诚：下岗，离婚；一文不名，落魄潦倒；除了死乞白赖地在玉芝身上寻求性满足，无所事事也无所用心；嘴上吹牛死撑门面，心里虚得一塌糊涂；对当了行长的儿时玩伴蔡国亮（菜墩）羡慕嫉妒恨，但不反思自己的失败也不规划自己的未来……所有这一切，他毫不隐瞒，倾肠倒肚，侃侃而谈，堪称“灵魂告白”。

但他的坦诚不会引发我们的好感。如果他遮遮掩掩、隐约其词，我们对他印象或许反而会稍好一点，因为那样还能表明他有那么点羞耻心。可他选择了坦诚，因为他觉得没什么好隐瞒的，没什么好羞愧的，他没做错什么，没有任何责任，一切都怨造化弄人，都怨不随己意的社会。那种若无其事甚至自鸣得意的口气，让人切齿痛恨！

比如，他从不反思自己何以混得如此落魄，把责任一股脑地推给外部环境，“他爸当官，他也当官。我爸是工人，我也是工人。这里头并没什么奥妙。”一股勘破世事、愤世嫉俗的腔调，散发出落魄中年男人的油腻味。但毕竟境遇相差太大，忿忿不平之气难忍，于是一边自嘲“不是那块料”，一边谩骂“狗日的菜墩在学校不比我强”。好汉不提当年勇，用这种措辞来获取心理平衡，不仅摆出了一副失败者的姿态，也为自己何以是失败者做了注解。

这样说或许有点苛刻，有点不公，李幸福不如蔡国亮，家庭环境确有可能是决定性的。但是，混得如此落魄还端出一副大男子主义的臭架子，大言不惭地吹牛皮，就只能让人憎恶了。

我在心里一个劲地说，玉芝我再不打你，再不骂你，再不冲你发脾气，我不是有意的，真不是有意的。我爱你，我爱你，爱你。可是我什么也没说，那不是说话的时候。只要对她使劲，让她像死过去似地迷迷糊糊呻吟，就什么都有了。我知道她一站起来就会翻脸，经常是一边系裤腰，一边愤愤地说，李幸福，我对你就这一点用处，就这会儿你的脾气好。我又笑了笑，这次笑得不紧张，可以说很轻松，臭娘儿们！好啊，你又骂我？这不是骂，懂吧，这是亲。不准你这样对我说话，我不喜欢。她认认真真地穿好裤子，拉上拉链，郑重其事地说，别空手到人家家里去。我说狗屁，我还给他蔡国亮送礼？弟兄们一辈子用不了他几次。她又生起气来，她一生气就抖动腮帮，行了行了，我怎么会瞎了眼嫁给你这样窝囊废？也不照照镜子看看，你以为你是谁？除了跟锉刀、改锥打交道会干啥？店盘不下来看你靠什么吃饭？我还是看着她笑。这回笑得又有点紧张。

要脾气，施暴，一厢情愿地认为对方会着迷于做自己的胯下之奴，把"臭娘儿们"这种侮辱女性的字眼解释成爱和亲密的表达，而且，说出这一切时居然还心安理得！丑陋的大男子主义观念和行径真是被他演绎得活灵活现。我们不要为他开脱，说什么这是他所处的那个阶层共有的语言和行为方式。言由心生，语言低俗，灵魂必然卑下。至于施暴，不仅不合情，也不合法。如果一个阶层都这样，那么这个阶层就是野蛮的。如果一种文化认可此类言行，那么这种文化就是病态的。玉芝谋划着贷点款，盘下个店面，为家庭生计也为孩子未来谋个出路；李幸福从不操心这些，他不关心孩子也不关心玉芝，只关心如何满足自己的动物性冲动。他找过蔡国亮，对方根本不给他开口谈论贷款的机会，他在蔡国亮面前也全然不像在读者面前那样夸夸其谈，胆怯和自卑让他变得畏畏缩缩、笨口拙舌。他知道自己成不了事，所以"笑得有点紧张"，却依然大言不惭，一副区区小事、不足挂齿的口气。

"大言不惭，则无必为之志。"（朱熹《论语集注·宪问第十四》）为了面子大夸海口的人，是不会竭尽全力把事情做成的，因为他放不下面子，面子比做事重要。在玉芝的坚持下，他们提东西去送礼，蔡国亮不在家，他们被蔡国亮老婆拦在外面。李幸福不仅不失望，还很欣慰。

> 我松了一口气，狗日的还没回来，太棒了！铁门非常牢固，好像从来就没打开过……玉芝只说了一句话，铁门就从我脸前移开了，这真是奇迹。她说了一句什么来着，事后我怎么也想不起来。芝麻芝麻，把门开开。葫芦葫芦山门开。金钥匙金钥匙……玉芝走在前边，我走在后边。跨进屋的当儿我一遍又一遍地瞥着玉芝的脸。其实我一点儿也不在乎别人家里比我家里怎么样，可我不能不在乎玉芝走进别人家的眼神，门打开时她脸上的表情。这对我很重要。……菜墩老婆的腰没有玉芝的腰好看，可是她的臀部曲线诱人，摸上去手感一定很棒。她站在门边看着我走进去，她的身段使我兴奋。她身上的弹性挺好，脸蛋也不错，我又看了看玉芝的脸……

他并不在乎能不能把礼送出去，不在乎能不能把事做成，"不在乎别人家里比我家里怎么样"，他在乎的是能不能在玉芝面前保住面子，在乎的是"玉芝走进别人家的眼神"。换言之，他可以不给玉芝好的生活，但玉芝不能对此不满意，我们大致可以想象文本中没有正面说明的发脾气、施暴、离婚是怎么一回事了！当然，面子没保住，两人很快被赶了出来。对李幸福来说，贷款的事没有办成不重要，重要的他唯一关心那件事泡汤了。——玉芝情绪不好，急匆匆地走了，"今天什么都别提了。这臭货！"

恼羞成怒的李幸福游逛到丽都大厦附近开始了他的"杀人体验"，这里是银行驻地，打有"行长蔡国亮偕全体员工向省会人民亲切问候"的巨幅标语。他像个间谍一样混入丽都大厦，找到正在熟睡的蔡国亮，潇洒地把他和与他勾搭成奸的女人一块杀掉。我们正惊得目瞪口呆的时候：

一个身影从车门里钻出来，在黑暗中伸直腰。砰地一响，转过身，亮光投射在脸上，光影斑驳，蔡国亮的脑门仿佛真有几个洼坑。我笑了一下，迎着他妈的行长蔡国亮，尽可能把笑容保持住。菜墩急匆匆向我走来，他并没偕着全体员工，腋下只有一只公文包。我不由自主地躬了一下身子。

蔡国亮的出场把我们拉回到现实中，小说也就此结束。原来，杀人只是李幸福的想象，他这样的窝囊废，干不了正事，也干不了坏事。不仅如此，还奴性十足，"不由自主"！

田中禾可能不会喜欢女性主义者这样的标签——他什么标签也不喜欢。不过，对女性的赞美和对男性的批判在他的小说创作中是一以贯之的，无论言辞的犀利还是思想的深度，都不啻于任何女性主义者。出于对李幸福的切齿痛恨，田中禾给了他告白的机会，让他当众献丑还自以为得计。初读《杀人体验》时我很惊讶，惊鸿一般优雅脱俗的田中禾，居然能用这种油滑恶俗的腔调说话，且如此惟妙惟肖！现在想想，源于痛恨。强烈的爱会推动我们去认知对象，强烈的恨也有同样的作用。

这个变幻不定的社会没有给李幸福们留太多的时间，它拉扯、逼迫每一个人进入它的轨道，不允许谁原地滞留。现在或许还有李幸福这样的人，但已不再"典型"。曾经的他们大多找到了新的工作，有的可能已更换了几次工作，或许其间也会变身"骑手"穿梭于大街小巷。他们不再像李幸福那样以上层人的"哥们"自居，坚硬的现实磨掉了他们的傲慢，哥们义气早就成了即便撒谎也羞于提起的伪概念。不过，《杀人体验》并没有过时。相对于行为方式，观念的改变要缓慢得多，今天我们还是会觉得李幸福很熟悉，他依然藏在我们心灵中的某个角落。另外，李幸福们的境遇，也没有太大改变，他们大多还浪迹在社会的底层。

李幸福当然配不上我们的同情，不过，我们也要看到，他的境遇是一种结构性的境遇，是社会历史指派给他的，并不取决于他自己，那些比他努力的个体，大抵也不能改变自己的命运。

> 他们都在忙忙乎乎准备砂锅、馄饨，或是别的什么，说不定都
> 会赔钱，可是他们忙忙乎乎很起劲。

李幸福没有撒谎，他很坦诚，我们之前说起过。我们还说起过，他不笨也不傻，我们大致可以认同他的判断。当然，这不意味着我们要改变对他的看法，努力奋斗但没有改变命运与以勘破世事为借口浪荡岁月是两码事。不过，我们如果把审视的目光转向社会，他倒是给我们提供了一个不错的观察点和切入点。

李幸福在玉芝面前吹嘘他和菜墩的关系，很是让人厌恶。如果没有资源可以交换，现在谁会在乎和你同过学，谁还和你是哥们！李幸福很清楚这一点，但为了所谓的面子，还要拿同学、哥们说事。那么，如果没有贷款这回事，他能谈论和蔡国亮的情谊吗？或者说，能和蔡国亮谈谈情谊吗？在李幸福的讲述中，我们会感受到，即便没有贷款这回事，他和蔡国亮之间也没了情谊，不仅如此，还弥漫着看不见的仇恨。在蔡国亮面前，李幸福感到屈辱，心里不断地默念"你他妈菜墩"。可是，蔡国亮其实并没有任何羞辱李幸福的言行，那么，李幸福的屈辱从何而来？只能是来自这个等级分明的社会。公共电话和手机，自行车和轿车，街心公园和高级舞厅……所有的一切都在提醒他和蔡国亮之间的距离，都在让他感到屈辱。处身底层，就会感到屈辱，即便没有人用言行冒犯你。同样，像蔡国亮那样风光无限，就会被仇视，即便他不张扬不跋扈。

在李幸福的想象中，蔡国亮是因为有个当官的父亲才当上了官，他不碰自己的老婆，在外面和别的女人乱搞。我们不确定这些是否真的发生在蔡国亮身上，但可以确定的是，这种事情不稀罕，所以李幸福才会作如此想象。同样，蔡国亮可能不收礼，也不拿回扣，但玉芝认为想要贷出款来，就必须送礼或给回扣，也不是捕风捉影。就此而言，一切社

会意识都是社会存在的反映。如此，我们在小说结尾处的轻松就不会持续太久。"杀人体验"是一种想象，但产生这种想象也很可怕，如果哪天他把想象变成现实呢？那些"忙忙乎乎准备砂锅、馄饨"的人们，如果真的赔了钱，会不会也产生像李幸福这样的想象？今天我们还是会有这样的担忧。当然，我们的担忧只是担忧，如同李幸福的杀人体验只是想象一样，不会变成现实。这样最好！

第四节 《进入》组篇：进退失据于城乡之间的一代人

在 20 世纪 80 年代创作的乡土题材作品中，一些农村子弟已经开始向城市出走，香雨（《五月》）、小爱（《春日》）、常娜（《枸桃树》）都进入了城市。因为种种不开心，她们短暂地回来过，然后别无选择地再次出走。在那些故事中，她们尚属另类。很快，人们就追随着她们的脚步，潮水一般涌向城市。田中禾在 20 世纪 90 年代中期创作了一系列中短篇小说，名之为"城市神话系列"，对这一沧海桑田般的社会历史进程进行了反映和剖析。其中，《杀人体验》和《诺迈德的小说》我们之前专节做了分析，这两篇的主人公都不是农村子弟，前者是城市里的下岗工人，后者是出身不明的大学生。另外五篇的主人公都是农村子弟，都在城乡之间进退失据：城市坚硬，进无可进；家园残破，退无可退。他们的挣扎、迷惘、绝望，是置身其外的读者难以想象的，也是寻常笔触无法加以讲述的。田中禾为每个故事量身打造了不同的艺术形式，以便极致地呈现人物的生存困境和精神困境。

《姐姐的村庄》

文学是有预见性和前瞻性的，不是跟在现实后面亦步亦趋，现在阅读《姐姐的村庄》，我们肯定会发出这样的感慨。

姐姐嫁到的那个村庄叫大峪沟，只有几户人家，但在"我"（名字叫做"成"的主人公）的生命中很重要，那里有"我"世外桃源般的生活记忆，有"我"懵懵懂懂的初恋。后来，姐姐离婚了，抛下孩子去了南方。小四出嫁后也去了南方，不知道她会不会想起"我"。城市化进程抹掉了一切——那个叫大峪沟的村庄，流淌在荒沟里的温情，以及温情带给"我"的对人性的信念。

> 高速公路一修，一切都被抹去，像一幅画被油漆涂盖，使人想不出原来的模样，连方位也变得模糊。

作品创作的 1996 年，我国的高速公路还不多，农村人进城打工顶多只能算是涓涓细流。那时笔者的家乡——鲁西南的一个不算闭塞也不算通达的村子——正热火朝天地建房修路，父辈们豪情满怀准备大展拳脚，我大学毕业后也回到镇上中学教书，蓬蓬勃勃的发展态势在几年后农业税取消时达到了顶峰。当年无论如何也不会想到《姐姐的村庄》会在未来成为现实：曾经有两千多人居住的村子今天几乎只剩下了空房，老人都看不见几个；而我挥洒过青春和汗水的中学，现在已招不到多少学生。那时故乡最响亮的标语是：要想富，先修路。公路的修建确实一度给农村带来过繁荣，如今看来它还有一个相反的效用——便利人口外流，我们比 1996 年更深切地理解了小说中的话：

> 在我心里，南方像一个巨大无比的怪物，高速公路像是它伸过来的长足。
> 公路像一条没有尽头的传动带，路面上的车像齿轮一样，把田野和村庄咬进去，轧扁，挤碎，碾平。

南方！南方！笔者也刚刚漂到了南方，在租住的房子里阅读、谈论这部小说。

成在那片闭塞的丘陵地带长大，退学在家，无所事事，在无聊和迷惘中混日子。面对被抹掉的大峪沟，他不仅忧伤，而且愤怒，那儿曾留下了他人生中最美好的记忆。作者则不然，他并不愤怒。大峪沟不是世外桃源，那儿流淌着温情，也流淌着贫穷和愚昧，姐姐和小四的出走是迫不得已的选择，南方对她们来说未必是块福地，但留在家里肯定不会有更好的命运。对南方充满怨恨的成最终也要走上同一条路。农村的破败和消亡，是无可逆转的历史大势。

田中禾坦然看待这一切，遁入蛮荒、安于古朴在他看来是不可能的，也是不可取的，无论是经济还是文化，都将走向现代化、都市化。① 不过，忧伤之情难免。这种忧伤，是一种生命的忧伤，一种类似于感花伤时的忧伤。往昔如梦远，明日不再来。所以，他让"我"触景伤情，让"我"在回忆中凭吊逝去的美好。小说的结构让笔者想起石黑一雄的《莫失莫忘》，二者的主体部分都是回忆，当下都只为进入回忆提供契机，几乎没有故事发生。在《莫失莫忘》中，凯西在失去所有的朋友和爱人、自己也将走向生命的终点时，平静地用记忆抵抗死亡的压力——"我最珍贵的记忆，我发现我从未淡忘。我失去了露丝，然后我又失去了汤米，但我绝不会失去关于他们的记忆。"② 对于《姐

---

① "现代物质文明这个魔鬼正踏入东方文明圣地的中华，我们无可逃避。……对传统文化的再认识决不意味着遁入荒蛮，安于古朴，固步自封。厌倦了过分舒适奢侈的西方人以过来人身份为我们担忧，害怕中国的现代化会破坏宁静淡泊的东方土地的神秘，他们自己倒是一秒钟也不停顿地拼命更新自己的物质环境和科学技术。难道东方文化能够抵抗这种强大诱惑吗？西方文化的显著转变在19世纪20世纪已经显示出一个不可逆转的流向：由崇拜造物到崇拜自己，崇拜人的创造。它们的文学艺术都市化也便顺理成章。我们呢？我们在进入21世纪时怎么办？仿效西方当然没有出路，抱着难舍的先祖遗风、东方文化的优越感，只能使一个民族更加衰弱，何谈取而代之？国家经济的现代化既成不逆之势，文化与文学也应该现代化。"——田中禾：《说东道西——与季羡林先生商榷》，见《同石斋札记·自然的诗性》，大象出版社2019年版，第211页。

② ［英］石黑一雄：《莫失莫忘》，张坤译，上海译文出版社2018年版，第322页。这部作品的叙述者凯西是一个克隆人，她和她的伙伴们无从抵挡悲惨的宿命，刚刚成年就被一次次地收割器官直至丧命。

姐的村庄》中的成，以及将和成一样永远失去家园的我们来说，也是如此，留下的唯有记忆，我们应该珍藏我们的记忆。

除了书写记忆，将家园永远留存在文字之中，田中禾还在这部作品中表达了对进城务工的农村子弟的深切忧虑。小说结尾处，成攀上高速公路的防护网，打算翻过去：

> 我张开双臂，让身体在网栏上平衡一下，双脚用力一蹬，炫眼的路面向我倾斜，我像鹰一样扑向白色的大河。南方像一条滑腻的大乌贼，在我脚下滚动。

第一遍阅读时，我心里悚然一惊：车在下面"刺溜刺溜飞跑"，成这样做莫不是打算自尽？后细读全文，找到"到那边，才能扒上向南去的车"一句，才把这个结尾重新解读为成踏上了南下之路。不禁暗自嘲笑最初的冒失，但随即又自我解嘲地想：这两种解读或许并不矛盾，"白色的大河""滑腻的大乌贼"暗示了南方之行将艰险重重，等待他的或许是来运的命运。——在《来运儿，好运》中，来运也要纵身跳下，那将是他生命中的最后一跳。

《来运儿，好运》

无论着眼于题材还是结构，《来运儿，好运》都可归入"流浪汉小说"之列。这一类型的小说最早出现在 16 世纪中叶的西班牙文学中，以城市下层人物为主人公，借助他们的经历和视角去反映和批判现实社会生活。受城市化进程滞后、安土重迁的传统观念以及特定历史时期官方对人口流动的限制等因素的影响，直到 20 世纪 90 年代，流浪汉小说才在中国发展起来。

有论者指出："与西方流浪汉小说相比，20 世纪 90 年代的中国作家虽然同样是在关注和反映城市流浪汉的生存或心灵的漂泊状态，同样是在以此展示都市红尘尤其是都市下层的生活，但作家们并非仅仅停留于'从下层人物的视角去观察、讽刺不合理的社会现实'的层面，也不满足于表现流浪汉们'由清变浊的过程'等，而是在各自不同结构的城市流浪叙事中，敏感捕捉并广角镜般地摄取市场化转型期光怪陆离的城市欲望，倾情关注这些身处都市生活下层、漂泊于城市欲海之中的流浪汉们复杂的人生轨迹和心路历程，揭示他们深层的精神世界及其个性化的人生取向和价值追求。"① 话里话外，对中国流浪汉小说的思想深度——关注流浪汉们的精神追求和嬗变——充满赞许。

不过，《来运儿，好运》并没有这样的深度，这部作品更接近欧洲早期的流浪汉小说，情节、场景随着人物的漫游展开、转换，人物的观念、性格和追求从头到尾没有大的变化，语言幽默明快，结构开放自由。小说借助来运的视角呈现了民工们艰难的生存处境，批判了社会的污浊和罪恶：皮尔卡丹男欺负发廊女，政府形象工程拖欠民工工资，权力包庇恶人，民工跳楼讨薪，给官员送礼的车队排长龙，勤劳善良的女孩因几千块的手术费在医院等死……虽然语言很节制，但锥心之痛和切齿之恨昭然可见。

文学必须勇于直面和批判社会现实，但仅此并不能成就文学的卓越品质，这是田中禾本人的观点。② 而且，随着法制化进程的推进，农民工的生存状况现在应该已经大大改善了。那么，除了对现实的反映和批判，《来运儿，好运》是否还有值得言说的地方？有的。这部作品也是有深度的，但悖论的是，其深度恰恰就体现在没有深度——对人物的个性和心灵不作深度发掘——上。

来运是一个简单、快乐的流浪汉。他是个孤儿，一无所有，居无定所，过着有上顿没下顿的日子。但他很快乐，整天吹口哨，吹洋溢着爱

① 吴培显：《都市漂泊与生存奋挣的不同价值定位———论 20 世纪 90 年代的 "流浪汉小说"》，《湖南师范大学社会科学学报》2004 年第 2 期。

② 在与何向阳的对话中，田中禾把自己的文学追求定位为纯文学："严肃文学担负着抨击现实的任务，而纯文学应该比之高一哲学等级。"——田中禾、何向阳：《文学与人的素质》，《文学世界》1995 年第 1 期。

与欢乐的《热情的沙漠》。有个舒服的草堆睡觉，他很快乐；吃顿饱饭，他很快乐；干活挣钱，他很快乐；在禁止撒尿的地方撒泡尿，他很快乐；看着和工友们没黑没白地花了三个多月修得焕然一新的亮马河河堤，他很快乐，尽管没拿到工钱……唯一的亲人小桃姐死了，他也没有悲恸欲绝，流了一会泪，在草坪边的长椅上坐了一会，他又恢复了活力：

> 来运把手插进上衣口袋，再插进裤子口袋，所有的口袋都很爽利，连个钢镚、纸头也没有。沙漠有了我，呃，永远不寂寞……他一边走一边吹口哨。饿的感觉使他恢复了活力，心情变得轻松，头脑变得清醒。人这个东西真怪，一天不吃饭就会这么饿？

因为太饿了，他迫不得已入室偷食。这是属于某个官员的富丽堂皇的房子，高档沙发，豪华浴室，酒柜里摆满人头马、茅台之类的名酒。来运好好享受了一番，洗澡、喝茅台、啃猪蹄、倒在沙发上美美睡了一夜，第二天早晨顺着水管爬下来，姿态优美地翻过栅栏。

> 脚一落地，他把两手插进裤子口袋，吹着口哨，沿街边的小柏墙往前走。走一阵他站住脚想了想，好像有什么事给忘了。什么事儿呢？想了半天，他笑起来，忘了去找他的钱在哪儿，还等着买彩票呢。算他走运，他不该破财，这个大贪官不该暴露。酒柜里的酒能带两瓶出来，让马拴也过把瘾就好了。

我们可能会抛开法律和道德而为他感到惋惜。对于从小就上树爬墙的他来说，攀楼入室轻而易举，他居然没想到用这种方式搞钱，失去了机会也毫不沮丧！这就是来运，没有"光怪陆离的城市欲望""复杂的人生轨迹和心路历程"以及"深层的精神世界及其个性化的人生取向和价值追求"，甚至没有关于未来的期盼和谋划，没有想过要结束流浪的生活。相比之下，来运显然更符合西方流浪汉小说的人物设定，无论是其孤儿的身份，还是其简单快乐、一成不变的性格。而前面那位论者谈论的中国流浪汉小说，诸如邱华栋的都市寻梦者系列、张欣的失业女性系列、王朔的顽主系列等，严格说来不应归入流浪汉小说的行列。那些作品中的人物大多算不上真正的流浪汉，他们只是因种种机缘而过了一段漂泊不定的生活，且时刻期待着时来运转从而永远告别这种生活，他们的性格、价值观、生活追求等都和普通人无异。那些作品也不像流浪汉小说那样单纯用人物的漫游来组织情节，人物的漫游之于它们只是明线，更重要的暗线是人物性格的发展。

那么，来运的性格与现实中的流浪汉更为契合吗？恰恰相反，笔者以为邱华栋等人笔下的人物性格更普遍、更真实。甚至，笔者认为来运的案例出现的可能性极小，按照精神分析，不幸的童年会在心灵深处投下阴影，像来运这种在贫厄中长大的孤儿，往往会形成敏感的、阴郁的、攻击性的人格。这样说当然不是要否定来运这个形象。作为一个文学人物，来运的人格是一种理想人格，而不是现实人格，——西方流浪汉小说亦然，我们进行类型学探讨的意义正在于此。

米兰·昆德拉在为作曲家斯特拉文斯基辩护时问道：到底什么是深刻？什么是肤浅？[①] 他认为批评者把"精细的""娱人的""欢快的""幽默的"放在"深刻"的对立面是颠倒黑白。在昆德拉看来，欧洲小说的精神和活力之源在法国的拉伯雷、西班牙的塞万提斯和流浪汉小说中，19世纪之后，随着现实主义小说的泛滥成灾，这一伟大传统趋于式微。昆德拉所赞赏的欧洲小说传统，张扬一种"放纵的文化"，视"欢乐"和"幽默"为一种崇高的价值，"幽默是一道神圣的光，它在它的道德含糊之中揭示了世界，它在它无法评判他人的无能中揭示了人；幽默是对人世之事之相对性的自觉迷醉，是来自于确信世上没有确

---

① ［捷克］米兰·昆德拉：《被背叛的遗嘱》，见《米兰·昆德拉作品全新系列》，余中先译，上海译文出版社2014年版，第339页。

信之事的奇妙欢悦"①。患得患失、远虑深谋、自命不凡的现代人，已经丧失了幽默的能力，他们的眼睛和心灵都已变得干枯漠然，所以，昆德拉不屑于为他们代言的巴尔扎克，他崇拜拉伯雷并对"巴奴日不再引人发笑之日"的到来深感忧虑。

来运是一个真正的流浪汉，虽然不像拉伯雷笔下的巴奴日和塞万提斯笔下的桑丘那样擅长插科打诨，但他也拥有昆德拉所赞赏的"幽默"。潜入豪宅却忘了偷钱，之后不仅不懊悔，还开心地笑，这是对"幽默"最极致的阐释。——幽默是一种化重为轻的豁达，一种不累于物的洒脱，一种笑看风云的达观，也就是昆德拉所说的"对人世之事之相对性的自觉迷醉""确信世上没有确信之事的奇妙欢悦"。打一出场开始，来运就不断地向我们展现这种幽默，没有什么能让他沉溺在沮丧之中。在我们眼中，他的处境极其悲惨且每况愈下；但他自己却觉得，"总是运气很好"。在来运面前，衣食无忧却郁郁寡欢的我们应该感到羞愧，是生活亏欠了我们，还是我们亏欠了生命？和来运相比，我们是强者还是弱者？

昆德拉欣赏卡夫卡，认为他是欧洲小说传统的继承者，因为他努力以诗人的巨大幻想去改造一个极其非诗意的世界。"即使在被极端地剥夺了自由的情景中，K 仍可看到一个等着水罐里慢慢流满水的面容憔悴的姑娘。"这样的时刻在小说中有很多，它们是通向自由和诗意世界的窗户，"全靠那半开闭的窗户，它就像一股怀旧的气息，一丝柔和的威风，进入了 K 的故事中，并留在了那里"②。用昆德拉看待 K 的眼光来看待来运，我们就找到了进入《来运儿，好运》的正确路径。

---

① ［捷克］米兰·昆德拉：《被背叛的遗嘱》，见《米兰·昆德拉作品全新系列》，余中先译，上海译文出版社 2014 年版，第 311 页。

② ［捷克］米兰·昆德拉：《被背叛的遗嘱》，见《米兰·昆德拉作品全新系列》，余中先译，上海译文出版社 2014 年版，第 464 页。

《不明夜访者》

《不明夜访者》和我们随后要讨论的《进入》是根据同一故事素材创作出来的，故事的来龙去脉大致是这样：高中生冯中强和同学丁小晚私奔到城市里寻梦，落脚在冯中强的表叔老哈的粤菜馆里。老哈迷上了丁小晚的美色——反过来说也可以，丁小晚迷上了老哈的财富。总之，两人勾搭在一起，冯中强只能黯然出局。几经波折之后，离开菜馆的冯中强成了造假矿泉水的老板大李的手下，此时他已褪去了初来乍到时的单纯和稚嫩，先是假装朴实骗取了大李的信任，不动声色地摸清了后者做生意的套路，并把他的客户和订单握在了自己手里，然后翻脸一击取而代之。另一边，不满足于当情人的丁小晚要插足老哈的婚姻，没有得逞，失望之余，对老哈一家投毒，却意外毒死了几个菜馆的客人。出了人命，小晚锒铛入狱，老哈的事业也完蛋了。

这个故事我们并不陌生，里面的人物都似曾相识。20 世纪 90 年代以来，讲述都市寻梦者的欲望和沉沦的小说很多，拍成影视作品的也很多，以致我们会对这类故事感到些许腻烦。但阅读《不明夜访者》，我们还是会为之震撼。

小说以对话的形式展开。对话时间是大李的厂子被查封的当晚，之前"我"（冯中强）亲自把检举信送到了警察局的收发室。对话双方是"我"和"不明夜访者"，他每天晚上夜深人静时都来拜访"我"，揭破"我"的伤疤，戳穿"我"的假面，"我"能听到他的声音但看不见他，只有和他说话"我"才能入睡。在"我们"这一晚的对话中，故事的碎片支离破碎地出现，只有读完整部小说，我们才能把碎片拼合成一个完整的故事。如此，我们就不会对故事产生腻烦而放弃阅读，因为直到最后才能看清故事的全貌，且整个阅读过程都沉浸在破案式的好奇和兴奋之中。读完之后，我们也不会有揭开丑新娘面纱后的感觉，因为此时我们不会再去关注故事是否新鲜，吸引我们的是人物那悲剧性的、极具张力的情感世界，那颗交织着爱与恨、善与恶、欲望与罪感、野心与绝望的骚动不安的灵魂。

"不明夜访者"给人一种毛骨悚然之感，让我们想到鬼魂、幽灵之类的东西，尽管他的声音并不阴森，没有暴力和恐吓的内容。他到底是谁？

> 我真想盯着你的眼睛看看你，看你究竟是个什么玩艺儿。
>
> 可惜你永远看不见我。我是个影子，我只和黑暗在一起。我从很深很深的地方飞出来，把黑夜笼罩在我的声音里。听着我的声音，你不会梦魇。和我说话，你才能入睡。

他是"我"的良知，藏在"很深很深"的地方，在城市的激流险滩中航行的"我"只有在黑夜中，才会放松绷紧的神经，卸下厚厚的盔甲，从而感受到他的存在。只有与他说话，与他和解，"我"才能解除罪感的折磨，才能睡去。曾经"我"是一个淳朴的高中生，现在"我"成了一个骗子，一个骗取了骗子信任的骗子，一个比骗子还要狠毒的骗子……田中禾让良知化身"不明夜访者"与人物展开对话，营造出了陀思妥耶夫斯基式的紧张与阴郁，形象地呈现了人物在动摇和徘徊中越陷越深的心路历程。比如：

> 那是你的故乡，那儿有你的父母兄弟妹妹，有你们冯家的祖坟……
>
> 瞧，现在我在一座城市边沿的小巷里。从前这儿也是一座五六十户人家的村庄，现在还叫小马砦。瞧这周围的楼房，层层叠叠的灯火，天空日日夜夜在燃烧。虽然是后半夜，马路上的汽车还在轰轰奔跑。在这儿说家乡，说祖坟，你不觉得很好笑？

故乡、亲人、祖坟，在中国传统文化中意味着根基，既是生命之根，也是伦理之根，再厉害的人也害怕被人"刨祖坟"，再凶恶的人也不能

"吃窝边草"。冯中强的意念中出现了故乡、祖坟，说明他还有良知，他并非无所忌惮。然而，意识到心灵在变柔软，他马上用"理智"将其重新武装起来："日日夜夜在燃烧"的城市天空下，抛开"家乡"和"祖坟"吧，它们早就成了不合时宜的概念！回看来路时，他也并不坚定。

> 要不是丁小晚，或许你已经上了大学。
> 上大学？我干吗受那份罪？就是大学毕了业，在别人眼里我还是脊梁上点着两点的乡巴佬，什么好事能摊到你头上？一个乡下孩子在学校怎么熬过来的，知道不知道？一家人勒紧肚子东挪西借凑学费，一学期连份菜都不敢吃，早晚自习，作业、考试，每天都在为分数活着，现在想起来还叫人头皮发紧。

言辞激烈地否定，恰恰表明那是自己抹不掉的情结。不过，后悔没有用，只能鼓动自己破釜沉舟地往前拼杀。在与"不明夜访者"无休无止的争执中，"我"决绝而专横地试图擦掉过去，抹除对小晚的负罪感，说服和驱迫自己理直气壮地、不择手段地实现野心。然而，这样做并没有真的让自己强悍起来，反而陷入到虚无和绝望之中。

> 声音像水一样在我四周漫溢，听不到风声，也看不见波浪，整座城市无声无息。白白亮亮的大水缓缓地漫上来，房屋和高楼的倒影在水中颤抖，顷刻间变成一片汪洋。

"我"要接收大李的造假矿泉水的生意，潜意识中出现发水的幻象是符合心理逻辑的。水，可以解读为欲望的象征，整个城市都浸泡在欲望之中。水，也可以解读为孤独的象征，每天晚上孤独像大水一般涨起，逼得"我"拍着胳膊在水面上无休无止、筋疲力尽地飞翔。"我"不能相信任何人，"我"将永远孤独。"不明夜访者"不能排除"我"的孤独，相反，与他对话本身就是孤独的征象，因为那个说话对象是"我"自己。欲望也好，孤独也好，终将把"我"淹没……

《进入》

《进入》是田中禾"城市神话系列"中唯一的一部中篇。《不明夜访者》发表三年后，他重写了冯中强的故事，给人物取了新的名字，篇幅拉长到原来的六倍，但故事框架和脉络没有变动。故事尽管还是那个故事，但《进入》实际上是一部全新的作品：采用了新的艺术形式，也孕生了新的主题和表达。

为了方便评说，我们先来交代一下两部作品中人名的变化：冯中强和丁小晚这对情侣的名字变成了冯强和丁小莉；粗浊鄙俗的老哈提升了档次，变成了有型有派的中产精英康建设，他的粤菜馆变成了金银滩大酒店；造假老板大李从男性变成了女性，名叫孙虹，不仅是冯强的老板，还是他的情人；大李招惹的自己厂里的那个小妞也有了名字——小娜，是孙虹的表妹，她将和冯强暗中勾结偷走表姐的生意。

《不明夜访者》只有"我"（冯中强）一个人的声音，"不明夜访者"是"我"心底的良知，"我"与"我"的良知交谈、争执。《进入》则采用了基于不同内视角的转换叙事，整部作品分为三个部分，都使用第一人称，三个视角人物——冯强、康建设、孙虹——先后登场讲述，而他们的讲述恰好先后衔接，构成一个完整的故事。冯强讲述的是他和小莉的相恋、私奔和进城后的第一夜；康建设从见到来找活的冯强和小莉开始讲起，讲他和小莉的私情、冯强的离开、情人和家庭的两难选择，直到小莉投毒、银铛入狱；孙虹则从遇到离开金银滩大酒店的冯强讲起，讲二人在情感上、生意上的合作与博弈，讲到冯强和小娜偷偷转移走她的厂子，自己沦为了没巢的燕子。孙虹结束讲述，小说也就完结了。有趣的是，这个时间点，刚好对应了《不明夜访者》的当下时间——"我"和"不明夜访者"交谈的时候，大李的厂子完蛋了。冯强是我们在《进入》中最先认识和产生情感认同的人物，他进入城市后就对我们关上了心门，我们之后虽然在康建设和孙虹的故事中见到了他，但我们不知道他在想什么，不知道他从被别人算计到算计别人经历了怎样的心路历程，如果我们想知道，可以把《不明夜访者》作为《进入》的第四部分来看，虽然它的创作时间在前。

农村子弟进入城市的艰难，他们的挣扎、彷徨和沉沦，是《不明夜访者》的主题，但在《进入》中，只能算是一个次级主题，因为分量与冯强不分轩轾的视角人物康建设和孙虹都不能算是农村子弟，康建设当兵转业后进城进厂然后出来搞酒店，孙虹也是从厂子里出来做生意，他们都有城市户口，都在城市里组建了家庭，在冯强眼中他们就是土生土长的城里人。那么，《进入》的主题是什么？

主题就寓于小说的形式之中。我们阅读中会有一个明显的感受：每个讲述者的讲述中，自己都是中心，是主体，别人只是客体，他们一厢情愿地认为别人只是自己眼中的样子。在康建设眼中，冯强只是一个很容易对付的、偬头偬脑的乡巴佬，他只有直言片语提到过这个小表侄，冯强内心的郁愤、屈辱、不甘和算计，他没有兴趣知道因而也不会知道。孙虹对冯强的了解要多一些，因为她要利用他来赚钱和填补情感空缺，但她也低估了对方，自以为能牢牢掌控局面，直到被算计才懊悔自己托大了，"我不是没想到，也不是不明白，只是不相信会发生这样的事"。冯强眼中的康建设和孙虹呢？在《不明夜访者》中我们看到，一心出人头地的他不会去挂心别人的生活，康建设也好，孙虹也好，都只是他的磨刀石或者垫脚石；而且，他与康建设和孙虹一样自负，以为自己把一切安排得妥妥当当。读完小说我们再回头审视人物之间的关系，会发现存在着或潜存着很多的反转：孙虹以为把冯强玩弄于股掌之上的时候，冯强正为自己的表演暗自得意；康建设处心积虑地得到了小莉，或许只是上了小莉精心设计的钓钩；是冯强毁了小莉，还是小莉毁了冯强，我们很难说清；还有那个小娜，她未必只是冯强的棋子，如果开口说话，我们可能会觉得她才是最后的黄雀。

田中禾当然不是要警示我们去提防他人，尔虞我诈的世界里，没有谁是最后的赢家。他是想告诉我们，应该关切他人，真正进入他人的世界，或者说真正对他人敞开自己的世界，这样，人与人之间就会少很多悲剧性的故事。这样一种人与人之间的关系，哲学上称为"主体间性"。胡塞尔的"生活世界"、海德格尔的"共在"和"因缘整体"、马丁·布伯的"联系世界"、哈贝马斯的"交往理性"……都是在探索建立一种"主体间性"，或者说是"互为主体性"。人们如何才能把他人看作和自己一样的主体，而不是次于自己、供自己所用的客体？如果这个问题解决了，我们就能在此基础上构建一种真正的伦理学，就能实现天下大同。《进入》用文学的方式提出了这个课题，我们可以在存在论的意义上理解"进入"——进入他人的世界与他人"共在"。

文学的使命是提出问题，而不是解决问题。而且，有些问题可能是无法解决的，它根植于人类的存在结构之中。哲学家们提倡"主体间性"能否在现实世界中营建起来，是一个未知数，笔者个人持怀疑态度，田中禾想必也不乐观。所以，他就人物的命运安排了多处现实的或潜在的重叠。康建设和孙虹：康建设不想用家乡来的亲戚，但用了，结果毁了自己；孙虹用自己表妹时冯强也建议他不要用，她还是用了，也毁了自己。康建设和冯强：康建设沉迷女色，导致了败落；虽然有前车之鉴，冯强也逃不过这一宿命，即便小娜不扮演小莉的角色，也会有其他女孩出现，《不明夜访者》中说得很清楚："你有了钱，就知道钱这东西有多坏，钱也是毒品，会让你上瘾。……你需要一个像小晚那样的女孩，又伶俐又娴雅，善解人意。这样的女孩用不了多久就会变成出类拔萃的人才，什么事都能办，在不知不觉间能把整个城市玩转。"李杰和小娜：如果小娜功成身退，安心做冯强的贤内助，她很可能落得和李杰一样的下场，李杰也曾陪伴康建设走过风风雨雨。当然，小娜也可能和孙虹的人生轨迹重合，离开冯强独自闯荡，找一个更年轻的小伙子填补感情空缺……这种人物、情节的对位、重叠和爱伦·坡的小说《失窃的信》很相似①，拉康在关于后者的分析中，把这种对位、重叠作了结构主义的解读。结构作为普遍法则，是无法超越的，那么，人类就走不出命定几种结局，同样的故事将一再上演。

如此，荒诞就产生了。什么是荒诞？荒诞是人类永恒的生存处境，你永远无法摆脱命运的捉弄，无论如何努力都徒劳无功，反而会加速落入世界为愚弄人类设置的圈套，就像为改变命运远走他乡的俄狄浦斯，就像一次次拼尽全力推石头上山的西西弗斯。一切都是枉然，可你又不能什么都不做，我们不会劝冯强留在那片灰头土脸的穷村僻壤，不会劝孙虹待在婚姻里忍受丈夫的背叛和婆婆的刻薄，出来却又……加缪告诉我们，荒诞就是——"进退两难，没有出路。"②

进退两难，也是《进入》反复言说的一个悖论。比如：

> 对高档东西的爱好使她身上纯朴的东西越来越少，对我的依赖和感情也越来越深。

> 随着我和她的关系越来越深，她在我面前变得越来越强悍，我在她面前变得越来越软弱。

---

① 《失窃的信》的故事梗概是：王后接到一封信。正准备看时国王走了进来。王后来不及收藏，干脆把信放在桌子上。如她所料，国王果然没有注意。但随后进来的 D 部长却发现了，他当着王后的面，用外表相似的另一封信换走了王后的信。信对王后很重要，她委托警长替他找回这封信。警长采取各种办法，跟踪、秘密搜查寓所，甚至假扮强盗，半路拦住部长搜身，但都一无所获。他只好求助于私家侦探杜宾。杜宾根据推理，判断 D 部长也会像王后一样将信藏在显眼的地方，于是也在 D 部长的眼皮底下，用一封假信在大臣客厅的卡片架上换走了王后的信。——赵炎秋主编：《文学批评实践教程》，中南大学出版社 2007 年版，第 133 页。

② ［法］加缪：《局外人 鼠疫》，杨广科、赵天霓、陈属玉译，凤凰出版社 2011 年版，第 14 页。小说用一个生动的细节隐喻了荒诞的本质：
　　……在村口的时候护士代表跟我说了话。她的声音很怪，和她看上去的样子很不协调，那是一种抑扬而又颤抖的声音：
"走得慢，会中暑；走得快，要出汗，到了教堂就会着凉。"
她说得对。进退两难，没有出路。

比如：

> 当我真心希望她能摆脱过去的时候，心里被强烈的失落感冲击，生出无法抑制的感伤；如果她还像原来一样每天被忧郁、烦乱缠绕，负疚感又使我牵肠挂肚地挂念她。

再比如：

> 每次到她那儿去之前，或是从她那儿出来之后，总是感到沮丧后悔，禁不住在心里叹息：一个不被情欲纠缠、平平静静过日子、能每天精神振奋地干自己的事的人，多幸福！

> 我真的要和她分手？从此不再享受偷情幽会的惊心动魄？生活又像原来一样枯燥庸烦，不再有令人心醉的快乐时光？在人的一生中，有很多宝贵的东西，只要你一松手，它就会永远消失，再也找不回来。我知道我真的要失去她了。撕心裂肺的悲痛使我站立不稳……

如此种种，不一而足。

进入城市，进入身体，进入一段关系，进入另一个人的生命……所有的"进入"，都隐含了风险和悖论，钱锺书在《围城》中也对此做过透辟的言说。如何破解悖论，田中禾没有告诉我们。或许在他眼中，悖论是不可解的，荒诞是不可解的，因为我们无法穿透世事的混沌，无法清除人性的贪婪。不过，我们不必为此沮丧，如田中禾所说："尽管我们知道人性的不完善是无可奈何的，但我们从来也不会放弃改善它的理想和追求。这才是上帝让我们不完美的原因。"① 我们存在的意义就寓

① 田中禾：《关于女人（三题）》，见《同石斋札记·花儿与少年》，大象出版社 2019 年版，第 21 页。

于一个终极的悖论之中：我们希望并致力于解开困扰我们的悖论，而悖论是不可解的，这意味着我们永远有为之奋斗的目的，永远有意义可以追求。只有面临进退两难，才会有真正意义上的选择。如果进退的后果判若云泥，一望可知，就不存在纠结，也不存在选择了。不存在悖论的世界是不可想象的，一切都按照不可逆的、明明白白的方向前进，没有选择，没有迷惘，没有缺憾，也就没有故事和文学了。正是在这个意义上，克林斯·布鲁克斯宣称悖论是世界的本相和诗语的本质，"诗人要表达的真理只能用悖论语言"①。

《黄昏的霓虹灯》

《黄昏的霓虹灯》采取了当下与回忆交织的叙事方式。当下讲述的是"我"——孙伟，一个漂在省城打工的大学毕业生——离开省城回到故乡的一段不长的生活历程，大概只有三四天的时间。"我"初步的打算是永远离开这个城市，不再回来，好像是因为一个叫赵越的女孩。她不断出现在"我"的思绪中，无论看到什么，总能唤起关于她的回忆，那些点点滴滴，浪漫而甜蜜。"我"不断强迫自己不要想她，"不！我得把这念头闸住，不能再往下想""噢，我得想点别的什么"，但是没有用，关于她的记忆如影随形挥之不去，虽然文本中给出了一些暗示，但我们大抵还是会猜想她是因为情变而离开，这是当下的时尚。小说结尾，谜底揭晓，原来赵越遭遇车祸丧生了！瞬间，悲情满怀！

锦瑟年华，两情相悦，本待患难相扶，执手偕老，不想梦断成空，天人永隔！生生死死的爱情总是催人泪下，读者自能意会，毋庸笔者多言。笔者感兴趣的是，他是否还会回到伤心地？

答案是肯定的。离城前，"我"把锅碗瓢盆等生活用具都送给了老黑，决意不再回来。在家乡，父母、同学对"我"温情以待，但"我"很快就意识到，自己不再属于这片地方。小说结尾的时候，接到老黑电

---

① 赵毅衡主编：《新批评文集》，中国社会科学出版社1988年版，第314页。

话后的"我"泪流满面，电话那头告诉"我"，肇事逃逸的车辆找到了。找到肇事车辆其实没有什么可激动的，不会让赵越回到"我"身边。"我"之所以泪奔，是因为"我"要回去了，回到遍布着赵越足迹的城市。

为什么不能留下？只是因为"和省城相比，它的秩序更乱，卫生更差，人更粗俗"？这个理由总让人感觉似是而非。从经济的角度考量，"我"在省城租住房子，到处打工，境况未必比留在县城好，罗文慧和方勇那优渥的现状便是明证。而且，"我"根本就没有评估过留下的利弊得失。那么，为什么要回到伤心地？因为那里有关于赵越的记忆吗？显然不是，那是"我"逃离的原因。答案藏在"我"与罗文慧的邂逅中。

罗文慧与"我"高中时相互倾慕，她本有可能占据赵越的位置，一念之差，错过终身。"我"有了赵越，她也嫁作人妇，日子过得很顺心。现在，一个重续前缘的机会出现了，两人在网吧偶遇，她请"我"吃饭，爱恋之情溢于言表，而"我"若顺水推舟以便修复赵越留下的伤口，读者们想必也不会太反对。但"我"的反应很奇怪：

> 我不想用俗气来形容过去的女友，"俗气"这个字眼本身就很俗气。也许城市把我熏陶得更自私、更刻薄，罗文慧的一番好心反而败坏了我对县城的怀恋。她那包工头丈夫没坑我、害我，她的网吧也没招我、惹我，我没理由去嫌恶他们，更没资格瞧不起他们。如果说有钱算不得荣耀，可有钱也不是罪过，更不是耻辱。然而我心中的县城，往日的县城，它已经不复存在。我真的不再爱它。

罗文慧颇有姿色，成熟丰满，柔情脉脉，和"我"有前情，又不会让"我"有负担，"我"的确没有任何理由嫌恶她。何以"罗文慧的一番好心反而败坏了我对县城的怀恋"？只有超越性爱的层面，才能找到答案。对于"我"来说，与罗文慧的情缘已经成为过去，她可以在身体层面接受"我"，但无法承载我的爱情。就像这个县城，可以作为"我"暂时的容身之所，但无法安放"我"的梦想和未来。这并不是"我"个人对故乡的偏见、厌弃，而是这个时代的一种普遍情绪。毅然跑到山村学校当老师的周楷正备考雅思，打算去国外读书，这等于追随了"我"的选择，当然比"我"的步子迈得更大更远。罗文慧之所以对"我"如此殷勤，脸上带着"毫不掩饰的崇拜神情"，是因为"我"来自省城，象征了远方和梦想，尽管"我"只是一个白领打工族。罗文慧或许也梦想着更大的世界，但目前来看只能待在县城里，这里有她的家庭和事业。"我"则不同，骑在天鹅背上旅行过的青蛙不可能再回到井底，周楷已经证明退回去的路是不通的，"我"不能重蹈他的覆辙。

赵越是"我"的梦想，她离开了，梦碎了，但"我"还得在这个梦碎的地方待下去，带着破碎了的梦想：

> 赵越，你不能死，我要和你结婚。你踏着黄昏的霓虹灯，以优美的身姿蹬着你的自行车，在回家的路上……

无数和"我"一样的寻梦者来到城市，被城市的荆棘刺得遍体鳞伤，梦想如水汽一般消散，但也只能继续下去，因为回看来路，已无退处。进无可进，退无可退！进退失据是我们这代人现实的生存境遇。

第四章 思逸神超 乐以忘忧：
2010 年以后

2010 年以前，田中禾发表的小说以中短篇为主，长篇仅有一部《匪首》。但在 2010 年，他几乎同时推出了两部长篇《十七岁》和《父亲与她们》①，在文坛引起轰动。2017 年，又推出长篇《模糊》。年逾古稀仍有如此旺盛的创造力，着实让人惊叹！诚如李勇所说，"如果没有一种生命的激情与强韧，是绝对无法成为现在这样一个年近耄耋仍前行不止的作家、艺术家和知识分子田中禾的。"②

必须特别指出的是，田中禾的写作是无功利的。在行走文坛、扬名立万的年龄，他就不曾抱怨文坛亏负自己，相反，在打抱不平的朋友面前为文坛辩护，说边缘化是自己主动寻求的结果，"这是个恰当的位置，待在这儿很自在"③。及至退了休，更是淡出了名利江湖，静下心来阅读写作。而且，他也不是那种废寝忘食的发愤著书者，"找不到感觉不写，缺乏激情不写，没想好不写，身体不适不写。……忽然看到一

---

① 《十七岁》发表于《中国作家》2010 年第 2 期；《父亲与她们》发表于《十月》2010 年第 2 期（发表时名为《二十世纪的爱情》，单行本出版时更名为《父亲与她们》）。

② 李勇：《作家与作家之外的田中禾》，《小说评论》2020 年第 2 期。

③ 田中禾：《斗争与妥协的过程》，《田中禾小说自选集·自序》，河南文艺出版社 1998 年版，第 2 页。

本好书，必须打开看完，记了读书札记，才肯放下回到小说里来"①。偶尔寂寞的时候，就约朋友去唱唱歌，蹦蹦迪，喝喝咖啡。"我一贯的人生哲学是：健康开朗地活着，人生才有意义，自由也才能被思考。"②写作于他，既不是手段也不是寄托，而是纯粹的热爱，是甘之如饴的生活方式，所以退休之于他的写作才没有任何负面影响，相反还使得他的写作更加地自由从容。在三部长篇尤其是《十七岁》中我们显然可以感受到这一点：回忆与评说穿插进行，娓娓道来，行止由心，挥洒自如。

这样一种自由从容的写作状态——不趋附时髦，不孤僻自处，也不再刻意去突破自己——反而成就了田中禾，如墨白所说，这一时期他的创作达到了 60 年来的最高水准③。关于墨白的评价，我想补充两句。由于偏爱现代主义文学，尤其是大量使用象征手法的文本，我个人对《匪首》的喜爱和对《十七岁》等三部长篇的喜爱不分轩轾。不过，我并不反对墨白的评价。相比而言，在思想的层面上，田中禾这一时期的作品的确更为博大、浑然、超拔。我很容易对《匪首》展开象征性解读，但对《十七岁》却感到束手无策，这些作品——其他两部亦然——有点"拒绝阐释"。作者的讲述很真诚，深情款款，阅读中你觉得和他很近，但读完整部作品，你却感到离他很远，他仿佛在云端俯视着芸芸众生，你很难站到他的视点上。故事并不复杂，语言也不深隐，却让人犹豫再三，不敢出言评说，因为总感到文本中隐含着一些东西，难以捕捉却又不能置之不顾。

幸好，田中禾不仅创作小说，还创作了大量的随笔、散文和评论，可以为我们进入他的小说提供帮助。2019 年，《同石斋札记》四卷本出

① 田中禾：《21 世纪我在怎样生活》，见《同石斋札记·花儿与少年》，大象出版社 2019 年版，第 210 页。

② 田中禾：《21 世纪我在怎样生活》，见《同石斋札记·花儿与少年》，大象出版社 2019 年版，第 211 页。

③ 墨白：《田中禾先生的文学风雨路》，《中华读书报》2019 年 11 月 24 日。

版，虽然作者自言"只是随感而发，缺乏专业性"，却让我这个文学理论专业出身的读者叹为观止。正是折服于田中禾在这部集子中展现出的理论视野和思想深度，我才参加了前言中谈到的那个"田中禾文学创作60年暨《同石斋札记》新书研讨会"，才开始系统阅读田中禾的小说。本章最后一节，我们将回到这部集子。

第一节 《十七岁》：文化与命运之书

在 2007 年发表的一篇创作谈中，田中禾写到："我的稿子没什么卖点。说穿了，它只不过是满足了我自己的述说欲。我写作，像当下退休老人玩花、弄鸟、钓鱼，是让自己在文字中逃避尘世的喧嚣，在沉溺于文字中让自己的心不随浮躁的时代起舞。谁来读它，也只能无奈地以平静的心态去读。没什么宏旨，仅仅是个人的述说，个人的家事。"① 这个时候，他正在着手进行《十七岁》的创作。平静地述说个人的家事，应该就是田中禾这部长篇的创作目的。

小说由一则日记和十四个章节组成。十四个章节在时间上前后衔接，但分别以不同的家庭成员为中心展开讲述，从而点面结合地编织出了这个家庭几十年的变迁。独立于所有章节之前的日记写于甲子年二月十一，那是为母亲举办葬礼的日子，凸显了母亲在家庭中的特殊地位。显然，这部作品是一曲母爱的颂歌。关于这个伟大的母亲，我们在第一章第一节已做了较为充分的介绍，也多处使用了《十七岁》中的文字，此处不再赘述。

或许田中禾主观上真的"没什么宏旨"，但这部作品的意义绝不仅限于记述他的家事。好的文学从来都不是"个人化"的，极端自恋的个人主义者也不会是一个好作家。笔者很是认同艾略特提出的"非个

① 田中禾：《个人——文学的至高无上的主人公》，《作品》2007 年第 4 期。

人化"主张——读者没有义务花时间去倾听你的喜怒哀乐，除非能够唤起共鸣或有所教益。所以，奥尔罕·帕慕克的自传讲述的不只是自己的命运，还是伊斯坦布尔的命运，"伊斯坦布尔的命运就是我的命运，我依附于这个城市，只因她造就了今天的我"①。田中禾这本家族史小说也是如此，是一本关于他们这个家族的命运之书，也是一本关于我们这个民族的文化之书。而且，正是因为他的述说"没什么宏旨"，没有刻意去展开文化之思，文化才得以本真地显现了出来。

这里我们所说的"文化"，不是指宽泛意义上的作为生活方式的文化②，也不是狭义上的诸如哲学、艺术、文学等作为民族精神财富的文化，而是特指那些抽象的但也是根本性的生命态度、思维方式、价值取向和伦理取向，可以称之为文化精神或文化基因，我们在谈论中西文化差异时往往会在这个层面上展开。不过，还要再加上一个限定，我们要谈论的是民间的文化精神、文化基因。通常，我们把民族文化精神等同于经史文化的精神，其实，经史文化的精神与民间实际践行的文化精神是有差别的。最终决定一个民族的命运和道路的，并不是那些光辉灿烂的思想，而是民间的文化精神、文化基因，也就是那种被称为"国民性"——我们此处在中性意义上使用这一概念——的东西。

历史悠久、光辉灿烂的文化遗产是值得骄傲的财富，但有时也是沉重的包袱。帕慕克的笔下，曾经无比辉煌的奥斯曼帝国的历史和文化就是如此：伊斯坦布尔人为之感到骄傲，但这种骄傲不过加重了失落感和屈辱感，帝国早已终结，繁华梦已经逝去，面对和西方差距不断拉大的现实，人们沉浸在无以排解的忧伤之中。"随着年龄的增长，伊斯坦布尔人觉得自己的命运与城市的命运相缠在一起，逐渐对这件忧伤的外衣表示欢迎，忧伤给他们的生活带来某种满足，某种深情，几乎像是幸

---

① ［土耳其］奥尔罕·帕慕克：《伊斯坦布尔：一座城市的记忆》，何佩桦译，上海人民出版社 2007 年版，第 5 页。

② 在这个意义上《十七岁》也是可圈可点的，它呈现了极其丰富的民俗文化事项。因为这一维度已被评论者们反复评说过，此处我们不再涉入。

福。在此之前，他们仍愤愤不平地抗拒命运。"① 在帕慕克看来，伊斯坦布尔在传统和西化之间进退维谷，看不到未来，以致"呼愁"成了城市的性格，他的写作几乎都是围绕这个主题展开。

我们有更加悠久、辉煌的历史和文化，也和伊斯坦布尔有着同样的境遇，但我们的反应大不相同：帕慕克笔下的伊斯坦布尔是一个情感的共同体，"呼愁"是伊斯坦布尔人共同的情感状态；我们则不同，没有这样的情感共同体，教科书上的近代史是一部屈辱史和奋争史，《十七岁》中的民间则完全是另一番景象。

人们没有任何的文化包袱，没有任何的文化信仰，不坚守什么，也不排斥什么，他们唯一忠诚的，是生生不息的人间烟火。田中禾的祖父张凤吾是唐河县最后一次乡试的秀才，本有可能考个举人从而在门前竖起一座铁旗杆，然后去京城应殿试放个知府、道台什么的也未可知，不想被一个突发事件给连累了——因为罗六爷砸了洋人教堂，唐河县的科举考试被罚停考五年，而停考后不久，科举就被废除了。22 年后，王国维自沉颐和园昆明湖，为传统文化殉节。与之形成鲜明对比的是，距离京城千里之外的唐河县城里，张家的人对失去了改变门楣的机会并不耿耿于怀，他们迅速扭转了对读书的态度：

> 父亲最先觉悟，他不再如祖父那样留恋"之乎者也"，他去向一个大字不识的远亲学手艺，及早成为牌坊街的灯笼匠，变为县城的市民。到了七十年代，张家的晚辈们甚至连初中、小学都觉得多余，"认得自己的名字就行了"……从前清到八十年代，我们张家子孙因为不读书、不识字而保持了混蒙本色，对身历的乱世浑然不觉，连"苟全性命于乱世，不求闻达于诸侯"的人生哲学也不需要，就如鲁迅夫子所说，种田就种田，舂米就舂米，因而保持了家

---

① ［土耳其］奥尔罕·帕慕克：《伊斯坦布尔：一座城市的记忆》，何佩桦译，上海人民出版社 2007 年版，第 280 页。

族的人丁兴旺，太平安乐。

书都可以废弃不读，自然谈不上对主要由书本所承载的文化传统的忠诚。所以，舶来的文化在民间没遇到太大的阻力，来自意大利的天主教牧师很快招徕了一批教众，这里面就包括田中禾的外祖母。不过，这些教众估计不会让牧师满意：

> 像城里乡下许多穷人一样，外祖母并没打算加入教会，她到教堂去，只是为了领一份圣餐。在教堂里坐一晌，听那位神父用惹人发笑的腔调讲一阵故事，就能领到两个高粱面馍，在春荒季节，这当然是很合算的事。再说，她觉得教会和吃斋入道劝人行善没什么两样，互相并不违背。

教堂被罗老六砸了之后，外祖母就去找老母道的姐妹们念佛打发时光。坐在圣坛上的是上帝还是佛祖，她不介意，她介意的是教堂可以领圣餐而佛堂却要捐布施，所以对罗老六很是不满。至于衙门里坐的是些什么人，衙门叫县政府还是司令部，人们就更不介意，不打仗就按部就班地过自己的日子，打仗了就去逃亡。

> 牌坊街的人已经习惯了动乱的日子，从清朝末年起，几十年间几代人在动荡不安中生活，逃亡对他们算不得什么。没有哪一家会因为打仗而把自己的日子停顿下来。打仗归打仗，孩子该出生还出生，生下来的孩子该长大还长大，农民该种地还种地，生意人该做生意还做生意。习惯了，也就没人去怨天尤人。

不过，人们绝非闭目塞听、抱残守缺，相反，对时事相当敏感，因为只有密切关注气象才能保证生活的小船不被风浪打翻。母亲是最杰出的代表，她灵敏地感知外部世界的风吹草动，然后迅速作出睿智的判断和选择。每有要起战事的消息传来，她都第一时间关门闭铺，把孩子们送到乡下避难，局势稍稍稳定，她又会率先开门做生意，以保障全家人的衣食无忧，谨慎和勇敢两种品质被她完美地结合了起来。新时代的大潮袭来时，母亲果断送出了几十亩地，缩小店面，赠股份给伙计，赢得了一个中农的阶级成分。之后，积极参与新政府领导的各项工作，成了中苏友好协会委员、劝储委员、纳税光荣模范，并助推女儿、女婿和大儿子进入政府部门工作，供二儿子和小儿子考上了大学。母亲的运筹帷幄，不是因为接受了先进的意识形态，而是出于对时代大势的顺应，让孩子们活得安稳、体面是她唯一的目的。牌坊街的其他民众或许没有母亲那般睿智，但处世之道并无不同，何八爷父子、许小玉母女、史婶、刘家琪……都为了生存而忍辱负重、百般谋划，都表现出了坚韧顽强的生命意志。

刘军谈论母亲对孩子们的影响时指出："母亲直接介入了二哥和许小玉的情感生活，成为许小玉与胡政委、二哥与李春梅结合的双重推手，或许在母亲的理念里，她是绝对正确的，但二哥与李春梅间悲剧的种子却由她亲手所种。回到二哥的选择这个层面，他、许小玉、李春梅三者之间，在当时的情境下，他们都作出了似乎正确的选择，而结果呢，则是三段'弯曲'的人生。""（'我'）没有轻易顺从周遭环境的'压迫'，然而，母亲以她十几年来未有过的眼泪和伤心彻底'打败'了'我'，同时也规训了'我'的个性和锋芒。"① 言语之间，对母亲干涉子女人生的做法颇有微词。

田中禾也有过类似的表达，在《奴性是怎样炼成的》② 一文中，田中禾指出，《父亲和她们》中的"娘"的形象借鉴了自己的母亲。

我母亲管教我，用的是她没有底线的爱，不计利害的付出。我

---

① 刘军：《十七岁：个人切片与历史还原——田中禾〈十七岁〉阅读札记》，《扬子江评论》2011 年第 4 期。

② 田中禾：《奴性是怎样炼成的》，《长篇小说选刊》2010 年第 6 期。

每一次对她的反叛都是对她的伤害，最终带来的是我深深的愧疚，深深的悔恨，直到她去世多年后的今天。我从她那里学会了做人的道理，学会了处世的方法，学会了保护自己。她对我的改造让我心悦诚服。我一点也不怨恨她为了不让我写作，藏起我的笔，烧掉我的诗集；为了不让我惹事，不许我在妻子面前发牢骚，说怪话；当朋友到家里来时，她彻夜不睡，坐在隔篱背后，悉心听着我们的谈话，只要发现我有出格议论，马上就会发出一声咳嗽。现在，为了这部小说，我真地忍心说"娘"是改造"父亲"的帮凶吗？她那么善良、宽宏、坚韧、智慧，忍辱负重，一次次从危难中拯救伤害她的那个"不讲理的""浑货"，她是这本书中最完美的形象，几乎可以说是马家的圣母，曾让读她的朋友感动流泪。

奴性就是这样炼成的。在家庭与社会的夹击下，中国传统文化会继续改造我们。对于一个中国孩子，奴化是为了让他的人生少受坎坷。我当然也会加入这改造下一代的行列。

我不认为《父亲和她们》中"父亲"的奴性和"娘"有什么关系，这是下一节要谈论的话题，我们姑且搁置。我也不认为《十七岁》中母亲的做法有任何不妥，不认为她对孩子们的干涉就是一种"奴化"。孩子们"'弯曲'的人生"是大环境下的必然，并不是母亲造成的，若任由孩子们各行其是，他们的人生航船可能等不到偏离航线（"弯曲"）就触礁沉没了，这是显而易见的。为了生存，委曲求全逆来顺受，清楚但回避是非黑白，并不就是奴性。对于没有背景没有资源的芸芸众生来说，奴性这个字眼太重了，让他们挺身而出对抗强权，是不公平的。

而且，母亲的屈从也是有底线的，"我"和谢敏之谈恋爱被揭发后，团委书记赵波教育"我"要痛批自己，母亲则不以为然，告诫说"千年古字会说话"，不要给自己更不要给别人扣帽子。对于那些被政治运动冲击的亲戚邻居，母亲明里疏远暗中接济。为了生活，母亲表现得很积极，但内心深处对于政治运动并不完全认同。牌坊街的邻居们也是如此，徐小玉的母亲去世，因为身份敏感，大家不敢上门吊唁，但心中并不坦然。后来在母亲巧妙地斡旋下，胡政委要给许家批救济，大家没了顾虑，纷纷提上鞭炮、油馍和纸筐到许家去吊孝。天理、良知，或者说是道德律令，并没有被生存的欲望所湮灭。我们应该感颂这些心存善念的民众，而不是拿圣人的标准指责他们没有取义成仁。

对于《十七岁》中的父老乡亲们来说，活着几乎成了一种信仰，甚至是唯一的信仰，除此之外人们不坚守什么，也不排斥什么，一切取决于能否活下去，能否更好地活下去，那么，我们的民族就具有无限的可塑性，是开放的，向着未来敞开的。几千年来，中华民族生生不息，展现了超强的延续性，一次次的改朝换代，乃至外族入主，都没有导致亡族灭种，原因之一便是民众们的这样一种文化态度：他们不会把自己绑在某个王朝的战车上，与之同进退共存亡，只要能活下去，谁坐江山都无所谓。他们更不会为某种理念而以死相拼，像曾经的欧洲人那样狂热地投身于宗教战争。只要不妨碍我们熙熙融融地生活，没有什么是不能接受的，就此而言，我们说中华文明是海纳百川的包容性文明，倒也并非夸饰、溢美之词。

帕慕克笔下的伊斯坦布尔暮气沉沉，人们走不出帝国的阴影，摆脱不了历史的重负，少年帕慕克留给我们的也是少年老成的印象。我们则不同。文人们或许陶醉于以苍老的腔调一叹千年，民众们则全然不会为了过去而悲悲切切。过去就过去了，与活在当下的人毫不相干。张家人断然放弃耕读持家的传统，踏踏实实过小民百姓的日子，虽是被迫的选择，但也实在是洒脱！母亲也是如此，在一次次的运动中，先是失去了苦心经营的商号，后又失去了雕花的实木家具，然后是牌坊街上的大宅院，但她并不痛惜沮丧，"反正没人在家，要那座楼有什么用？"田中禾自陈自己的处世态度是"油罐打了不回头"①，这种豁达应该也来自

———————————

① 田中禾：《梦中的橄榄树·油罐和羊》，见《同石斋札记·花儿与少年》，大象出版社 2019 年版，第 47 页。

母亲的影响。

就精神气质、文化气质而言，"保持了混蒙本色"的张家一族是年轻的，"混蒙"一词本就专用于形容儿童或童年的人类。母亲是年轻的，"她给我们留下的形象永远是精神振奋、充满朝气的样子"①。田中禾是年轻的，年近耄耋玩心不退，依然对生活充满热情。小说结尾写道：

> 在我的家里，十七岁是故事发生的年龄。无论是母亲、大姐、六姐，还是大哥、二模糊、春梅，每个人都从十七岁开始自己的旅行，走入岁月深处……

十七岁是故事发生的年龄，隐喻了青春、命运、未来……作为书名，这个字眼还点亮了英伽登所说的那种文学作品的"形而上质"：不仅定格了人生，将亲人们年轻的样子铭刻在了文字和记忆中，而且定格了人物生存于其中的那个世界，一个充满了无限可能的世界。如同"我"和"我"的亲人们走了十七岁，开始了自己的旅行，我们这个民族也走进了全球化时代，开始了充满机遇和挑战的冒险。我们的民族古老而又年轻。

活着，一切为了活着，只要能活着……很容易让我们想到"苟且"这个字眼。如果为了活着而不择手段、出卖灵魂，那的确是可鄙的，我们无论如何也不能认同。所幸，并非如此。如我们所谈到的，生存欲望并没有湮灭牌坊街人的良知，他们在政治高压下噤声敛色，但私下里仍在相互传递善意和温情，而这些善意和温情，如同埋在地表下的种子，是冰封过后春天到来的许诺和保证。

不可否认，这样一种文化态度，与我们所推崇的坚守气节、宁折不弯的品格是有乖离的。横眉冷对千夫指，我以我血荐轩辕，这样浩气凛然、至大至刚的个体是民族的骄傲，是知识分子的表率。但能否和应否

---

① 田中禾：《寸草六题·春天的思念》，见《同石斋札记·花儿与少年》，大象出版社 2019 年版，第 82 页。

将这样一种做派变成普遍的文化态度，是值得商榷的。因为正义、自由等本身都是有限的概念，我们发展这些概念是为了组建更好的社会，是为了更好地生活。进而言之，这些光辉的概念作为一种永远不能完全实现的理想，是引领生活、服务生活的，我们不能为了它们而毁掉整个生活。为真理而殉身的苏格拉底告谕我们，真正重要的不是活着而是活得好。在田中禾看来，这个问题是无解的，"如何活法才算活得好？如何才算正直、正确？——苏格拉底的选择算不算正确，至今还是个问题，何况常人？对于普通人，我只能说，好好活着，就是生活的意义"①。生活永远比抽象的概念更有价值。

还有一种批判的声音是：没有宗教般的信仰，没有对真理的追求、对正义的坚守，民众就会沦为一群便于操纵的乌合之众，为强权的生长提供有利土壤。其实，信仰、真理、正义并不就是强权的克星，因为强权往往披着真理和正义的外衣，并把自己推上神坛。20 世纪后半期，后现代主义者们致力于消解真理、正义、理性、主体等宏大概念，呼吁我们摆脱对精英、权威的盲从，正是出于对人类刚刚经历的那段噩梦般的历史的反思。按照他们的逻辑，如果你什么也不相信，你的思想就不会被控制。《十七岁》中的牌坊街人大抵就是这种类型的人，想想那个一会拜上帝一会拜佛祖的外祖母吧！事实上，后现代主义与民间文化本就有着亲缘关系，笔者在另一本书中曾做过探讨。② 颠覆和消解之后，还剩下什么？后现代主义者们没有回答。田中禾给出的答案是：生活。对于普通人来说，不必为那些谜语般的哲学问题费神，他只需要做个好人，好好生活，对付做事的困难、为人的烦恼，享受吃喝、艺术和情

---

① 田中禾：《回答所罗门——我的哲学作业》，见《同石斋札记·自然的诗性》，大象出版社 2019 年版，第 110 页。

② "巴赫金的狂欢诗学不仅奠定了他在民俗学、人类学中的地位，还使得他成为了后现代的学术明星。民间狂欢文化对物质和肉体的强调、对反动的官方意识形态的消解、对开放性和未完成性的推重都被后现代主义者们引为同调。"——杨文臣：《孙方友小说艺术研究》，武汉大学出版社 2017 年版，第 45 页。

爱，生命就是这样一个过程。田中禾也相信，人们都愿意去做个好人，因为人有荣誉感。"无论好人坏人，都喜欢别人赞扬，喜欢被人尊敬，喜欢公众崇拜、社会褒奖。人的虚荣心是人性向善的内在动力。"① 当然，我并不认为后现代主义能阻止强权的肆虐，它不会带来有效的政治实践，只能在思想领域质疑权威却无力也无意在政治实践中削弱权威。② 田中禾也不认为人的荣誉感能阻止坏人作恶，在他看来，恶行是永远无法消除的，因为人类的贪婪永无止境。

对于我们谈论的这种为活着而活着的文化态度，思想界一直在给予辛辣的批判，奴性、麻木不仁、犬儒主义、庸人哲学、糊涂哲学、好死不如赖活着……这些批判都有道理，尤其在指向知识分子的时候。但作为一种民间的文化形态，倒也没有如此不堪。活着一切才有可能，"我一贯的人生哲学是：健康开朗地活着，人生才有意义，自由也才能被思考"③。如果能真正培育出另外一种文化态度，比如，为信仰而活着，为真理而活着，为正义而活着……或许是一件幸事，我们不会反对。然而，那只是一种企望，不可能变成现实，如田中禾所说，"中国传统文化会继续改造我们""我当然也会加入这改造下一代的行列"。文化基因是无法改变的，这是我们的命运。

第二节　《父亲和她们》：奴性到底是如何炼成的

花费 20 多年心血写就的长篇《父亲和她们》是田中禾最有影响的

---

① 田中禾：《回答所罗门——我的哲学作业》，见《同石斋札记·自然的诗性》，大象出版社 2019 年版，第 102 页。

② 杨文臣：《"问题化"之后的虚无——琳达·哈琴后现代主义诗学批判》，《山西师大学报》（社会科学版）2017 年第 2 期。

③ 田中禾：《二十一世纪我在怎样生活》，见《同石斋札记·花儿与少年》，大象出版社 2019 年版，第 211 页。

代表作。——之所以没有按照惯例在这个句子末尾加上"之一"，是因为在阅读了几乎所有关于田中禾的评论后，我发现评论界谈论这部作品的欲望最为强烈，相关评论也最有水准。如黄轶所说，这部作品拥有"与二十世纪中国社会史、思想史对话的角度和力度"①。如此深刻和重要，自然也拥有一说再说的必要和空间。

关于这部小说的主题，我们在上一节已经提到了——"奴性是怎样炼成的"。在创作谈和访谈中，田中禾把主要火力对准了中国传统文化，对准了代表传统文化的"娘"，尽管她坚忍宽厚如同圣母。

> 当我思索"父亲""母亲"和"娘"的一生时，我清楚地看到，宽容、善良、坚韧的娘，其实扮演着政治上对父亲改造的帮凶的角色。她对父亲的改造深深植根于传统观念之中，它渗透于我们的日常生活、伦理道德甚至我们的潜意识，以人本主义为中心的现代思想找不到向它进攻的突破口。"娘"对父亲这个大孩子和"我"这个小孩子的改造，是以没有底线的爱和不计利害的奉献为武器，这就使"母亲"对娘的战争无法取胜。②

> 她是中国传统文化的代表。善良、宽容，富有生存智慧和顽强意志，内心秉承着封建的伦理信念，执着地关怀着叛逆的主人公，终于把一个不听话的孩子改造成了驯顺的奴才。她的最终胜利是传统势力对自由思想的胜利。这个看似柔弱、宽宏的女人，其实是三个人物中最有力量的一个。③

黄轶表示，不很同意田中禾的这种解读。她指出，肖芝兰并没有以

---

① 黄轶：《身份：二十世纪的"中国结"》，《小说评论》2012 年第 2 期。

② 墨白、田中禾：《小说的精神世界——关于田中禾长篇新作〈父亲和她们〉的对话》，《文艺报》2010 年 10 月 14 日。

③ 陆静、田中禾：《当我们老了，当我们谈论爱情——陆静访谈》，《中国文学》2010 年第 8 期。

其秉承的封建伦理观念来管控马文昌，马文昌完全可以擅自行事，她执着的关怀也没有换来马文昌一点点的顾惜。至于马文昌后期的驯顺，是政治逼压的结果，绝非传统势力对自由思想的胜利，那个时代传统伦理恰恰是被踩在脚下的，父子怀恨夫妻成仇。"真正的'中国结'不是'娘'织就的，真正的悲剧力量来自时代，来自'身份'。"① 我在上一节已提到，不认为马文昌的奴性和"娘"有什么关系，理由与黄轶一样。但我也不完全认同黄轶，把悲剧归结于时代，《父亲和她们》的确超出了时代批判或政治批判。奴性到底是如何炼成的，我们还要细细梳理文本，重建马文昌的人格发展史。

故事从马文昌抗婚开始。我们支持他的选择，无论长辈们订下的婚约还是兰姐对马家的恩情，都不应该绑架马文昌，婚姻应该建立在爱情的基础上。他与林春如相爱，也没有什么可指责的。追求自由是他的权利，但追求自由绝不意味着抛弃责任，恰恰相反，只有勇于承担责任，才有资格谈论追求自由。兰姐七岁进入马家，鞠躬尽瘁地照顾一家老小，马文昌可以不承认兰姐是他的妻子，但不能不承认兰姐是他的亲人。可他是怎么对待兰姐的？不仅一走了之，把一家老弱病残抛给兰姐，还偷走了兰姐的银货。兰姐只能当掉最后一对玉镯——幸好马文昌不知道藏在何处——料理马老爷子的后事。多年之后，负伤住院的马文昌和前来慰问伤员的林春如不期而遇，打报告要求和兰姐离婚——这倒也无可非议，但他对兰姐的态度让人不能接受。

　　"第二天我让她陪我一起到邮政所去给兰姐寄钱。她问我，信是怎么写的？我说，我让她给孩子买点东西，替我给爷爷上坟。她冲我嗤了一声，你这人真不可救药！兰姐给你守家，为你做那么多事，你从来就没想过她？"

　　"我愣住了。我真的从没想过她。"

① 黄轶：《身份：二十世纪的"中国结"》，《小说评论》2012年第2期。

他对兰姐没有任何感恩之心，不心疼兰姐含辛茹苦地支撑着本来应该由他来支撑的那个家，更不挂心离婚后兰姐怎样生活：

> "兰姐她早已把自己看成是马家人，离婚后她怎么办？"
> "我从前没打算继承家产，现在也不需要，全给她好了。"

如此轻松，如此心安理得，偷走兰姐的银货时想必也是如此！

马文昌对兰姐没有责任心，对春如也是如此。和春如相逢后，

> 像一个孩子经历危险之后见到了亲人，父亲把松骨峰战役的前前后后讲给母亲听。她听着，问着，眼里流露出连心连肉的疼爱。

田中禾的语言真的很讲究！"像一个孩子"，而不是一个男人，因为，一个男人在这个时候关心的应该是对方经历了什么。直到多日之后，春如去了朝鲜又回来，马文昌才知道春如经历了什么，而且，也不是他主动问的。当时他已和兰姐离婚，愤愤地对春如说起离婚调解信中提到的那个莫名其妙的儿子，

> "她把手里的信放下，慢慢推给我，你就没问我是怎么离开家，怎么参军，怎么知道你的地址的？"
> "我张口结舌待在那儿，傻看着她的脸。上次见面，在一块只待了两三个钟头，包着饺子说着话，只顾得给她说我的经历，还真没来及问她。"

他从没想过兰姐，但应该想过春如，不过，他并不关心春如的一切，春如在他心里，只是一个完美的欲望对象。他真正关心的只有自己。所以，春如的政审遇到问题后，他很快接受了刘英，并将春如忘之脑后。几年后，他衣锦还乡，见到了他和春如的孩子，却没想到春如，直到回

城前一天，兰姐涕泪交加的数落才把春如这个名字唤回到他心中。

> "我扭回头瞪着他说，你个没良心的，几年前怎么走的？几年
> 后又怎么回来的？难道你不想问问林姑娘，她现在在哪儿？她为了
> 你跟家里闹翻，半道上一个人逃出来，为你受了那么多苦，你个负
> 心汉，娶了媳妇忘了旧情？她是狗娃的亲妈，给你生育了马家的后
> 代！你回来就不想问问她现在啥样？"
> "这浑货愣住了。"

他去找了春如，想要拥抱对方，被拒绝了。说他不爱春如，他肯定会抗
议，邹凡已经证明了这一点，"他竟说我不配谈爱情，好像他比我更爱
她！"春如要和邹凡结婚，他很伤心，可这能证明他的爱吗？

> "……小如，你知道吗？每当看着你的时候我才明白，我仍然
> 爱着你，爱你的眼睛和目光，爱你的肩膀和身影，爱你的神态和表
> 情。"

这句话倒很真诚。春如的眼睛、目光、肩膀、身影、神态和表情，谁不
爱呢？！大老方和梁科长也爱。春如身上的"污点"呢？她的孤单、痛
苦、恐惧和绝望呢？你爱吗？关心过吗？

> "在她转身走出去的瞬间，我有一种万念俱灰的感觉。事情怎
> 么会弄成这样呢？我知道没理由阻拦她结婚，可她为什么会做出这
> 样的决定？为什么要用这样的方式打击我？"

"为什么要用这样的方式打击我？"一语道破："我"的感受——而非她
的人生——才是最重要的！

邹凡说得对，马文昌不配谈爱情。精神分析大师埃里希·弗洛姆指

出，爱不是占有，而是给予。给予不是物质范畴，而是精神范畴；不是物质、权力和地位，而是关心和尊重，是理解力、生命力和人格力量，"他应该同别人分享他的欢乐、兴趣、理解力、知识、幽默和悲伤——简而言之一切在他身上有生命力的东西。通过他的给，他丰富了他人，同时在他提高自己生命感的同时，他也提高了对方的生命感"①。一个有能力给予的人，必须是独立的、完整的人，唯此，他才有能力把内心有生命力的东西给予别人。"爱就是在保持自身完整性和独立性的前提下，与外在的某人某物的结合。"②

马文昌从来都不是一个独立的人，他没有独立的生存能力，依靠家里卖地读书，依靠兰姐的银货做路费参加革命，后来又在兰姐的庇护下才活了下来。不仅没有独立的生存能力，也没有独立的思想。年轻时他那些让春如为之倾心的思想和见解，是从各种报刊、宣传品中搬弄来的；后来脑袋里装的、嘴上说的，则是假大空的官话套话。兰姐说得对，他只是个"浑货"，自命不凡，其实浑沌。兰姐知道运动就是胡闹，春如很早就对婚姻革命有了反思，她们都比马文昌看得明白，都比他有识见、有思想。没有独立性，自然也谈不上完整性，完整的人首先要是独立的人。

按照弗洛姆的逻辑，马文昌被奴化是必然的。自由不是谁都能承受的，只有那些独立、完整、健全的人格才能承受。马文昌没有这样的人格，又要追求自由，这决定了他会无意识地受到"逃避机制"的支配。逃避什么？自由！把自己交付他人或某种外在的力量，与自己的初衷背道而驰。

弗洛姆认为，渴望融入某个共同体之中，逃避个体意识的重压，逃避孤独，逃避自由，是人类的一种本源的无意识。和动物不同，人拥有

① ［美］埃里希·弗洛姆：《爱的艺术》，李健鸣译，上海译文出版社 2011 年版，第 30 页。
② ［美］埃里希·弗洛姆：《健全的社会》，王大庆等译，国际文化出版公司 2007 年版，第 34 页。

个体意识，这是人类的幸运，也是人类的不幸。动物与自然浑然一体，只要本能欲求得到满足，就怡怡然别无他求。人则不同，"在人具有了理性和想象力时，他也意识到了自己的孤独、隔离、无能和渺小，他的生与死的偶然。他一刻也不能面对这种现实，如果他不能找到与同类的新的联系纽带以代替由本能控制的旧的关系的话"①。在这样一种无意识的驱动下，个体倾向于"放弃个人自我的独立倾向，欲使自我与自身之外的某人和某物合为一体，以便获得个人自我所缺乏的力量。或者换句话说，欲寻找一个新的'继发纽带'，以代替已失去了的始发纽带"②。这就是"逃避机制"。

在前现代社会中，严格意义上的"个人"尚不存在，人们仍借"始发纽带"——家族、行会、教会、不可变更的社会等级和社会身份等——与世界相连，既不孤单，也不孤独。随着现代性的兴起，人们从传统的社会和文化共同体之中脱缰而出，他们才变成严格意义上的个人，才有了现代个人主义。不过，现代人并不珍惜自由，他们逃避自由，把自己无条件交付给了某种外在力量，先是新教那个暴虐的上帝③，然后是世俗权威、金钱、名利等，这个过程就是奴化或者说是异化。

————————

① ［美］埃里希·弗洛姆：《健全的社会》，王大庆等译，国际文化出版公司2007年版，第34页。

② ［美］埃里希·弗洛姆：《逃避自由》，刘林海译，上海译文出版社2015年版，第93页。

③ 相比天主教，新教放松了对人们的思想控制，不过，对自由的恐惧也随之出现。路德教谕人们，个人是微不足道的，要最大限度地贬抑自己，完全放弃个人意志，才有希望被上帝接纳。弗洛姆从心理学的角度把路德的逻辑解释为："如果你彻底抹杀了个人自我连同其所有的缺点及怀疑，那么，你便摆脱了自己的那种微不足道感，便获得了自由，便能同享上帝的荣耀。因此，路德在将人从教会的权威中解放出来的同时，又使他们臣服于一个更加暴虐的权威——上帝，他要求人彻底臣服并消灭个人自我，以此作为人得救的根本条件。路德的'信仰'就是坚信投降是被爱的先决条件，它与个人完全臣服于国家和'领袖'的原则有很多相同之处。"——［美］埃里希·弗洛姆：《逃避自由》，刘林海译，上海译文出版社2015年版，第54页。

对于读了洋学、受到现代思想熏染的马文昌来说，兴隆铺的一切——婚姻、习俗、伦理观念等——就是他要摆脱的"始发纽带"。他逃出家门，得到了自由。然而，如前所说，他缺乏独立的生存能力和独立的思想，承受不起这份自由，很快便遵循"逃避机制"的逻辑，以追求自由的名义把自由交了出来。刘宏志说得很好，"马文昌们在遇到革命话语之前，只是对社会不满，对家庭不满，并且只会在不满中瞎撞，并不知道自己的前途在哪里。但是，当他们遇到革命话语之后，他们的生活挫败感也就和革命话语得到了某种契合"①。是的，摆脱家庭共同体后的马文昌只会"瞎撞"，没有能力创造自己的生活，也没有对于世界的独立思考，为了摆脱这种"挫败感"，他找到了"继发纽带"——皈依革命话语，加入革命共同体。革命思想成了他的思想，革命队伍的力量让他感觉自己充满了力量，他不再是那个被家庭供养着的、苦闷迷茫的柔弱书生了，这种感觉特别美好！为此他甘愿牺牲一切，无论是家庭还是爱情。

对于马文昌这种人格，弗洛姆有一段话分析得非常透辟："他们发觉要成为权威不可分割的一部分，才有内在的安全感，这项权威比他本人更为伟大和更有势力。只要他能作为权威的一部分——不惜牺牲他自身的完整性——他便觉得拥有权威的力量。他的实体存在感觉，要依他与权威双栖共存的情形而定；若被权威抛弃，则等于被抛入真空，面临虚无的恐怖……最糟的莫过于此。当然，权威的爱与赞许，使他获得最大的满足；宁可受惩罚，也比遭拒绝为佳。"② 所以，马文昌要向土改工作队报告兰姐在土地上动的小手脚，申请把自己家重新划为地主，借此向"权威"表达自己的老实和忠诚，以防"被权威抛弃"。

如此，我们也能理解马文昌何以如此轻松地负心春如、接受刘英。

---

① 刘宏志：《话语嬗变与革命叙事的转型》，《郑州大学学报》（哲学社会科学版）2016 年第 6 期。

② ［美］埃里希·弗洛姆：《自我的追寻》，孙石译，上海译文出版社 2013年版，第 126 页。

他那种以我为中心的、没有责任和关心的爱情，根本不是真正的爱情，按照弗洛姆所说，其实也是逃避机制的一种形式——"希望同另一个人结合以逃避自我孤独的监禁"①。爱情是他参加革命的动力之一，革命话语为他和春如的恋爱提供了合法性，参加革命也能帮助他们有效地摆脱家庭的束缚。为了自由，为了爱情，到山那边去。然而，参加革命之后，爱情之于他的意义大大减弱了，因为革命共同体取代恋人成了他更好的逃避之所。所以，当春如的政审出现问题后，尽管他很清楚真相，还是断然抛弃了春如。做出这个决定并不困难，因为他不那么需要爱情了，他只是失去了一个漂亮的女人，找一个替补上就可以了，所以，他马上接受了刘英。如果他真的对春如怀着刻骨铭心的爱，就不会那么快地接受刘英。对比一下被他抛弃的春如对梁科长的抵触以及因此而承受的迫害，他对春如的所谓爱情昭然若揭。

后来，被打成落水狗的马文昌为不影响孩子前程出走湖北时，又和一个女孩走到一起，并留下一个叫卫东的孩子。是因为爱情吗？当然不是。这时他不缺爱情，几番波折后和春如结了婚，同时还承受着兰姐的呵护。这个女孩扮演的角色和当年的春如一样，不过是被"权威"抛弃的他逃避孤独的一个工具。马文昌处处留情，除了表明他相貌英俊，还表明他人格不够健全，缺乏独自应对孤独和逆境的内心力量。石榴儿之于"我"，亦是如此，无关爱情，只是在磨坊井遭受打击后的一个临时慰藉。

离开磨坊井的时候我没有回头，不知道那个满脸带笑的好哭的女孩儿远远看见我离去的身影会不会哭。过河的时候，我看着船舷外旋转的河水在心里问自己：我们这代人，知道什么是爱情吗？这问题让我笑了。"爱"和"爱情"，这样的字眼是资产阶级和小资

①　[美]埃里希·弗洛姆：《爱的艺术》，李健鸣译，上海译文出版社 2011年版，第 36 页。

产阶级的象征，在革命时代是革命的对象，我们革命战士当然应该
唾弃它。……

我又笑了一下。幸亏石榴儿没怀孕，要不，我能利索地走掉
吗？

"我能利索地走掉吗？"——"我"只关心自己的利益和前程，当年父
亲也是如此。"我"和父亲一样，不知道什么是爱情。"我"把责任推
给时代，说什么"我们这代人"，其实，是自己人格的问题。在那个唾
弃爱情的时代，也不是所有的人都不知道什么是爱情。春如和邹凡就知
道，他们选择在对方最落魄的时候走进对方的生活，唤起对方对生活的
信念和热情，并与之共同承受冰刀霜剑的斫砍劈勒。不少评论者谈论马
文昌和林春如的"爱情悲剧"，我很不赞同。对于马文昌来说，没有爱
情，何来悲剧！对于春如来说，遇人不淑，是命运悲剧，而非爱情悲
剧！

马文昌被奴化了，而春如没有。起初，她也是一个慷慨激昂的革命
者，但从排演《二壮参军》开始，就出现了异端思想，"这就是女人。
这就是革命。"因档案问题被组织清退后，更是彻底摒弃了那套话语，
"一切都很无聊，很虚伪，没什么意思"。她拒绝梁科长，不向组织靠
拢，反而对离经叛道的邹凡敞开了怀抱。后来她是变得谨小慎微，不敢
越雷池一步，但这不是奴性。泯灭思想和良知、心甘情愿地服从强权，
是为奴性；为了生存而委曲求全、清楚但回避是非黑白，并非奴性。春
如行为上恭顺，但内心是抗拒的，且对自己的行为持鄙视态度，"是你
和叶子让我变得怯懦，自私"。服从与屈从有着本质的区别，春如是屈
从而非服从。

兰姐也没有被奴化，她不受任何思想的控制。拿三媒六证说事，是
因为对她有利，她并不真的迷信这套东西，不然就不会接受没有任何名
分的春如和她肚里的孩子。她更不迷信马文昌操持的那套话语，所以用
革命思想改造她无果后的马文昌大骂她"不可理喻"。执着地关爱马文

昌，是因为真的爱他，或许有母爱的成分，但妻爱和母爱本身就没有清晰的界限①。兰姐绝不像有的评论者说的那样"没有自我"，她有强悍的生命力，有狡黠的生存智慧，还有江河般涌流不尽的爱，这些构成了她无比强大的自我。没有自我的个体是匮乏的，无从付出也不会去爱。为了填充内在的匮乏，他们对外在的权力、物质或强势话语趋之若鹜，而这个过程，就是异化和奴化。

兰姐自身没有奴性，却要为马文昌父子的奴性负责，这不合情理，也不公平。是的，兰姐紧盯着回到自己身边的马文昌，让他远离是非、明哲保身。在那个时代，要想亲人平安，这是唯一的选择，和她是否秉承了传统伦理信念没有任何关系，春如后来也用同样的方式管教长安——在这个意义上她和兰姐之间没有"战争"。如此管教，不一定有效果，在这部文本中，我们并没有看到一个驯顺的长安。至于马文昌，他的驯顺也不是因为兰姐的管教，而是因为社会的惩戒，如果不是屡屡惹下祸端，兰姐的管教对他是起不了作用的。亏欠兰姐太多，他有负罪感，这或许是他后半生留在兰姐身边的原因之一。如果是这样，我们为他鼓掌，他理应做出补偿。但如果说他因为负罪感接受了兰姐的"改造"，变成了一个唯唯诺诺的应声虫，那就有失公允了。兰姐并不关心思想——且不论他有没有思想，不惹事就好，而不惹事和有思想并不冲突，让他安分守己并不等于让他做卫道士。

不可否认，社会的进步，是以某些个体的叛逆为先导的，就此而言，叛逆是有价值的。不过，叛逆并不等于进步。正如弗洛姆所指出的，现代个人主义对传统社会的反叛，并没有通向自由，反而通向了对

---

① 人与人之间种种爱的形式，各有其特质，但也都存在着共通之处，都没有清晰的界限。爱并不取决于对象，"爱首先不是同某一个关系，而更多的是一种态度，性格上的一种倾向。这种态度决定一个人同整个世界，而不是同爱的唯一'对象'的关系……如果我确实爱一个人，那么我也爱其他的人，我就会爱世界，爱生活"。——［美］埃里希·弗洛姆：《爱的艺术》，李健鸣译，上海译文出版社2011年版，第56~57页。

自由的逃避。在弗洛姆看来，表现为神经症的各种异化和奴化都是"逃避机制"的不同形式。弗洛姆绝不主张退回到前现代社会，他认同现代个人主义对传统社会的反叛，但对这种反叛的成效持保留态度。在他看来，在充分发展自己的理性、成为自身的主宰之前，在摆脱形形色色的"逃避机制"之前，人类就还没有"得到充分的诞生"①。

马文昌就没有"得到充分的诞生"，他拒绝爷爷指派给他的兰姐却接受政委指派给他的刘英，为追求自由反叛封建家庭，最后却沦为又一代奴性十足的卫道者。究其原因，是他没有充分发展自己的理性，没有足以对抗"逃避机制"的强大而独立的自我。在他不负责任地抛下一家老小并偷走兰姐的银货时，在他负心地抛弃春如接受刘英时，一切就已注定，和兰姐的"改造"无关。兰姐不是他追求自由的障碍，相反，从兰姐身上汲取优秀品质和人格力量，他才有可能"得到充分的诞生"。

小说最后用"中国结"来象征马文昌那兜兜转转又回到原点的人生。按照弗洛姆的观点，这个"结"并非中国人所专有，它具有普遍性、世界性的意义，极力挣脱"始发纽带"却心甘情愿地绑缚在"既发纽带"上，是尚未"得到充分的诞生"的人类的共同情结。要想解开这个"结"，走向真正的自由和成熟，必须培养强大的自我，培养爱与创造的能力。"精神健康的特征是有能力去爱和创造，从与部族与土地的乱伦关系中解脱出来，基于自我体验的身份感，自我成为其力量的主体和源泉，能够理解自身内部和外部的现实性，即发展出客观性和理性。"② 弗洛姆推崇的这种人格并不稀奇，它为古今中外的一切圣贤所

---

① "传统意义上的'诞生'这个词的意思仅仅是广义的'诞生'的开始。个体的整个一生实际上就是造就自我的历程，的确，当我们离去之时，我们应该得到充分的诞生——即使大多数人都无法摆脱在他们真正诞生之前就已死去的悲剧命运。"——［美］埃里希·弗洛姆：《健全的社会》，王大庆等译，国际文化出版公司 2007 年版，第 30 页。

② ［美］埃里希·弗洛姆：《健全的社会》，王大庆等译，国际文化出版公司 2007 年版，第 64~65 页。

共有，也为他们所提倡，"埃赫那吞、摩西、孔子、老子、佛陀、弥赛亚、苏格拉底、耶稣等人制定出了几乎相同的人类生活的准则，这些准则只存在一些细小而无关宏旨的不同之处"①。爱、理性、创造、责任……传统所推崇的这些价值在弗洛姆看来对现代人依然至关重要。

这就意味着，"从与部族与土地的乱伦关系中解脱出来"并不是切断关系，像马文昌那样不负责任地一走了之，而是关系的重建，变依赖性的"固恋"为独立性的爱。用弗洛姆的说法是，把基本句式从"我爱你，因为我依赖你"改成"我爱你，因为我的人格内在地要求我爱你"。弗洛姆提倡的理想人格，我们一点也不陌生，儒家的"仁者"就是这样一种人格。弗洛姆鼓吹"博爱"；儒家宣扬"仁者爱人"。弗洛姆认为爱是一种能力，爱人者自己要有生命力和创造性，如此才能将这些东西给予、分享他人；儒家也主张"己欲立而立人，己欲达而达人"，自己人格强大才能施爱他人，才能感化他人，仁者都是强者，"刚、毅、木、讷近仁"。"与天地参""至大至刚"的仁者，既是独立的，也是自由的，他们不会屈己从人，不会迷失自我，"逃避机制"对于他们无计可施。

就人格层面而言，兰姐的原型是田中禾的母亲。② 我们喜欢兰姐，除了为她不计回报的付出和永不褪色的善良所感动，更重要的，是折服于她面对苦难时的云淡风轻和与权力捉迷藏时的睿智果敢。当然，兰姐没读过洋学，不能引领社会的变革，不能带我们走向未来，不过，她却可以在人格上引领马文昌这样的叛逆者。如果马文昌内化了兰姐的人格，奴化就不会发生了，田中禾本人就是一个成功的范例。归根结底，兰姐虽然代表了传统，但代表的是传统中最精华的部分，是能够照亮我们前路的精神之光。小说最后，春如的人格逐渐趋近于兰姐，而父亲只

① ［美］埃里希·弗洛姆：《健全的社会》，王大庆等译，国际文化出版公司2007年版，第65页。
② 故事层面的原型，则是《落叶溪》中花表姊（见《椿树的记忆》《花表姊》两篇）。

是回到了兰姐身边。处在对立双方的不是兰姐和春如，而是父亲和她们。

第三节　从《印象》到《模糊》：安息吧，哥哥！

作为文艺学专业的研究生，笔者最早系统接触的西方文学理论是英美新批评，并以此为选题完成了硕士毕业论文①。后来我做文学批评时专注于文本细读，借助理论的手术刀对文本精剖细解，除了避开自己文史知识薄弱的缺陷，新批评的影响也是一个重要原因。自然，维姆萨特的"意图谬见"论，也是我耳熟能详并引以为然的，这一点在上一节关于《父亲和她们》的谈论中就有体现。不过，对于《印象》和《模糊》这两部作品，我最感兴趣的恰恰是作者的意图。

这种兴趣，并不是我的选择。《印象》和《模糊》中的主角都是田中禾的二哥张其瑞，他的经历我们在第一章第二节有过简单的介绍：大学毕业后志愿援疆，不久便受到政治运动的冲击，一次次地遭遇迫害和背叛，在劳改营里蹉跎了青春……及至平反归来，无论身体还是精神，都已委靡颓堕，未等到退休便撒手人寰。远走天涯的二哥是田中禾永远的牵挂，是他心中难以弥合的伤口。我个人认为，对田中禾的家事一无所知的读者，阅读这两部作品会更投入，也能得到更多的审美享受，因为他们可以把二哥、"我"、母亲、李春梅、叶玉珍等都当成纯粹的文学人物。我则不然，在读《模糊》之前已了解了田中禾的家庭构成，读过了他的《西行日记》，知道小说中的人物、故事大多是真人、真事，知道田中禾确实曾像《模糊》中写的那样西行寻找二哥的足迹，如此，我很难抑制自己对小说细节的真实性进行揣度的冲动，很难对

———————————

① 笔者的硕士论文名为《张力诗学论》（曲阜师范大学，2007），"张力诗学"是新批评派诗学理论的一个别名。

《印象》和《模糊》在细节上的出入视而不见。我当然知道，不应该参照现实求证文学细节的真实性，但我不想隐瞒自己真实的阅读感受。不过，这种求证倒也不是全无意义：我们可以由此去分析田中禾何以如此处理，进而窥知他的意图。——尽管笔者同意维姆萨特的观点，作者的意图不等于文本的意义，但作者的意图终究不是我们能够完全撇开的。

《十七岁》告诉我们二哥出生于狗年，那就是 1934 年，《印象》说二哥走完了他"五十八年"的人生旅途，两个数字相加，是 1992 年，而《印象》就发表于 1992 年。如此，我们可以大致推断出，田中禾是在二哥去世后马上创作了《印象》，以此向二哥告别。坦白说，我非常喜欢《印象》，甚于《模糊》。喧喧扰扰、心绪惚恍的旅行中，"我"突然接到二哥病逝的电话，于是匆匆忙忙、迷迷荡荡地踏上归程，回来后，又一头扎进丧葬的种种事宜中。"我"忘记了这个过程应该表现得悲恸欲绝，或机械麻木地操办事务，或沉湎在关于二哥的记忆和想象中，甚至忘了在仪式上说一句"其瑞二哥，安息"。讲述那些貌似杂乱无章的记忆片段时，"我"的语调很平静，不仅没有声泪俱下，还夹杂着一丝责备，却感人至深，令人动容。——真正的深情或许就是这样，大悲无泪，至痛不言。

二哥西行之后，回来次数寥寥，除了儿时的记忆，"我"关于他只有几个印象片段，就是这个几个片段，蒙太奇般地拼贴出了二哥的一生。昔日意气风发的年轻美少年，瞬间切换成了疑神疑鬼的衰朽老汉，如今安详地躺在一个大抽屉里……一生就这样潦草地走完了，让人唏嘘不已！

《印象》中的人和事，基本上应该是真实的。当然，二嫂到底是叫这部作品中的李家梅，还是叫《模糊》中的李梅、李春梅，我们没法断定，或许都不是。——更改同一人物的姓名和籍贯，恰恰表明现实中实有其人，这种做法是为了保护她们的隐私。除了这类要隐去的他人信息，其他的一切，诸如珍生了三个孩子，二哥和蛮子回到河南后的种种折腾，办理丧葬时的场景，乃至"我"收到二哥去世消息时正在天津旅行这样的情节，在我看来都是真实的。根据写作的时机判断，《印象》应该是关于二哥的记忆的一次系统整理，后来《模糊》中的主干故事就是围绕这些印象片段展开的。

由于见面的次数有限，为了让读者对二哥的人生有一个完整的印象，田中禾在"片段之四"中讲述了"我"对二哥边疆生活的想象，里面涉及李家梅的背叛、朋友的出卖、芦苇滩大火等在二哥生命中打下烙印的大事件。这一部分以梦境的形式展开，二哥的人生被安置到俄罗斯文学的一些著名场景中，亦幻亦真，精妙无匹！当年二哥就是因为挚爱的俄罗斯文学而受到冲击，他受难的地方距离俄罗斯很近，悲怆的人生与俄罗斯文学的格调也很契合。二哥曾是"我"的偶像，"我"理想中的他傲世轻物气宇轩昂，现实中的他却是神靡气颓落魄潦倒。几次返乡期间他留给"我"的印象很是黯淡，想象出一个走进俄罗斯文学的"年轻的美少年"，在一定程度上补偿、提升了二哥的形象。

即便如此，二哥仍给我们滞拙、孱弱之感，或许，这就是写作《印象》时田中禾眼中的二哥。他因屡遭迫害和背叛而变得战战惶惶危如累卵的精神状态，让田中禾印象深刻，也很心疼。

> 不合口味的天津早点使我情绪消沉的一刻，二哥却在人世的最后驿站享受他突然暴发的风光。我难以揣测，那些陌生旅伴眼看这位穿着寒碜、和气谦卑的家伙与他们相处一夜之后，突然被人侍候沐浴，更换全部行头，毛哔叽中山装外套，呢子大衣，铺金盖银，头枕金元宝，手扶金山，脚蹬金岭，气色平和地微笑着淡淡地说："我在等我的车。"会不会露出忌妒鄙夷的神色？——这神色足以使他忧心半年。

最后一句无疑是神来之笔，逆转了整个情境，诙谐突然变得沉重，这个可怜的二哥呀！我相信，此时田中禾只是在整理记忆、表达哀思，二哥的形象问题，暂时没有进入他的思虑。所以，《印象》非常动人，因为注入了真挚鲜活的情感，精致的文本形式丝毫没有削弱情感的冲击力和感染力。多年之后创作《模糊》时，他的心境变了，创作意图也大有不同。

对于那些不了解田中禾的家事且又没读过《印象》和《西行日记》的读者来说，《模糊》的形式是很精妙的：一个来自库尔喀拉的神秘邮包，一段不堪回首的岁月，一个失踪的老人，一次无果的寻找……善良的读者会相信，失踪的张书铭还活着，而且并不孤单，那部无名书稿应该就出自某个与他关系密切的年轻人之手。

很不幸，我不能用以上两种方式去感受和解读作品，因为我知道小说中的人物及其关系都是真实的，知道现实中二哥调回河南后去世了。甚至，毋庸讳言，我在阅读时一度对小说的某些情节感到不适和排斥：怎么会有邮包这种事？二哥不是去世了吗？——当然，这种感觉只是一闪而过，很快我就回过神来，意识到自己是在读小说，而小说的本质是虚构，我已无数次地在课堂上给学生讲过这个命题。接下来，自然会追问，田中禾为什么要虚构这些与事实有出入的细节，为什么要设计这样的文本结构？

最明显的虚构是二哥的失踪。他平反后没有调回河南，没有去世，而是从单位出走了，生死不明。这个设计不难理解。现实中，回到河南的二哥患上了被迫害妄想症，给田中禾带来了不小的困扰，一度让他不胜其烦。这个二哥与田中禾记忆中和想象中的二哥完全不是一个人，他的灵魂留在了大漠，回来的只是一具躯壳。二哥去世后，不再烦扰家人。随着时间推移，惹人嫌恶的精神病人从田中禾的记忆中淡出了，而那个玉树临风、心高气傲、让家人牵肠挂肚的二哥又回归了。所以，田中禾在《模糊》中让他永远留在了大漠，留在了家人的思念之中。出走，失踪，杳无音信，是最浪漫的一种结局。在读者的想象里，二哥可以去任何地方，有无数种可能，他真正拥有了自由，永恒的、绝对的自由。

如此，无名书稿中的章明，其实就是田中禾想象中的、理想中的二哥，他希望二哥能以这样一种形象留在文学史上：修长，俊秀，温润，真诚，多情多义，卓尔不群，不谙世事险恶，不事蝇营狗苟，风流赢得佳人顾，奈何骤雨乱尘心，质本洁来还洁去，从此长伴是胡杨！不过，田中禾应该不愿意读者把二哥看作一个纯粹的文学人物，他更希望二哥以一个真实受难者的身份留在世人的记忆中，那就意味着，他不能完全隐去有损二哥形象的真实信息，不然写出的二哥就不是二哥本人了，就成了精心制作的赝品，他自己也难以心安理得，可不隐去的话又的确有损二哥形象……两难之下，田中禾采取了这样一种有张力的叙事结构：假托一个与二哥有某种机缘的无名作者，正面呈现一个理想的二哥，并且毫不讳言里面有虚构的成分——"本书纯属虚构 请勿因偶然巧合对号入座"；然后，再由"我"去寻访书中的主人公，印证无名书稿内容的真实性，同时也捎带出书稿回避了的一些真实信息。这样一种结构，既要求读者把书稿中的章明与现实中的张书铭、田中禾的二哥同一为一人，又最大可能地避免了那部书稿中隐去的信息对二哥形象的损害——读者接受的大抵还是无名书稿构建起来的二哥的形象。

在无名书稿中，二哥没有任何精神失常的迹象。但在"我"的回忆中，二哥平反后的来信表明他出现了精神问题，大哥因此心急如焚，到处托人找接收单位，要把二哥调回河南，——这些都是事实，和《印象》完全一致。"我"还表达了没有好好对待患病了的二哥的悔恨：

> 一个亲人，当你失去他时，才会意识到对他亏欠了很多，此生无法弥补。这部书稿不仅唤起我对亲人的怀念，也唤起了我心底深深的愧疚。张书铭每次探亲回来，为什么我不能多花费点时间陪陪他，耐心听听他那些啰啰嗦嗦的倾诉？为什么不能多给他一点亲情，多给他一点温暖？我自以为对他够宽厚够仁爱，其实那只是一种怜悯和施舍。读那些荒唐的来信时，为什么我心里没有同情，只有嫌怨和不耐？以至于把他的失踪看作是我和大哥的解脱，还觉得对他已经仁至义尽？

这也是《印象》中表达过的，是二哥去世后田中禾真实的内心感受。当然，在《模糊》中，这种悔恨被移植到了二哥的失踪事件上，以便与无名书稿的情节卯榫起来。经过这样的处理，精神问题对于二哥形象的损害大大减弱了。即便读者注意到了这部分内容，也会坚定认为出走的是勘破世事的张书铭，而不是精神病患者张书铭。他们会轻描淡写地将张书铭的问题解释为重回故地导致精神压力过大，一切将随着他的出走迎刃而解。

从对薛兰英这个人物的处理上，也可以看出田中禾的矛盾心态。在《印象》和《模糊》中，都出现了蛮子二嫂这个角色，应该是实有其人。对于这个神神叨叨的二嫂，田中禾应该很厌恶，《印象》中他明确告诉读者，二哥的死与蛮子的愚昧有直接关系。《模糊》中，他把蛮子从无名书稿中隐去了，不希望蛮子出现在二哥的生命中。不过，在"我"讲述的"故事之外的故事"里，他还是把蛮子与二哥的故事补叙了出来，毕竟她也是二哥生命中很重要的一个人。"我"努力说服自己与她和解：

> 我的心忽悠一下沉下去，意识到我和家人对这女人很不公平。她不远万里跟随张书铭来到陌生的县城，守护在母亲床前，为母亲沐浴、送终，守到最后一息，像家人一样戴孝，守灵，参加葬礼，在坟前尽了儿媳孝道，不但得不到我们承认，还受尽亲友冷眼。望着她离去的身影，我心底浮上了一丝歉意。这歉意随着岁月沉淀，变成对一个身世模糊的女人的悬念。每当回忆起母亲去世的情景，我心底就会浮出一个疑问：那个名叫薛兰英的女人，现在在哪儿？她还在人世吗？

"我"西行寻找二哥时，也曾把薛兰英作为一个重要线索。一番波折之后，"我"追查到了薛兰英有一个上大学的孙子，而且，提供线索的韩书记告诉"我"，他隔壁老郭的孙子和薛兰英的孙子是同学，且联系密切，找到后者的电话号码不成问题。按理说，顺藤摸瓜，应该就能找到薛兰英。

> 离开瓜棚时，我对红旗说："薛这条线索很重要，我不能轻易放弃。"

可是，此后"我"再也没有提起薛兰英。目标就要出现时，却放弃了，这不合情理。或许，这个情节设计的"纰漏"，折射出了田中禾的潜意识：内心深处，他还是不愿接受这个女人，不愿接受二哥交付给她的那段不体面的岁月。

薛兰英是确定存在的，宋丽英则不然，她从未出现在《模糊》以外的任何文字中。在《模糊》里，两个人都在巴音郭楞待过，经历也有点相似。

> 当时二哥说他和这女人是在巴音郭楞相识。她会不会就是那个曾经和他坐在一个办公室里、负责监督他的那个女孩？那个结了婚带着孩子逃跑，消失在戈壁荒原里的宋丽英？

小说最终没有给出答案。我怀疑，宋丽英的部分原型就是薛兰英。在无名书稿中，宋丽英的戏分很重，但关于她的介绍和那个流星般划过的陈招娣差不多，只有寥寥数语且非常模糊：出身不好，来自中原。至于她怎么来到边疆的、上过什么学等信息，我们一无所知。库尔喀拉的宋丽英，那个监视章明、痴恋章明的宋丽英，应该和薛兰英没有什么关系，这时的她和陈招娣一样，原型应该都是当年对二哥有好感甚至擦出了一点情感火花的支边青年。以二哥的风流潇洒，这是完全可以想象的。当然，具体的交往细节，是田中禾虚构出来的。多年之后，身心都饱受摧残的二哥对田中禾讲起这些往事的时候，记忆想必已经模糊，就像无名书稿中写的：

> ……这么好的女孩为他白担了污名，在他心里却只留下一个模糊的影子。当他努力去想她的时候，竟想不出她的面容了。

而结婚前和章明偷情的宋丽英，应该是以薛兰英为原型的。"二哥说他和这女人是在巴音郭楞相识。"在李春梅留下的账簿中，巴音郭楞是克孜里亚 225 团场的团部驻地，而宋丽英和章明偷情的地点恰恰就是某个团部的水泥仓库。把热情似火但粗俗愚昧的薛兰英置换成温婉痴情的知识青年宋丽英，虚拟地实现了田中禾的愿望，提升了二哥情爱生活的品质。

通常来说，揣度作家的创作意图和构思是一种出力不讨好的做法：猜错了，等于昭告自己昏聩浅薄；猜对了，则可能会被作家视为恶意冒犯。不过，田中禾不会，因为《模糊》的文本结构本身就召唤读者对人物的身世和命运展开寻索，进而思考作家为什么要设计这样一种召唤结构。坦白说，我对自己以上的推理判断，其实并无信心。因为创作是一个极其复杂的过程，种种理性和非理性的情感、有意识和无意识的构思、不期而遇的心境和机缘，聚集在一起发酵、酝酿，形成最后的文本，如同无数支流汇成江河，我们无法舀出一瓢水，然后逆流而上追溯出它来自哪条支流。

通过寻索，构建出二哥真实的形象，更是不可能！记忆是不可靠的，它会随着时间的流逝而变得模糊，会在之后的岁月里不断地被重新阐释从而变得面目全非。田中禾之所以在《印象》之后又写《模糊》，就是因为意识到自己"印象"中的二哥太模糊、不真实，那么，《模糊》会呈现一个清晰的、真实的二哥吗？当然也不会，过去是不可复现的。田中禾不仅没有回避和消除模糊，反而戏剧化地凸显了模糊的无可避免：

> ……档案里的张书铭，我记忆里的张书铭，母亲心中的张书铭，李春梅眼里的张书铭，叶玉珍告诉孩子的张书铭，哪个更接近

张书铭本人？正如混沌学家眼里的英国海岸线是一道无理数方程，真相的极致是无解，只有模糊数学能回答事物的本质。模糊，意味着对细节的忽略，意味着终极的无解。

悖论的是，这种模糊化处理，反而是对二哥形象的一种丰富。因为无论如何寻索，我们都无法完全进入作家的心灵，也无法复原一个真实的二哥，那么，所有关于二哥的叙事，无论是田中禾的记忆还是他的想象，就都成了二哥形象的构成部分。我们想要剥离出虚假的信息，最终却会发现，什么也没有剥离掉。我们怀疑宋丽英和陈招娣的故事中存在着虚构，但我们没法排除曾有这样的两名知识女性与张书铭产生过情感纠葛，或许，还不止两名。在文本的召唤下追寻真相，检索每一个细节，只会让我们越来越深地进入二哥的世界。

既然过去不可复现，找不到真实的二哥，那么，一切关于二哥的叙事就都不是绝对意义上的现实，文学与现实之间就没有了清晰的界限。《模糊》中的二哥是文学人物还是现实人物？我们只能模糊地回答：他是文学人物，也是现实人物；他是章明，是张书铭，也是田中禾的二哥。

二哥一次次地蒙受冤屈、迫害，一次次地遭遇背叛、抛弃，长期挣扎在生死边缘，身体和精神都几近崩溃，一纸平反通知，能补偿他遭遇的一切吗？无辜的受难不应该被遗忘，罪恶不应该被遗忘。然而，一切都势不可挡地被遗忘了，人们不仅不知道张书铭这个人，对当年声名赫赫的五公司也很陌生。

让我刻骨铭心的那个年代，在他们的记忆里也许只是一片混沌，除非父辈遭遇同样命运，否则，怎能责怪他们善于忘记历史呢？"物是人非"这句成语其实并不贴切。人的一生像蚁虫爬过草叶。蚁虫去后，草叶零落腐烂，一切万劫不复，物和人都不会重现。不管发生过多少故事，张书铭已被岁月湮灭，我对他的追寻充其量只是为了满足一点自私的情怀罢了。

说得很通透，其实很悲哀。忘记过去，世人可以，"我"不可以。二哥蒙冤受屈，生前未得到偿补，死后更是万事皆空，一切都不了了之。这世界亏欠二哥太多，"我"对此始终不能释怀。所以，"我"要寻找二哥，寻找真相，给亲情一个交代，给自己一个交代，尽管二哥"已被岁月湮灭"，尽管这个交代是那样的虚无空洞。

"我"找到了二哥当年的同学、南阳老乡赵宛民，受到了他的热情款待，相处甚欢。可让"我"想不到的是，就是这个豁达亲切的老人，当年在红山文学社事件中为了自己脱身而大肆攻击、污蔑二哥。

> 在饭桌上，我站起来向赵老先生敬酒，与他的儿女碰杯。我知道，几十年前的细节不应该影响当下的情绪，可读了档案里的文字，面对赵先生的笑容，心里那份亲切变成了主人与客人之间的客气。

"我"彬彬有礼地表达感谢，然后托辞告别，解除了一起南下的约定。有些人和事是无法原谅的，这种疏离表达了"我"的态度，尽管对方对此一无所知。"我"只能这样做，只能以此告慰二哥。另一个陷害过二哥的同学关山，"我"不想再去面对了。倒也不是恨意难平，即便有机会对他们施以惩罚，"我"大概率也会选择放弃。——悲哀之处正在于此，事过境迁，一切善恶、是非，都沉入时光的深潭，连泡沫都不会泛起。

李春梅和叶玉珍不在此列，"我"对她们的寻访本身，就是和解的表达，否则，"我"会选择永不相认。在那个人人自危、朝不保夕的年代，她们追随二哥远赴边疆，身不由己地随着命运的巨浪浮沉，虽然背叛过二哥，但她们也付出了很多，一次苦涩的选择不能抹掉曾经的爱和欢愉。还有陈招娣、宋丽英、薛兰英……二哥不是一无所有，他真诚地活过，爱过，被爱过，无愧天地，无愧自己，如此足矣！

> 在博斯腾湖的茶廊里，阿娜尔罕对我说："'塔特达里亚'不会倒流，你找到张书铭，我们也不会变年轻了嘛。"在维语里，

"塔特达里亚" 就是 "命运之河"。我们每个人都不过是塔特达里亚的芦苇，不管我能不能找到张书铭，岁月都不会倒转，二哥的青春不会再回来。

对 "我" 来说，无论能不能找到张书铭，无论他会不会在寻找中复活，都并不重要，重要的是，"我" 寻找过了。从《印象》到《模糊》的漫长岁月里，田中禾一直在寻找，在大戈壁寻找，在文字里寻找。《印象》结尾时，"我" 忘了在仪式上说一句 "其瑞二哥，安息"，在 "我" 心里，他还未离开；而《模糊》结尾时，"我" 终于释然，一夜无梦。二十五年后，田中禾用《模糊》再次向二哥道别：我们来自尘土，终究要归于尘土，安息吧，哥哥！

第四节 《同石斋札记》：作为思想家和美学家的田中禾

陈忠实晚年感悟说，伟大的作家都是思想家，"如果没有形成独立的思想，不具备那种能够穿透历史和现实的独立精神力量的话，他就不能够把自己的精神上升到一个应有的高度"[1]。实为不刊之论。田中禾就是思想家，思想深度和视野不逊色于专业思想家。除了作家和思想家，田中禾还是一位美学家，不仅创作了大量的艺术评论和文化评论，还用自己的人生实践向我们诠释了，如何审美地生活，什么是真正的生活美学。

2019 年，大象出版社精选田中禾多年以来创作的小品文——诸如随笔、散文、书评、笔记小说等，分门别类汇编成了《同石斋札记》，包括《自然的诗性》《声色六章》《花儿与少年》《落叶溪》四卷。其

---

① 李国平：《伟大的文学家都是思想家》，《文艺报》2016 年 6 月 13 日。

中，《落叶溪》我们在第三章已有专节介绍，展现了田中禾在笔记体小说创作上的深厚功力和卓越成就。如果说《落叶溪》的创作展现的还是作家田中禾，那么《自然的诗性》展现的就是思想家田中禾，而《声色六章》《花儿与少年》展现的则是美学家田中禾。

我们先来谈谈作为思想家的田中禾。

首先，在某种意义上，田中禾是一个"唯名论者"，一个"经验主义者"，反对概念和逻辑的专制。概念是我们把握世界必不可少的工具，但作为共相的概念以及建立在概念推演之上的逻辑，却会把我们引入迷误。在《谢菲尔德书简》中，田中禾从著名的"芝诺悖论"——兔子永远追不上乌龟——入手，指出数字的推演无法反映和预测现实，因为数字是静止的，而现实是运动的。不仅如此，数学模型建立在对于对象的简化之上，而这种看似无关紧要的简化在层层推演中会得出谬以千里的结论。20 世纪中期农业专家推导出小麦可以亩产上万斤的结论就是这种简化导致的错谬，在第一章第一节我们曾谈论过这个例子。田中禾举的另外一个例子是考茨基著名的剩余价值公式：劳动力价值乘以剩余劳动时间就是剩余价值，这部分价值被资本家剥夺掉了。① 如此计算，剩余价值的数量是巨大的，资本家真是罪大恶极。这种算法的问题在于，把非原料的资本投入、运营费用、纳税额、市场风险等诸多因素都给忽略掉了。事实上，这些因素绝非无关紧要，不然资本家就永远不

---

① "现在举个例子说明一下。比方说，资本家雇用了 300 个工人。必要劳动时间等于 6 小时，劳动力的价值 3 马克，劳动时间每天 12 小时。在这种情况下，每天生产出来的剩余价值量将等于 900 马克。"这是考茨基（1854—1938）论述资本总公式时举出的例证。（考茨基：《经济学说》，生活·读书·新知三联书店 1958 版，第 99 页）

这个公式像小麦估产的计算方法一样严密，配合实际调查发现的真实案例，既有说服力，又有感染力，舆论热炒，社会轰动，收到了很好的宣传效果。它代表着有良知的知识分子对资本家压榨剥削劳工罪行的控诉和声讨，在一段历史时期里，成为资本经济学的铁的定律。

——田中禾：《谢菲尔德书简·古老算术的诡辩》，见《同石斋札记·自然的诗性》，大象出版社 2019 年版，第 81~82 页。

会破产了。

数学模型的这种问题，普遍地存在于人类的逻辑思维中。在《回答所罗门——一个东方人的哲学作业》一文中，田中禾对此作了淋漓尽致的揭示。这篇文章是就所罗门和希金斯合著的《大问题——哲学问题导论》一书中的部分思考题所作的回答，我们会发现，其中一些回答，田中禾显然是在跟这本哲学读物的著者"过不去"，故意偏离他们的思路。

比如，问：假如有人告诉你，人和动物一样，生命没有任何最终目的，你会怎样来回答他？人的生活拥有哪些在牛或昆虫那里无法找到的目的？这个问题其实设定了答案，人和动物不同，人的生命有最终目的，且这个目的对人的存在神圣而重要，值得每个人认真思考并回答。田中禾的回答却是：人一生中大多时间，要么在辛勤劳动，煞费苦心对付做事的困难、为人的烦恼，要么在享受吃喝、艺术和情爱，如果不是情绪低落，不会去想活着的意义。"生命的最终目的"，只是一个以哲学为职业的人为自己造设的谜语，与生活中的人无关。

比如，问："让世界保持原样"与"在世界上留下标记"两种观念各有什么优缺点？你会怎样试图调和这两者？答：科技如此发达的今天，"让世界保持原样"已无可能，世界原样是什么样，谁也说不清，也没有谁愿意放弃科技带来的福利；"在世界上留下标记"同样不可能，因为世界日新月异，任何标记都会被随时改变。"让世界保持原样"只是一个逝去的梦想；"在世界留下标记"也不过过眼烟云。

比如，问：大城市和小地方，文化单一的城镇和五光十色的多种族聚居区，你更愿意选择在哪生活？答：居住地选择只是一个纸面上的问题，对于绝大多数人来说，只能在命运指定给他的地方生活，根本无法自由选择居住地。

再比如，问：成功和快乐，哪一个对你更重要？如果必须二选一，你会选择哪个？答：年轻时选择成功，中年之后选择快乐，因为快乐重要，成功也重要，一事无成的人生是不会快乐的。这个回答不是二选一，和上面几个问题的回答一样，没有按照提问者的逻辑来。

田中禾知道对方提问的逻辑，但如果顺应他们的逻辑回答，就没有必要写这篇文章了。当然，他也不是刻意出新，故作惊人之语。这篇文章的宗旨就是揭示：提问者的思维方式是有问题的，掉入了概念和逻辑设定的陷阱。

罗素指出，所有的语词、概念都代表共相，所有的关系、真理也都是共相。共相之为共相，在于它是某类殊相（即具体事物）共有的属性或者说是理念。而这也就意味着，既然代表共相，所有的语词、概念、关系、真理，就都只是对殊相的部分揭示，而非完全、绝对的言说。然而，人们往往会执着于概念和逻辑，遗忘了作为殊相的、不断演变的、无比复杂的现实本身，并要求现实服从于概念和逻辑，这就掉入了概念和逻辑设定的陷阱。比如，我们在第一章第一节谈到过，男人的一半是女人，女人的一半是男人，刚与柔、男与女，都是共相，是个体的某种属性，而非对个体的完整言说。男人可以相对刚一些，女人可以相对柔一些，但不能推行性别的纯化，那样会导致人性的扭曲。善与恶，天使与魔鬼，亦是如此，共存于每一个个体身上，好人身上也有阴暗面，坏人身上也有人性的闪光，无论多么微弱。想把人类改造得纯洁无瑕，只是一种美好的幻想，执着于把幻想变成现实，只会适得其反，"道德洁癖者"正是在维护纯洁的名义下开展敌视、仇恨乃至杀戮，把自己变成屠夫。

我们再统观一下所罗门和希金斯提出的问题，会发现这些问题关注的是人类的生存现实，但恰恰因为掉进了概念和逻辑的陷阱而失去了现实性。成功与快乐是拆解不开的，无法二选一；在哪儿居住不是普通个体能够选择的，也不是精英个体可以代为设计的；"让世界保持原样"与"在世界上留下标记"两种观念曾经具有现实性，但在瞬息万变的当下已经失去了现实性；"生命的最终目"是没有答案的，我们也不应只为着一个神圣的目的活着……当然，我们不能把这类问题统统抹掉，否则，我们就无法进行哲学思考了。但是，我们要清楚这样一种思考是有限度的，不能把这种思考凌驾于现实之上，进而按照概念和逻辑来切割现实。——这才是田中禾要提醒我们的。

世界是"不可知的混沌"，概念和逻辑无法穿透。但我们要言说世界，又只能借助概念和逻辑，而且，蕴含在所罗门和希金斯的问题中的二元思维——动物和人、无目的和有目的、保持原样和留下标记、大城市和小村庄、单一和多元、成功和快乐——内在于我们的语言之中，也内在于我们的思维方式之中，无从避开。田中禾的做法是：改变二元之间的关系，不做非此即彼的选择，而是寻求二元之间的平衡。爱因斯坦曾经指出，政治如同钟摆，一刻不停地在无政府状态和暴政状态之间来回摆动。田中禾极大地扩展了"钟摆隐喻"，以之言说一切自然和社会现象：社会秩序在治与乱之间摆动，自然秩序在有序和无序之间摆动，人生在痛苦和无聊之间摆动，文明在人性的自然性和社会性之间摆动，世界格局在全球化和逆全球化之间摆动……不过，钟摆隐喻直观易懂但并不缜密，田中禾补充说，钟摆周而复始可以预测，但自然和社会的发展并不完全是这样，它们的摆动似曾相识但绝不重复，像一个没有尽头的麻花，混沌学的"洛伦茨蝴蝶"是其最贴切的图像。

能操持这样一套话语的自然是精英知识分子。不过，我们印象中的精英知识分子严肃而锋利，因为追求纯粹，所以极其苛刻，他们不仅站在主流的对立面，抨击体制的朽弊，也站在大众的对立面，批判大众的轻浮。田中禾则不然，他与主流保持距离，但对大众并不吹毛求疵，因为在他看来，纯粹只存在于概念层面，现实中是不可能的。柏拉图把灵魂分成了三个等级，并相应地把社会分成了三个等级。无论多么厌恶代表欲望的第三等级，柏拉图都不能将他们排除在外，因为任何社会都不能完全由代表理性的哲学家组成。那么，灵魂也不可能变得纯粹，被他视为恶之源泉的欲望将永远存在。然而，他却想追求纯粹，设计出了一套近乎极权的政治体制。后世知识分子对柏拉图的理想国口诛笔伐，但却都把自己当成那个哲学王，凌空高蹈睥睨众生。田中禾以精英的眼光看世界，但并不摆出精英的姿态，对于大众文化，他有选择地予以认同，并乐于身体力行。

如此看待天地轮回、人生世相，自然就变得超脱、旷达。田中禾不相信人性会变得纯粹，不相信我们会创建出完美的制度，不相信人类文明会永世长存。不过，他并不悲观。就文明而言，我们毁掉了既有文明，一个新的文明还会创生出来。就个体而言，无论社会环境多么恶劣、文明前景多么黯淡，供享受的空间总是存在的，生命总是值得经历和珍惜的。

超脱、旷达，不是遗世独立，亦非随波逐流。我们无法改变社会历史运转的钟摆模式，但我们可以努力把钟摆的摆幅控制在较小的范围内。按照爱因斯坦，钟摆最大摆幅的两极——无政府状态和暴政状态——是最糟糕的状态，而中间状态——秩序和自由相互制约、相互依存——则是相对理想的状态，那么，钟摆的摆幅越大，社会越动荡，摆幅越小，社会越安定。个人层面也是如此，无止境地追逐成功和名利让人身心疲惫，心如槁木、饱食终日的生活又过于无聊，盘桓于进取和逍遥之间，尽力而为又能怡然自得，是最有益身心的状态，而要获致这种状态，同样需要付出努力，需要下修身养性的功夫。

如此，自然不能不提儒家的"中庸之道"。对于这一儒家思想的精髓，田中禾有着高度评价，我们不拟赘言。需要说明的是，不能据此认定田中禾的思想就是来自儒家。他在《说东道西——与季羡林先生商榷》一文中指出，西方推导出混沌学和模糊数学，变静态、实证地把握世界为动态、整体地把握世界，并不就是向东方文化投降，相反，恰恰是实证主义和科学进步结出的硕果：

> 相对论是经过几代人对物质内部结构的探索才从微观走向宏观；模糊数学是数学理论向认识的更深层次挺进的标志；没有电子计算机的应用，混沌学就不可能成为现代物理学的新观念。作为混沌学代表图像的"洛伦茨蝴蝶"是计算机经过繁难的计算推导出来的。……西方文化正因其将东方文化的朦胧、直觉智慧转化为科

学求证，不厌其烦地执著追求，显示了勃勃生机和力量。

同样，对这一切如数家珍的田中禾也不是儒家思想的门徒，他用万卷书和万里路熔铸出了自己的思想。除了这些不成体系的思想随笔，他的思想还体现在他的文学创作上，融入了他的气质和境界。

现在，我们可以谈谈作为美学家的田中禾了。

《声色六章》是田中禾的艺术评论和文化评论集，涉及绘画、电影、音乐、戏剧等诸多艺术门类，其深厚的艺术修养和广泛的艺术兴趣让人印象深刻。

田中禾的艺术评论是有穿透性的，因为他能以包容的眼光看待艺术，从而引导我们领略各种艺术之美。包容，虽然是公认的襟怀和美德，但能做到的人并不多，尤其是在艺术批评领域。有人囿于狭隘的趣味和偏见，扬东（方）抑西（方），或者相反。有人出于对艺术品格和艺术传统的维护，对通俗的、大众的艺术口诛笔伐。田中禾则不然，在东方艺术和西方艺术、精英艺术和大众艺术之间，他也有偏好，但并不是此非彼。在《画说东西（六题）》一文中，他选择了六位中国画家和六位西方画家，两两开展比较，探讨异中之同和同中之异，持论公允，文采斐然，让我们领略到了人类不同的文化景观和异彩纷呈的精神世界。在《画说文学（六题）》中，他充分肯定通俗文学存在的合法性和必要性，对于一位纯文学作家来说，更是难能可贵：

> 纯文学、严肃文学、消费文学各有自己的读者和作者，这当然是时代进步的表现。言情有琼瑶，武打有金庸，宫廷秘史有一大批历史小说，散文变得越来越社会化，余秋雨、于丹成了心灵鸡汤的文化符号。这是文化消费市场的需要。用同一把尺子去评价所有作品的时代已经过去。贾平凹的《废都》明明是成功的畅销书，一些评论家非要给它戴上"后现代"的桂冠，二月河的清帝系列是典型的演义小说，他们非要说它可以与《红楼梦》媲美。他们不

明白通俗文学并不是一个贬义的评价，不须以纯文学的标签做伪装。

这些话题都曾是文化界的热点，多年来相关争议一直不绝于耳。田中禾一席话，让人感觉云开雾散、神清气爽！回头看看，那些剑拔弩张、面红耳赤的争吵很是可笑，批判方指责那些作家的作品层次不高，辩护方则努力拔高他们的层次，他们不约而同地站在了纯文学的立场上，忘记了应该包容，应该正视通俗文学的存在。

包容，不仅是襟怀和美德，也是一种能力。田中禾的包容，源于他对世界的深刻理解。既然人心和宇宙都是"不可知的混沌"，既然人性是复杂的、社会是复杂的，那么艺术也应该是复杂的，我们应该有各种各样的艺术，满足人性和社会的多种需求。不过，包容并不意味着无差别地承认一切艺术形式，田中禾承认通俗文学的合法性和合理性，但更推崇纯文学，认为纯文学代表着一个民族的思想和理性水准，代表着这个民族的精神与智慧。他再次引入了"钟摆隐喻"，"艺术就是在小圈子与大众的博弈中发展，人类文明也是在精英与大众的斗争和妥协中前进。"[1] 在消费主义文化大行其道、文学日趋娱乐化和快餐化的今天，作家们选择迎合市场、追求效益无可非议，但选择甘于寂寞、坚守纯粹更值得崇敬。

打破僵化的概念和逻辑的束缚，关注文学艺术的动态发展，忠实于审美感受和文化语境，是田中禾的艺术和文化评论具有穿透力又一原因。高雅艺术和大众艺术，小众和大众，精品和垃圾，并不泾渭分明，也不一一对应。19世纪以来，艺术圈里好戏连台，形形色色的大师携着他们惊世骇俗的言论和作品轮番登场，让人目瞪口呆眩惑不已。艺术是什么，连专业人士都莫衷一是，以致乔治·迪基提出了"惯例论"，

---

[1] 田中禾：《小圈子与大众——关于艺术的未来》，见《同石斋札记·声色六章》，大象出版社2019年版，第310页。

按照这种说法，艺术的资格将由小圈子授予，与人们的生命体验不再有必然联系。在《读画随想：怪圈的背后》一文中，田中禾通过分析小圈子与大众的位置转换，廓清了笼罩在艺术之上的重重迷雾。

> 当现实主义兴起时，库尔贝从小圈子变成大众；印象主义兴起后，莫奈、高更、凡·高都被看作小圈子，二十世纪他们却成为大众偶像，作品的商业价值顶破了拍卖行的纪录。被汤因比当作小圈子代表的乔伊斯、艾略特这些作家如今为世界广大读者接受，他们的书早已进入大众书架。相反，达达主义毁弃传统，推动艺术生活化、世俗化，跟随他们的大众并不多。今天看来，观念艺术、现成艺术只是小圈子活动。二十世纪最大一波大众化运动莫过于波普艺术。它把艺术从专业人士手里解放出来，自命为"直接反映生活的艺术，一种民主和公正的艺术"。让平民百姓人人都成为制造艺术品的"一台机器"……（波普艺术）风行于六十年代，就像当前的网络文化一样，由于垃圾化而成过眼烟云，在艺术史上只是轰动一时的小圈子行为。

精英艺术并不必然是小圈子艺术，大众也不会总为艺术垃圾买单。精英艺术和大众艺术，在艺术的纯度上虽有差别，但只要是艺术，就要讲究品质与格调，就要创造美与意义，就要承载和表达生命情感，如此才会有生命力，仅靠炒作概念是不会长久的。

自诞生之日以来，人类所做的一切，都是为了生活得更美好。我们发展生产力、拓展生存空间，是为了摆脱自然限制，获得物质自由。我们发明语言、创建文化，是为了赋予生命以意义，获得精神自由，思想、艺术、文学，无一不是为了这一目的创设和发展起来的。田中禾回答所罗门的问题时谈道，生命是一个过程，没有什么最终目的。的确，一切目的、意义、概念都是人类构建出来的，都是为了让生命这个过程更丰富、更美好。我们热爱艺术，更应热爱生活。日常生活美学的代表人物约翰·杜威指出，艺术即经验，艺术的源泉存在于人的生活经验之中。在这个意义上，艺术家也都应该是生活美学家，很难想象一个把自己的生活经营得枯燥乏味的人，能够把美带给别人，能够提升别人的生活品质。

田中禾就是一个生活美学家，唱歌、听音乐、玩戏曲、旅游……只要能够愉悦心性，只要感兴趣，他就玩得不亦乐乎。他对大众文化的好感，部分也与此有关。当然，仅仅爱玩，算不得生活美学家；仅仅把生活空间打造得精致优雅，也算不得生活美学家。真正的生活美学家，还应该善于把生活变成艺术，享受命运带给他的一切，无论困厄还是富裕，成功还是失败，永远心向美好，永远朝气蓬勃。

> 我一点也不后悔，不怨恨，造物把我造在世上受了一生磨难和忧烦。我在人世有多么丰富的收获呀！无数让人可以一遍遍回忆、咀嚼的美好的细节。走过人生，当一切都在虚空中弥散时，留下的是如宇宙样永远活跃、生动不息的情怀。那是我的真正财富。

田中禾活得很丰富，我们却活得很贫乏！我们生活于其中的这个世界，已经积存了几千年辉煌灿烂的文化艺术，而且，日新月异，气象万千，我们应该活得很丰富，可是，我们却活得很贫乏。丰富和贫乏，是可以在气质上外显出来的。在日常生活审美化的大潮中，想要像田中禾一样有气质、有格调，还是先让自己先丰富起来吧！

附录：

田中禾文学年谱①

徐洪军②

一九四一年，一岁。

田中禾，原名张其华，一九四一年二月五日（农历辛巳年正月初十）③ 出生于河南省唐河县城牌坊街一个小商人家庭，祖居城东三里文峰塔下的侉子营（大张庄）。田中禾的曾祖父④张凤吾是唐河县最后一次乡试的秀才。关于这一点，田中禾在《十七岁》等自传体小说中曾

---

① 本文发表于《东吴学术》2017 年第 4 期。

② 徐洪军（1980—），男，汉族，河南省宁陵县人；文学博士、副教授、硕士生导师、信阳师范大学文学院副院长；河南省高校科技创新人才（人文社科类）、信阳师范大学南湖学者青年项目 A 类资助人选；河南省文艺评论家协会理事、信阳市文艺评论家协会副主席。

③ 该日期是笔者向田中禾本人确认的。在一些官方介绍及履历表中，田中禾的出生日期显示为 1941 年 12 月 15 日。据田中禾介绍，该错误的出现是当年统计户口的两个年轻工作人员由于工作疏忽造成的。等田中禾发现这个错误要求更改时，却发现更改户口信息并非想象中那么容易。因为不是特别紧要的错误，田中禾就索性将错就错，一直沿用了下来。

④ 在《外祖母的驴子和外祖父的棺材》这篇作品中，田中禾使用的词汇不是"曾祖父"，而是河南方言"老爷"（田中禾：《故园一棵树》，海燕出版社 2001 年版，第 46 页）在这里"爷"字不读轻声，老爷（lǎo yé）即曾祖父。在江苏文艺出版社 2011 年版《十七岁》中，"老爷"被误改为"姥爷"（田中禾：《十七岁》，江苏文艺出版社 2011 年版，第 23 页）。"姥爷"是外祖父，与河南方言"老爷"完全不是一回事。

不止一次提到，但是这个颇可以引以为豪的书香文脉在田中禾父亲那里似乎并未得到传承。

"我一直觉得自己是个幸运的人。上帝把我造就在一个历史悠久的小县城，生在一个不富贵也不贫穷的小商人家庭，让我有一个智慧而坚强的母亲，两位具有文学天赋和浪漫性情的哥哥。"① "小城故事多，县城是乡村与都市文化交汇的地方，是人性表演的很好的舞台。生在小商人家庭，从小在柜台边长大，看来来往往各种人的行状，听市井里各种各样的传说故事。我的很多小说来自母亲的讲述，来自街坊邻里、店铺伙计们留在我童年里的记忆。家乡县城给了我丰富的文学资源。"② 唐河县位于河南省西南部，与湖北省交界，有着悠久的文明历史和丰富的文化积淀，产生了著名哲学家冯友兰、地质学家冯景兰、文学家冯沅君、宗璞、诗人李季等诸多历史文化名人。活跃在该县城乡的汉剧、曲剧、豫剧、越调、鼓词等传统民间文化艺术给了田中禾丰富的文化营养和艺术熏陶。

一九四三年，三岁③。

大姐张书桂去世。她去世时是一个十七岁④的风华正茂的女校高材生，性格乖戾而执拗，因对婚事不满早年夭亡。大姐的故事被田中禾写成了回忆性散文《十七岁的大姐》，这篇散文后来又以《十七岁的杂货

---

① 田中禾：《因文学而幸福——〈明天的太阳〉代序》，见《明天的太阳》，河南人民出版社 2014 年版，第 1 页。

② 苗梅玲、田中禾：《在文本现场自由行走——田中禾访谈录》，《东京文学》2012 年第 3 期。

③ 这个时间是笔者将年谱发给田中禾审定时，他专门订正的。在《十七岁的大姐》中，作者说："她是我出生后第二年离开人世的。"（田中禾：《十七岁的大姐》，见《故园一棵树》，海燕出版社 2001 年版，第 91~92 页）不确。

④ 这里的年龄是周岁。按本年谱计算方法，张书桂去世时当为十八岁。因田中禾在不少作品中都说大姐十七岁去世，故本年谱尊重作者说法，不作更改。另，本年谱引用田中禾作品时，除特殊说明外，年龄均为周岁，与本年谱计算方法不同。

店小姐》这个题目收进了长篇小说《十七岁》。

田中禾父母共生养子女五人：长女张书桂生于一九二六年，十七岁去世。次女张书雯生于一九三〇年，在堂姊妹中排行老六，被田中禾习惯性地喊为"六姐"，其青少年时期的故事被田中禾写成了小说《六姑娘十七岁》。长子张其俊生于一九三一年，"是我的文学启蒙者，他影响了我和二哥"①。其故事主要出现在《十七岁》中的《少年远行》和《鼠年的疥疮》两章。次子张其瑞于一九三四年生，毕业于西安交通学院，是中华人民共和国培养的第一批专科毕业生。因爱好文学，参加文学活动，在反胡风运动中被批判，后被划为右派，到南疆劳改。平反时已年过半百，患了被迫害狂的妄想症，不能融入正常社会，不久便悒郁而终。张其瑞对田中禾影响很大，不仅对他文学道路的选择具有重要启蒙作用，其右派身份使田中禾不能如愿进入理想大学，而且其人生遭遇也为田中禾反思那个特殊的年代提供了直接的历史经验和情感体验。"受二哥'右'派的影响，我走入人生低谷，在社会底层漂泊。二哥的书成为我流浪生涯里的精神港湾，在艰难岁月里，给我的心灵以滋养和安慰。书上留下的红蓝铅笔圈画的印迹让我触摸到二哥的心迹，激发了我对文学的向往和崇敬。其瑞二哥，是我的文学殉道者。他为文学牺牲了自己，成全了我。"②一九九二年七月，田中禾创作了具有纪念意义的《印象》，以小说笔法简单勾勒了二哥的三段婚恋、西安求学、在新疆的工作及磨难，还有他晚年的不幸。二〇一五年，田中禾又发表了以二哥的人生经历为背景的中篇小说《库尔喀拉之恋》。三子张其华，即田中禾。

一九四四年，四岁。

① 田中禾：《因文学而幸福——〈明天的太阳〉代序》，见《明天的太阳》，河南人民出版社 2014 年版，第 1 页。

② 田中禾：《因文学而幸福——〈明天的太阳〉代序》，见《明天的太阳》，河南人民出版社 2014 年版，第 1 页。

父亲张福祥因"温季肆疟"① 去世，享年五十九岁。张福祥生于一八八六年②，以编灯笼笊篱起家，在牌坊街开起"福盛长"杂货店，三十七岁时与小他十八岁的田中禾的母亲结婚。③ 一九四四年深秋，因为生意失败，张福祥的心理受到很大打击，不久病逝。"父亲早逝，给我的童年打上了悲悯的烙印，使我对世界很敏感，多愁善感、悲天悯人成为我性格的底色。在全家人娇纵下长大，又形成了桀骜不驯、骄矜自若的个性。"④

一九四七年，七岁。

入唐河县私立模范小学读书。该校是民国时期唐河县城最好的小学。田中禾在这里只读了半年，学校就在战火中解散。其后，田中禾一直在私人兴办的临时学校里流荡。

一九四九年，九岁。

唐河县第一完全小学成立，田中禾在这里继续小学学业，直至毕业。小学五年级时，曾尝试以当年逃难回到县城，看到家中满院荒草为背景开始长篇小说创作，却只以这个场景写了开头，没能写出

---

① 关于这个病，田中禾有过一段说明，"'温季肆疟'，这个夺去了我父亲生命的神秘的病名，令人闻而生畏，成为我从小铭刻于心的记忆。这个带着灰色阴影的词汇，我始终弄不清是哪几个字，也无法推断它出自哪部秘传典籍。……长大以后，听母亲讲，父亲临死时眼珠发黄，全身透出黄褐色斑块，我怀疑是不是急性黄疸性肝炎？如果真是这样明白确切的病，父亲病逝的神圣性就会消减，我最好别妄下推断，宁愿父亲害的是谁也不懂的神秘的'温季肆疟'"。见田中禾：《故园一棵树》，海燕出版社2001年版，第149页。

② 据田中禾给笔者发来的《田中禾家庭概况》（未刊）。

③ 据《一九四四年的枣和谷子》提供的信息，田中禾父母结婚的时间为1923年，时年张福祥37周岁。据《田中禾家庭概况》，田琴生于1903年，她结婚时应为20周岁，如此，张福祥比田琴大17岁。但这篇文章叙述说大了18岁。矛盾。另，在《田中禾家庭概况》中，张福祥属狗，在这篇文章中也被改为属虎。若该文被视为小说，这些信息自不重要；若被视为自传性回忆，如此信息矛盾则应指出。

④ 苗梅玲、田中禾：《在文本现场自由行走——田中禾访谈录》，《东京文学》2012年第3期。

下文。

一九五三年，十三岁。

考入唐河县第一中学初中部。此间，田中禾受到文学启蒙。"引导我走上文学道路的是我初中的老师杨玉森。她出身名门，是县城第一代新女性。她上语文课，不拘泥课时计划，经常一连几天给我们朗读小说。她赞赏我的文章，常把我的作文、周记拿到课堂上去读，在她的热情怂恿下，我开始给杂志投稿，直到有一天，出版了自己的书。"①

一九五六年，十六岁。

考入唐河县第一中学高中部。此间，田中禾阅读了大量中外诗歌，其中，臧克家编选的《中国新诗选（一九一九——一九四九）》和袁水拍翻译②的《五十朵番红花》（五十位外国诗人诗选）激起了他对诗歌的爱好，影响巨大。同时，他也创作了不少诗歌，甚至还为自己编了四本诗集，有《晨钟集》《晨钟续集》《晨钟三集》和《啼血集》，均未刊。

一九五七年，十七岁。

转学至新建河南省第一工农中学（今郑州市第七中学）。此间，田中禾阅读了印度史诗《沙恭达罗》。该书对田中禾的文学观念和文学创作产生了很大影响。"《沙恭达罗》使我明白了什么是诗，明白了什么是文学的魅力，我于是告别了曾经非常喜爱、曾经非常崇拜的马雅可夫斯基和郭小川，整个暑假都沉浸在印度文学里。""迦梨陀娑和泰戈尔

---

① 田中禾：《因文学而幸福——〈明天的太阳〉代序》，见《明天的太阳》，河南人民出版社2014年版，第1页。

② 在田中禾最初给笔者发来的资料中，译者被误记为郭沫若，经笔者核实，应为袁水拍，遂改正。但在笔者将修改稿发给田中禾审订时，他又将袁水拍改为郭沫若，说是记忆若此。笔者再次核实为袁水拍后，与田中禾电话沟通，他才最终确定是记忆有误。笔者将该细节赘述于此，并非要说明自己如何严谨，而是想说记忆有时何其顽强，也想借此提醒研究作家回忆录的学者对回忆录的内容保持应有的警惕。

用诗歌为我打造了一艘诺亚方舟，使我在此后二十年的沉沦中不消沉、不气馁、保持着不息的热情。这是真善美的力量，人的激情与尊严的力量。"① 同年夏，田中禾系统阅读了莎士比亚的作品。"他的十四行诗让我一唱三叹，终生难忘。一口气读完《罗密欧与朱丽叶》《哈姆雷特》《奥瑟罗》《威尼斯商人》，诗与历史、故事与人生在语言的力量里被溶化为甘醇的美酒。"②

一九五八年，十八岁。

是年暑假，田中禾回唐河老家，遇到一位堂伯母生病，前去看望。"回到学校后，我眼前老晃动着伯母瘦削枯皱的脸，还有那只瓦盆，泔水似的神药。不久，伯母去世了。到了寒假，我就构思并写出长诗《仙丹花》。"③

一九五九年，十九岁。

五月，长诗《仙丹花》由河南人民出版社出版。"这是一部童话诗，一千二百行。写一个少年徐全在村里瘟疫蔓延父母病逝后，决心寻找仙丹，为乡亲们治病。他靠着善良和勇敢，战胜风暴、严寒，战胜贪婪歹毒的恶人，取来仙丹花，使全村人恢复健康。这是一个美丽的幻想。"④ 关于该书的出版过程，作者曾经回忆说："那是高中三年级的事。在一个星期日，我拿着我的童话长诗去拜谒心中的圣地——坐落在工人新村的河南省文联。在那里，我遇上了值班的丁琳老师。他给我讲了一阵卞之琳的诗，把我的长诗留下来。一星期后，我接到河南人民出

———————

① 田中禾：《从〈沙恭达罗〉到〈第二十二条军规〉》，《世界文学》2001年第6期。

② 田中禾：《从〈沙恭达罗〉到〈第二十二条军规〉》，《世界文学》2001年第6期。

③ 田中禾：《花儿与少年以及春天》，见《故园一棵树》，海燕出版社2001年版，第267页。

④ 田中禾：《花儿与少年以及春天》，见《故园一棵树》，海燕出版社2001年版，第267页。

版社的信，说他们已经决定出版这本书。"①

是年，田中禾从郑州七中毕业，考取了一九五八年才刚刚组建的兰州艺术学院。② 在田中禾心目中，兰州艺术学院似乎并不理想，"心高气傲的我因为二哥的株连而未能升入理想的大学，头顶那片灿烂的天空一瞬间变得阴霾迷离。"③ 有关大学期间的生活，田中禾也很少交代。

一九六〇年，二十岁。

五月，《仙丹花》再版。

一九六一年，二十一岁。

再版后的《仙丹花》被文化部选送到"巴黎国际儿童读物博览会"展出，后来又被收入《河南十年儿童文学选》（一九四九——一九五六），由河南人民出版社出版。

一九六二年，二十二岁。

三月，从兰州大学中文系退学。五十年后，田中禾充满深情地回忆了他离开兰州时的场景："我忽然想到那个寒冷的春天的夜晚，一群大学生提着行囊、网袋，簇拥着一个面目清俊的小伙子，走进兰州东站的货运闸口。他们沿着在黑暗中闪闪发光的铁轨，找到东去的列车，在车厢前喧哗，祝福。小伙子安放好行李，伏在车窗上与同学挥手告别，满脸喜气，兴头十足，像一个仗剑远行的侠客，飞出樊笼的小鸟。"④ 据说，他还"就着昏暗的车灯给同学们写了首小诗算作告别，那首小诗

---

① 田中禾：《因文学而幸福——〈明天的太阳〉代序》，见《明天的太阳》，河南人民出版社 2014 年版，第 1 页。

② 1958 年，兰州大学中文系、西北师范学院艺术系、甘肃省文化艺术干部学校合并组建兰州艺术学院，1962 年，兰州艺术学院撤消，原兰州大学中文系重新并回兰州大学，美术系、音乐系并入甘肃师范大学（现西北师范大学）。田中禾的退学证由兰州大学签发，因此，在田中禾的官方介绍和履历表中，学历部分都填写为"兰州大学中文系肄业"。

③ 田中禾：《从〈沙恭达罗〉到〈第二十二条军规〉》，《世界文学》2001年第 6 期。

④ 田中禾：《二十一世纪我在怎样生活？》，《小说评论》2012 年第 2 期。

写道：夜已密缝/我醒来时将看到故乡的太阳。"①

五月，到郑州市郊区葛砦大队唐庄村务农。落户后，田中禾一边参加生产队劳动，一边坚持读书写作。在短短两年中读完了大学高年级的课程，写了两部长诗《贾鲁河的春天》《金琵琶的歌》，三本短诗集，一部长篇小说（《奔流的贾鲁河》）的前四章。但是，因为各种原因，这些作品在当时都未能出版。

是年，田中禾与韩瑾荣结婚。韩瑾荣比田中禾小一岁，气质与田中禾一样浪漫。"她在新婚时曾赋短诗数首，其中有《寄桃花二首》，写道：离了枝儿薄了命，从此枯在荒草间。""母亲和妻子，是田中禾生活中和事业中两个伟大的女人。"②

一九六四年，二十四岁。

八月，离开郑州到信阳落户。田中禾因告发支书、队长伙同郑州市一个工厂的供销科长套购工业酒精充当白酒而被报复，无法在葛砦继续生活，无奈之下到信阳市郊区六里棚村（今浉河区六里棚社区）投奔姐姐、姐夫，居住在生产队的牛屋里。在信阳期间，田中禾夫妇成为代课教师和学习毛主席著作积极分子。在工作、劳动间隙，田中禾依然坚持文学创作，阅读名著。

一九六八年，二十八岁。

十二月，离开信阳回唐河老家。"文革"期间，田中禾被作为文艺黑线的黑苗子进行批斗。在信阳无法生活的田中禾夫妇回到了唐河县城，因为恰好赶上城镇人口的下乡热潮，他们暂居田中禾的农村老家大张庄，借住在一个堂侄的厨房里。

一九六九年，二十九岁。

因为在给同学的信中不同意"毛泽东思想是当代马列主义最高峰"，并批评"大跃进"以来的社会现实，田中禾被作为攻击毛泽东思

---

① 南丁：《浪漫的田中禾》，《中国作家》1995年第1期。
② 南丁：《浪漫的田中禾》，《中国作家》1995年第1期。

想的现行反革命分子逮捕，关押审查二十余天后，被教育释放。

一九七二年，三十二岁。

十月，因"落实市民下乡政策"，田中禾一家回到唐河县城，夫妇二人成为代课教师。转正时，田中禾因公安局存有"现行反革命"档案，政审不合格，非但转正未果，代课教师的职务也被辞退。此后，田中禾长期在河南、湖北流浪，靠画毛主席像、写毛主席语录、推煤、烧锅炉、跟剧团拉琴、办街道小印刷厂谋生。"那正是落魄故乡市井，惶惶不可终日的年代，背负着灰色人物的阴影，职业无着，为了养家糊口，有时流浪，有时在工厂打小工。每天一元二角钱，还要给街道抽交管理费。深夜，常有街道干部突然敲开大门打着手电，闯进我和母亲的卧室来查户口，盘问偶然寄住的亲友，翻检他们的衣物……"①

一九八〇年，四十岁。

获平反。

一九八一年，四十一岁。

一月，进唐河县文化馆工作。田中禾把一九六二年自己主动从兰州大学退学到一九八一年到唐河县文化馆工作这段时间称为"自我放逐"的二十年。"没有这二十年的流浪生涯，我的作品绝不会有这样深痛的沧桑感。正如前面所说，其实我并不悲观，也从不绝望，我只是在阅历丰富之后能够正视人间的不平和苦难，有了更强烈的批判意识而已。"②在文化馆期间，田中禾阅读了《第二十二条军规》。这本书给他带来了很大的震撼，甚至在一定程度上改变了他的文学观。"当我结束二十年的漂泊……正当苦于找不到要读的书时，在我们文化馆那个小小的图书室里我居然发现了一本《第二十二条军规》。这本书真把我震撼了。……《沙恭达罗》的真实是少男少女的真实，《第二十二条军规》

---

① 田中禾：《故园一棵树》，见《故园一棵树》，海燕出版社 2001 年版，第20 页。

② 苗梅玲、田中禾：《在文本现场自由行走——田中禾访谈录》，《东京文学》2012 年第 3 期。

却是成人世界的真实。《沙恭达罗》使我感动，《第二十二条军规》使我觉悟。如十六岁时的饥渴一样，《第二十二条军规》引起了我第二次阅读饥渴。……从波德莱尔、艾略特开始，我又像从大学退学刚刚下乡时那样，一个专题、一个专题，一个作家、一个作家地阅读。"①

三月，诗歌《鲁迅故居诗钞》（三首）发表于《洛神》第三期。

九月，诗歌《鲁迅的眼睛》发表于《人民日报》九月十日。

一九八二年，四十二岁。

发表短篇小说《小城里的新闻人物》（《百花园》第四期）、短篇小说《玉鸽》（《百花园》第五期）、短篇小说《梦在晨曦里消散》（《躬耕》第七—八期）、短篇小说《梧桐院》（《躬耕》第十期）。

一九八三年，四十三岁。

发表短篇小说《两垄麦》（《百花园》第三期）、《遥远的彼岸》（《百花园》第七期）、《月亮走，我也走》（《当代》第四期）。

该年曾凡发表了文学评论《田中禾小说印象》（《百花园》第十一期），这大概是目前所见有关田中禾文学创作的最早评论文章。

一九八四年，四十四岁。

是年春，田中禾母亲田琴去世，享年八十二岁。② 母亲去世时，"吊唁的人密密麻麻挤满我家院子和门口的小路，几乎一道街的旧友街坊都以诚挚的敬意向她告别。那一刻，我深为母亲平凡的一生感到自豪"。在总结母亲在乡里间赢得如此尊敬和声望的原因时，田中禾说，"也许是太多的人生苦难和坚强自信、自强不息的性格造就了她"③。

---

① 田中禾：《从〈沙恭达罗〉到〈第二十二条军规〉》，《世界文学》2001年第 6 期。

② 在《田中禾家庭概况》中，田琴的生卒年被清楚地叙述为："生于 1903年（癸卯兔年）农历十一月十五，卒于 1984 年 3 月 9 日（甲子年二月初七）。"按周岁计算法，田琴去世时应为 81 岁，但在作者的所有叙述中，这个年龄都是 82岁，这显然与他对父亲、大姐、六姐等人年龄的计算方法相矛盾。

③ 田中禾：《梦中的妈妈》，见《故园一棵树》，海燕出版社 2001 年版，第18 页。

母亲的离开使田中禾陷入了深深的悲伤之中。"虽然她是八十二岁高龄离开我，可我还是没法接受失去母亲的现实，无心读书，也不能写作，直到半年后才从悲痛中慢慢走出来。"① 母亲不仅是田中禾的启蒙老师，同时也是对他影响最大的人。"母亲自尊而热爱生活的家风一直是我多少年坎坷岁月的精神支柱。""善良、智慧、刚强、正直、热情、开朗、乐于助人、丰富的母亲，留给我汲取不完的人生滋养。"② 这样一个母亲形象在田中禾的很多文学作品中曾经反复出现，成为他文学创作的一个持久性主题，这些作品主要包括：短篇小说集《落叶溪》、长篇小说《匪首》《十七岁》《父亲和她们》。

一九八五年，四十五岁。

短篇小说《五月》发表于《山西文学》第五期。"《五月》以人性的视角，从丰收季节的苦恼和家庭亲情矛盾切入，就是想给那段历史留下一个真实写照。为了真实，就选取最平常的农家、最平常的生活，不制造轰动情节，不进行形式方面的先锋探索，让整篇文字呈现出平凡的面貌。"③ 有评论认为，《五月》代表了田中禾现实主义创作的最高成就。"小说表现出了田中禾现实主义的敏锐感觉和深邃洞察力。撕裂了农村现实生活中富丽堂皇的画布，摘去了长期罩在当代农村和农民头上的漂亮光环，现出了当代农村现实生活的本来面目，更主要的，也是作品最富现实主义深度的，是它避开了在世风影响下乡土小说的乐观浪漫情怀，以真诚的态度揭示了由于党的政策失误给当代农民生产生活造成的损失和伤害。"④

是年发表的主要作品还有：短篇小说《槐影》（《上海文学》第一

---

① 田中禾：《重读〈五月〉》，《今晚报》2012 年 4 月 19 日。
② 田中禾：《春天的思念》，见《故园一棵树》，海燕出版社 2001 年版，第 30、31 页。
③ 田中禾：《重读〈五月〉》，《今晚报》2012 年 4 月 19 日。
④ 张书恒：《非先锋的先锋性——论田中禾九十年代的创作转型》，《河南师范大学学报（哲学社会科学版）》1999 年第 5 期。

期)、《无花泉》（《莽原》第六期)）、短篇小说《山这边》（《奔流》第十期)。该年关于田中禾的研究论文有张石山的《成熟在丰收时节——读田中禾的〈五月〉》，《红旗》第十五期。

一九八六年，四十六岁。

二月，调入唐河县文联，任副主席。

短篇小说《五月》获《山西文学》奖，短篇小说《春日》获《奔流》优秀作品奖，中篇小说《无花泉》获《莽原》优秀作品奖。

是年发表的主要作品有：短篇小说《春日》（《奔流》第三期)、创作谈《我写〈五月〉》（《文学知识》第六期)、短篇小说《椿谷谷》（《奔流》第七期)、中篇小说《秋天》（《山西文学》第十期)、评论《文学的乡土性、世界性和哲理性》（《奔流》第十二期)。

一九八七年，四十七岁。

七月，在当时的河南省文联主席南丁、老诗人苏金伞等人的努力下，田中禾调入河南省文联，成为专业作家。

系列短篇小说《落叶溪》（五题)（包括《玻璃奶》《人头李》《周相公》《八姨》《米汤姑》）发表于《上海文学》第十二期。从该组系列短篇小说起，田中禾文学创作的一个重要领域逐渐显现出来，那就是他的家乡和亲人。在以后长达三十年的写作生涯中，田中禾的创作题材和风格发生过不小的变化，从面向当下的传统现实主义，到"新写实""新历史"等带有现代主义色彩的篇章，田中禾一直在追求自我的突破和创新的可能，但是，有一个领域始终没有间断，其写作的散文化风格也贯穿始终，那就是关于其家乡和亲人的创作，最后终于蔚为大观，成为田中禾晚年创作的重要实绩，出版了长篇小说《十七岁》《父亲和她们》。

该年关于田中禾的研究论文主要有：郑波光：《从"五月"到"秋天"——评田中禾的两篇小说》，《山西文学》第四期；赵福生：《彷徨于恐惧和希望之间——田中禾小说随谈》，《奔流》第六期；曹增渝：《对弱者灵魂的关注和透视——田中禾小说片论》，《奔流》第六期。

一九八八年，四十八岁。

短篇小说《五月》获第八届（一九八五——一九八六）全国优秀短篇小说奖。在获奖的十九篇小说中，《五月》以全票名列榜首。这届评奖，同时当选的河南作家的作品还有乔典运的《满票》、周大新的《汉家女》。

短篇小说《最后一场秋雨》发表于《人民文学》第十二期。

田中禾该时期的作品，不仅写作手法发生变化，而且笔触也探进了农村青年的心灵深处。"从艺术上看，田中禾的创作在故事的表层结构后面又呈现出巨大的隐喻性空间，它让我们深深地体验到这个时代人性的变异，社会的盲目，生活的混乱，一句话：历史的变态现象。"① 它们是"对文化失范的困惑和忧思"②。

是年发表的主要作品还有短篇小说《落叶溪》（二题）（包括《罂粟》《霍八爷》）（《北京文学》第七期）。

一九八九年，四十九岁。

中篇小说《明天的太阳》发表于《上海文学》第六期。该小说的关注重点转向了城市青年的命运，写作手法也逐渐由传统的现实主义转向了"新写实"，这一转向可以视为田中禾创作上的第二次变化。小说发表后颇受好评，并获得第四届上海文学奖。田中禾这一时期的一些小说也被评论家归入"新写实小说"。

是年发表的主要作品还有：中篇小说《枸桃树》（《十月》第一期）、中篇小说《南风》（《当代》第一期）、短篇小说《落叶溪》（三题）（包括《鬼节》《鹌鹑》《书铺冉》）（《当代作家》第二期）、中篇小说《流火》（《莽原》第二期）、创作谈《倾听历史车轮下人性的呻吟》（《莽原》第二期）、创作谈《你不必太在意，也不必……》

---

① 吴秉杰：《发现一片新大陆——田中禾近作片谈》，《当代作家评论》1989年第4期。

② 陈继会：《对文化失范的困惑和忧思——田中禾近作的意义》，《文学评论》1990年第1期。

（《中篇小说选刊》第三期）、创作谈《相信未来》（《中篇小说选刊》第六期）、散文《在历史与人性的切点上观照乡土》（《山西文学》第十二期）。

该年关于田中禾的研究论文主要有：胡文：《被撞碎了的心理现实——读〈最后一场秋雨〉》，《小说评论》第二期；宋遂良：《沉沦·困惑·悲愤——评田中禾近作三篇》，《当代作家评论》第三期；吴秉杰：《发现一片新大陆——田中禾近作片谈》，《当代作家评论》第四期；周熠：《作家应有自觉的社会责任感——作家田中禾一夕谈》，《文艺报》第九期；思清：《生活的本色——读田中禾〈明天的太阳〉》，《小说评论》第五期。

一九九〇年，五十岁。

中篇小说《明天的太阳》获第四届上海文学奖。

是年发表的主要作品有：中篇小说《坟地》（《当代》第一期）、短篇小说《青草地·河滩》（《莽原》第一期）、中篇小说《轰炸》（《收获》第五期）、短篇小说《落叶溪》（二题）（包括《呱哒》《画匠李》）（《当代小说》第九期）、短篇小说《落叶溪》（四题）（包括《椿树的记忆》《花表婶》《绿门》《兰云》）（《上海文学》第十一期）、中篇小说《草泽篇》（《人民文学》第十二期）。

该年关于田中禾的研究论文主要有：陈继会：《对文化失范的困惑和忧思——田中禾近作的意义》，《文学评论》第一期；张德祥：《时代氛围与农家院里的悲欢——评田中禾的中篇小说〈枸桃树〉》，《当代文坛》第二期；张德祥：《现实变革与理想人格——评田中禾的两部中篇》，《小说评论》第二期；段崇轩：《田中禾和他的"人性世界"》，《上海文学》第八期。

一九九一年，五十一岁。

是年发表的主要作品有：短篇小说《元亨号和石义德商行》（《当代作家》第一期）、短篇小说《落叶溪》（三题）（包括《虞美人》《鲁气三》《夹竹桃》）（《人民文学》第六期）、评论《短篇小说与门杰海绵》（《山西文学》第八期）。

该年关于田中禾的研究论文有段崇轩的《合金式文学——谈田中禾小说的艺术表现》,《小说评论》第二期。

一九九二年，五十二岁。

短篇小说《五月》获首届河南省优秀文学艺术成果奖，短篇小说《落叶溪》（三题）获年度《天津文学》奖。

长篇小说《城郭》① 发表于《花城》第三期。"《匪首》的写作时间是一九九〇年到一九九二年，几与长篇创作的复兴同步；初稿《城郭》发表于一九九二年第三期《花城》，交付上海文艺社出版前三个月，田中禾对这部长篇做了三分之二的大幅度改动，保留故事主干基础上，强化了语言的诗性资质。"② "富于寓意的人生故事，特色鲜明的民俗，散文式的语言，具有印象主义色彩的意境，象征主义的表现手法，和崭新的结构形式，使这部长篇小说具有很高的艺术品位。"③《匪首》与《轰炸》《天界》等作品曾被评论界归入"新历史小说"，它们的出现也预示了田中禾创作的再一次转变。

是年发表的主要作品还有：《天界》（《小说家》第一期）、《落叶溪》（三题）（包括《祠堂印象》《马粪李村》《缠河》）（《热风》第一期）、中篇小说《一元复始》（《莽原》第二期）、《落叶溪》（三题）（包括《二度梅》《吕连生》《第一任续姐》）（《天津文学》第二期）、中篇小说《印象》（《小说家》第六期）。

一九九三年，五十三岁。

七月，中短篇小说集《月亮走我也走》由作家出版社出版，是为田中禾的第一本作品集。

---

① 该小说 1994 年由上海文艺出版社出版时更名为《匪首》。

② 何向阳：《感性历史的文化复述——〈匪首〉：一次放逐的体味》,《小说评论》1995 年第 1 期。

③ 刘学林：《田中禾——探险的故事或在路上》,《北京文学》2001 年第 8 期。

是年发表的主要作品还有：短篇小说《落叶溪》（二题）（包括《上吊》、《投河》）（《山西文学》第二期）、短篇小说《落叶溪》（二题）（包括《石印馆》、《牌坊街三绝》）（《中国作家》第二期）、对话录《人性与写实》（与墨白对话）（《文学自由谈》第二期）、中篇小说《一样的月光》（《黄河》第二期））、评论《在自己心中迷失》（《小说家》第四期）、短篇小说《落叶溪》（二题）（包括《疟疾的记忆》《马夫·疥疮·茶叶店》）（《钟山》第三期）、短篇小说《落叶溪》（二题）（包括《石榴姊妹》《马氏弟兄》）（《天津文学》第七期）、对话录《作品的定位和文学的三个领域——创作通信》（《小说家》第五期）、散文《在绅士的客厅里聊天》（《世界文学》第六期）。

一九九四年，五十四岁。

散文《在绅士的客厅里聊天》获《世界文学》征文奖。

二月，《匪首》由上海文艺出版社出版，是"小说界文库"长篇小说系列作品中的一种。收入这个文库的著名长篇小说还有：张炜的《九月寓言》《家族》、李锐的《旧址》、张洁的《无字》、韩少功的《马桥词典》、史铁生的《务虚笔记》、陆天明的《苍天在上》、尤凤伟的《中国一九五七》等。

是年发表的主要作品有：短篇小说《落叶溪》（二题）（包括《普济大药房》《钟表店》）（《天津文学》第四期）、散文《高雅而潇洒的遁逃》（《随笔》第三期）、短篇小说《浪漫种子》（《莽原》第四期）。

一九九五年，五十五岁。

长篇小说《匪首》获第二届河南省优秀文学艺术成果奖。

是年发表的主要作品有：创作谈《超级玛莉的历险——〈匪首〉创作札记》（《小说评论》第1期）、短篇小说《徐家磨坊》（《文学世界》第一期）、评论《莴笋搭成的白塔》（《人民文学》第十期）、散文《钟摆·树叶——人性的磁极》（《随笔》第六期）、对话录《更自觉地追求审美价值——关于长篇小说〈匪首〉的对话》（孙荪、田中禾）

（《河南日报》一九九五年十二月二十二日）。

该年关于田中禾的研究论文主要有：杜田材：《〈匪首〉：一片新的艺术天地》，《小说评论》第一期；何向阳：《感性历史的文化复述——〈匪首〉：一次放逐的体味》，《小说评论》第一期；何秋声：《田中禾长篇〈匪首〉研讨会纪要》，《小说评论》第一期；南丁：《浪漫的田中禾》，《中国作家》第一期。

一九九六年，五十六岁。

任河南省文联副主席，河南省作家协会主席，中国作家协会全委会委员。

一月，中短篇小说集《印象》由上海文艺出版社出版，是"小说界文库"中短篇小说系列作品中的一种。收入这个文库的著名中短篇小说集还有：冯骥才的《高女人和她的矮丈夫》、邓友梅的《烟壶》、刘绍棠的《烟村四五家》、王安忆的《小鲍庄》等。

是年发表的主要作品有：短篇小说《杀人体验》（《人民文学》第三期）、创作谈《沉静中突围》（《人民日报》四月四日）、散文《罪恶·苦难·力量》（《中华读书报》四月十七日）、短篇小说《不明夜访者》（《天津文学》第四期）、评论《精神与现实的对策》（《文艺报》五月十七日）、短篇小说《诺迈德的小说》（《莽原》第三期）、散文《读音乐》（二题）（《随笔》第四期）、短篇小说《姐姐的村庄》（《山西文学》第十一期）、创作谈《乡村：原生态的文化标本》（《山西文学》第十一期）。

一九九七年，五十七岁。

五月，散文体小说集《落叶溪》由河南文艺出版社出版，收录了田中禾以家乡的风土人情为故事背景的回忆性散文体小说三十八篇。回忆性的意境，散文体的风格，闲适化的笔调，活跃在富有浓郁的乡土气息的小城中的人物，使读者很自然地沉浸在豫南小城的历史风情和现实生活中。郑树森认为，《落叶溪》"特重意境，讲究笔墨""是转化本土小说传统成功的范本"①。田中禾似乎很在意这个评价，曾不止一次引用，认为《落叶溪》系列小说之所以受到重视，"大约就是因为这个系列讲述的是人性的诗化的乡土故事，它更超越政治，更贴近文学的本质"②。郑树森的评价给田中禾带来了两点启发：其一，更加坚定了他长期坚持的人性是文学的本质的观念，促进了其创作关注点从社会到人性的彻底转变。另一个启发是负面的警醒，它促使田中禾开始反思传统，进行现代手法与文本的探索。田中禾认为自己不应当仅仅能转化本土小说，更应该有能力创造出属于自己民族的现代派作品。二十世纪九十年代之后，他更加清醒地背离主流写作，以人性写作反拨社会写作，以文本创新反拨传统叙述，文本形式大为改观。这两点，成为田中禾成功逃出主流写作的分水岭。就这个意义而言，郑树森评价的反面惊醒似乎更为重要。③

八月，中短篇小说集《轰炸》由华夏出版社出版。这部小说集是著名文学评论家张锲先生主编的"中国当代作家文库"的一种。收入这个文库的著名作家的作品还有：李佩甫的《羊的门》《无边无际的早晨》、贾平凹的《白夜》《商州：说不尽的故事》（共四卷）、路遥的《平凡的世界》、张炜的《能不忆蜀葵》、陈忠实的《白鹿原》等。

该年关于田中禾的研究论文主要有王敏的《变革时代中国农村的深刻剖析——试论田中禾的小说创作》，《河南师范大学学报（哲学社会科学版）》第三期。

一九九八年，五十八岁。

九月，《田中禾小说自选集》由河南文艺出版社出版，是《南阳作家群丛书》的一种。该丛书主要包括：《乔典运小说自选集》《张一弓

① 郑树森：《哭泣的窗户——八十年代中国大陆小说选·序》，洪范书店1991年版，第5页。
② 苗梅玲、田中禾：《在文本现场自由行走——田中禾访谈录》，《东京文学》2012年第3期。
③ 这两点启发是田中禾先生与笔者在交流的过程中做出的表述。

小说自选集》《周大新小说自选集》《二月河作品自选集》《田中禾小说自选集》《周同宾散文自选集》等。

一九九九年，五十九岁。

是年发表的主要作品有：中篇小说《进入》（《中国作家》第一期）、中篇小说《白色心迹》（《莽原》第二期）、中篇小说《外祖父的棺材和外祖母的驴子》（《人民文学》第四期）、短篇小说《出世记》（《上海文学》第八期）、中篇小说《一九四四年的枣和谷子》（《钟山》第六期）。

该年关于田中禾的研究论文主要有：梅蕙兰：《母亲：永恒的生命底色——田中禾创作论》，《小说评论》第四期；张书恒：《田中禾小说创作略论》，《南都学坛》第四期；张书恒：《非先锋的先锋性——论田中禾九十年代的创作转型》，《河南师范大学学报（哲学社会科学版）》第五期。

二〇〇〇年，六十岁。

是年发表的主要作品有：短篇小说《亲人》（二题）（《小说家》第三期）、散文《准备好你的客栈》（《散文选刊》第四期）、中篇小说《六姑娘的婚事》（《绿洲》第五期）、中篇小说《倏忽远行》（《莽原》第五期）、散文《美术与文学》（六篇）（《莽原》第一——六期）。

二〇〇一年，六十一岁。

三月，作品集《故园一棵树》由海燕出版社出版。这部作品集的体裁不易确定，被编者命名为"忆语体"，它是中国晚近文学的一种写作形式，"有时被称为笔记，有时被当作小说，其主要特点是回忆往事、感念亲情"①。作品集由三部分组成，每一部分包括六篇文章，其中，"我家的故事"中的篇章或原封不动，或改换题目，或打乱重组后被全部收入长篇小说《十七岁》。由此可见，《十七岁》这部小说具有极强的自传性色彩，甚至在一定程度上可以视为作者纪实性的回忆文章。

---

① 见田中禾：《故园一棵树·封底》，海燕出版社 2001 年版。

是年出版的主要作品还有发表于《世界文学》第六期的随笔《从〈沙恭达罗〉到〈第二十二条军规〉》，这篇文章对于了解田中禾的阅读视野和他文学观念的形成具有重要的借鉴意义。

该年关于田中禾的研究论文主要有：陈继会、曹建玲：《历史·人性与诗性眼光——田中禾的文学世界》，《郑州大学学报（哲学社会科学版）》第一期；刘学林：《田中禾——探险的故事或在路上》，《北京文学》第八期。

二〇〇三年，六十三岁。

短篇小说集《落叶溪》获第三届河南省优秀文学艺术成果奖，散文《关于礼仪之邦之瞒和骗》获中国散文学会散文大赛一等奖。

中篇小说《来运儿，好运!》发表于《长城》第二期。《来运儿，好运!》与《杀人体验》《不明夜访者》《诺迈德的小说》《姐姐的村庄》《进入》《黄昏的霓虹灯》等七个中短篇小说被作家称为《城市神话》系列，是一组"实验小说"。这组小说的写作目的，据作家自己说，是为了证明自己的"创造性"，"七部作品七种手法，彻底打破《落叶溪》的风格"。虽然作家也承认"这十年的探索的确使我游离出评论界的关注区"，但是，他却坚持认为"恰恰是这一段不被关注的作品标志着我艺术上的成熟。我相信将来历史会证明这一点。这一组东西全部是写底层小人物在经济大潮中的生存困境，精神压抑、扭曲的现状。承袭了《五月》的忧患意识，深化了社会对人性的摧残这个主题，对主流文学、主旋律做出了更彻底的背叛。这是一种无功利写作。艺术上更纯粹，思想上批判性更强"①。

二〇〇四年，六十四岁。

该年关于田中禾的研究论文主要有：李少咏：《建构一种梦想的诗学——论田中禾的小说创作》，《周口师范学院学报》第一期；巫晓燕：

---

① 苗梅玲、田中禾：《在文本现场自由行走——田中禾访谈录》，《东京文学》2012 年第 3 期。

《民间神话的审美呈现——简评田中禾的长篇小说〈匪首〉》，《小说评论》第四期；刘永春：《乡土情感与人生况味——论田中禾的民间书写》，《小说评论》第四期。

二〇〇七年，六十七岁。

是年发表的主要作品有：中篇小说《进步的田琴》（《作品》第四期）、创作谈《个人——文学的至高无上的主人公》（《作品》第四期）。

该年关于田中禾的研究论文主要有刘海燕的《当幻想气息渗入写作者的血液》，《作品》第四期。

二〇一〇年，七十岁。

三月，长篇小说《十七岁》发表于《中国作家》第二期。这部长篇由一则日记和十四个中短篇联结而成，它们之间既相互独立又存在着人事关联，而且不少篇目已经作为小说甚至回忆性散文发表过。所以，它虽然可以视为小说，但也在一定程度上可以看作田中禾青少年时期的自传。田中禾在一次访谈中十分坦白地说："《十七岁》可以看做是我的自传。你可以从中看到我的童年，因而窥见我内心成长的经历和写作风格形成的精神因素。"① "小说叙事以建立在安全的可把握的基调上的回忆追溯了包括'我'在内的六位家族成员的青春岁月的悠远故事，温习着那些斑斓有声的往来，感叹着今昔的物是人非，涌起人世潮汐的感慨，大有麦秀黍离之感。叙事语调平稳舒缓、亲切自如，这是一次温暖的叙事。"②

三月，长篇小说《二十世纪的爱情》③ 发表于《十月》第二期。

---

① 李勇、田中禾：《在人性的困境中发现价值与美——田中禾访谈录》，《小说评论》2012 年第 2 期。

② 苗变丽：《"青春之歌"的多重变奏曲——田中禾〈十七岁〉成长叙事研究》，《南方文坛》2012 年第 4 期。

③ 墨白、田中禾：《小说的精神世界——关于田中禾长篇新作〈父亲和她们〉的对话》，《文学报》2010 年 10 月 14 日。

田中禾在介绍这部小说时说："这个题材在我心里酝酿了不止二十年……从一九九五年开始，每章用一个叙述方式，试验性地写出了三十来万字，一些章节已经以中篇小说形式发表，最终还是觉得不满意，就索性放了几年。到二〇〇三年重新拿起来。"① "小说里的人物来自我的故乡县城，来自我身边熟悉的乡邻、亲友。我曾经和他们一起生活，一起度过中国历史上举世瞩目的几个转折时期的难忘岁月。"② "《父亲和她们》写得开阔而厚重，它不仅通过一个知识分子的情感历程展现了二十世纪的中国历史，更重要的是通过几个血肉丰满的人物传达出对中国民族文化和民族人性的思考，以四个主人公的象征意义揭示出人性被改造的沉重主题。"③ 田中禾认为，这部小说有两个特点："一是它触及了这个民族的每一个人的自由被剥夺的过程，而这个主题是我们迄今为止的文学作品还没有触及的。这是它思想上的价值。再一个是它在艺术上的探索，这种长篇的结构也是没有的，双重后设的，复调的，多角度的。这两点是这个小说存在的价值。"④

是年发表的主要作品还有：创作谈《小说的精神世界——关于田中禾长篇新作〈父亲和她们〉的对话》（墨白、田中禾）（《文学报》十月十四日）、访谈《当我们老了，当我们谈论爱情》（《中国文学》第八期）、创作谈《奴性是怎样炼成的》（《长篇小说选刊》第六期）。

二〇一一年，七十一岁。

三月，长篇小说《十七岁》由江苏文艺出版社出版。

该年关于田中禾的研究论文主要有：刘军：《负重隐忍与自我删节：〈父亲和她们〉中的两位母亲形象》，《郑州大学学报（哲学社会科

---

① 墨白、田中禾：《小说的精神世界——关于田中禾长篇新作〈父亲和她们〉的对话》，《文学报》2010 年 10 月 14 日。

② 见田中禾：《父亲和她们·封底》，作家出版社 2010 年版。

③ 墨白、田中禾：《小说的精神世界——关于田中禾长篇新作〈父亲和她们〉的对话》，《文学报》2010 年 10 月 14 日。

④ 苗梅玲、田中禾：《在文本现场自由行走——田中禾访谈录》，《东京文学》2012 年第 3 期。

学版）》第一期；苗变丽：《讲述和反思——〈父亲和她们〉论》，《扬子江评论》第一期；张舟子：《传统、现代、革命文化间的复杂对话——〈父亲和她们〉的思想意蕴》，《平顶山学院学报》第三期；李少咏：《现代知识者的创伤记忆与文学想象——解读田中禾长篇小说〈父亲和她们〉》，《平顶山学院学报》第三期；王春林：《知识分子、革命与二十世纪中国历史——评田中禾长篇小说〈父亲和她们〉》，《平顶山学院学报》第三期；林虹、胡洪春：《历史·爱情·人性——评田中禾新作〈父亲和她们〉》，《文艺争鸣》第五期；刘军：《十七岁：个人切片与历史还原——田中禾〈十七岁〉阅读札记》，《扬子江评论》第四期；刘思谦：《"她们"中的"这一个"与"另一个"——田中禾长篇小说〈父亲和她们〉中"两个母亲"人物谈》，《中州学刊》第六期。

二○一二年，七十二岁。

长篇小说《父亲和她们》获首届杜甫文学奖。散文随笔集《在自己心中迷失》由河南大学出版社出版。

是年发表的主要作品还有：创作谈《二十一世纪我在怎样生活?》（《小说评论》第二期）、对话录《在人性的困境中发现价值与美——田中禾访谈录》（李勇、田中禾，《小说评论》第二期）、短篇小说《木匠之死》（《东京文学》第三期）、创作谈《以人性之光烛照历史——写在〈木匠之死〉之后》（《东京文学》第三期）、对话录《在文本现场自由行走——田中禾访谈录》（苗梅玲、田中禾，《东京文学》第三期）、创作谈《重读〈五月〉》（《今晚报》四月十九日）。

该年关于田中禾的研究论文主要有：黄轶：《身份：二十世纪的"中国结"》，《小说评论》第二期；李勇：《思想者的苦恼和艺术家的逍遥——论田中禾的小说创作》，《小说评论》第二期；米学军：《又一曲母爱的颂歌——评田中禾的长篇小说〈父亲和她们〉》，《小说评论》第二期；苗变丽："《青春之歌》的多重变奏曲——田中禾〈十七岁〉成长叙事研究》，《南方文坛》第四期；周立民：《大地上的禾苗》,《南方文坛》第五期；刘思谦：《〈父亲和她们〉的叙述方式与人物塑造》,《南方文坛》第五期；房伟：《历史的反思和艺术的创新》,《南方文坛》第五期；霍俊明：《他是一个持续性的"少数者"——田中禾近作与"当代"写作的难度》,《南方文坛》第五期；刘宏志：《作家的思想自觉与艺术自觉——由田中禾的近作谈起》,《南方文坛》第五期；刘宏志：《话语嬗变与革命叙事的转型——田中禾〈父亲和她们〉对传统革命叙事的突破》,《郑州大学学报（哲学社会科学版）》第六期。

二〇一四年，七十四岁。

六月，中短篇小说集《明天的太阳》由河南人民出版社出版。这本小说集是河南省文学艺术界联合会编选的"河南省著名老作家、老艺术家丛书"的一种。

二〇一五年，七十五岁。

一月，中篇小说《库尔喀拉之恋》及其创作谈《人性的万花筒》发表于《大观（东京文学）》第 1 期。"中篇小说《库尔喀拉之恋》是其即将面世的长篇小说当中的节选，这是一部带有自传体意味的小说，故事的男主人公以其在新疆农场工作的二哥为原型，描述了特殊年代知识分子的人生遭际，是田中禾先生酝酿多年的一部呕心之作。"[①]

四月，由徐洪军编选的《田中禾研究》[②] 由河南大学出版社出版，这是全面展示田中禾研究成果的第一本史料汇编，"它汇集了田中禾本人的自述、创作谈五篇，文学对话二篇，访谈录二篇，印象记二篇，研究论文二十八篇，作品年表一则，研究资料索引一则"[③]。

---

① 张延文：《失语者的声音——评田中禾的〈库尔喀拉之恋〉》,《大观（东京文学）》2015 年第 1 期。

② 本书是程光炜、吴圣刚主编的《中原作家群研究资料丛刊》的一种，其他几种为：《白桦研究》《二月河研究》《李洱研究》《李佩甫研究》《刘庆邦研究》《刘震云研究》《墨白研究》《邵丽、乔叶、计文君研究》《阎连科研究》《张一弓研究》《张宇研究》《周大新研究》。

③ 徐洪军：《田中禾研究·编后记》，河南大学出版社 2015 年版，第 259 页。

　　该年关于田中禾的研究论文主要有：李勇：《追述历史的方式——评〈库尔喀拉之恋〉》，《大观（东京文学）》第一期；刘海燕：《非主流作家：田中禾》，《大观（东京文学）》第一期；张延文：《失语者的声音——评田中禾的〈库尔喀拉之恋〉》，《大观（东京文学）》第一期；李晓筝《历史讲述：可靠与不可靠——论〈父亲和她们〉中叙事者的悖反性格》，《郑州大学学报（哲学社会科学版）》第四期；郭浩波：《阉割的主体：论田中禾长篇小说〈父亲和她们〉人物形象的文学史意义》，《山花》第二十期；朱凌：《大地·母爱·诗意情怀——田中禾乡村生态世界中主题意象解析》，《中国现代文学论丛》第二期。

后　记

　　"前言"中提到，本书的写作缘于一个偶然事件——2019 年 11 月 23—24 日在郑州弘润华夏文学艺术中心举办的 "田中禾文学创作 60 年暨《同石斋札记》新书研讨会"。之后"新冠"暴发，熬过了最初阶段的惊恐不安后，我开始了这本书的构思与写作。2020 年 6 月，完成了第一章和第二章的前两节，之后辞职，举家从生活了十年的河南信阳迁到浙江嘉兴，其间种种周折、酸辛，可想而知。10 月，重新入职，租到房子，继续写作，至 2021 年 5 月完成初稿。新生活并不像想象的那样美好，妻子迟迟不能入职，入职后又发现待遇和工作环境都令人沮丧；读三年级的女儿无法插班入学，只能孤独地窝在租住的房子里阅读《哈利波特》，眼巴巴地期待下学期；我则要一次次往返于浙江与河南之间，办理各种繁杂的手续，处理掉信阳的房子，之后再与嘉兴的房产经纪和装修公司斗智斗勇……在这样一种动荡的生存状态下，沉下心来写作很是不易。不过，写作也成了我对抗压力、缓解焦虑的重要手段。

　　感谢田中禾，陪伴我度过了一段不容易的时光！感谢 J. K. 罗琳，陪伴了我的女儿！感谢文学！感谢命运！

2022 年 7 月 30 日

补　记

　　书稿写完后，在筹措经费和等待出版的这段时间，我在嘉兴的生活逐渐安顿下来，堆积了半生的风霜融化在了旖旎的江南烟雨中。遗憾的是，我与田中禾开始不久的缘分也到了尽头，2023 年 7 月 26 日清晨，先锋小说家墨白发来信息：田中禾先生于 25 日晚安然长睡。

　　感谢墨白先生为本书作序；感谢信阳师范大学徐洪军教授同意本书在附录中收入其撰写的《田中禾文学年谱》；感谢本书责任编辑朱凌云老师付出的努力和心血；特别感谢周口师范学院任动教授和武汉大学出版社李琼老师，多年来一直给予我真诚的鼓励和帮助，得遇良友，此生之幸！

2024 年 7 月 17 日